全国高职高专学前教育专业规划教材

学前儿童语言教育

Xueqian Ertong Yuyan Jiaoyu

姜晓燕　郭咏梅　主编

高等教育出版社·北京

HIGHER EDUCATION PRESS　BEIJING

内容提要

本书是全国高职高专学前教育专业规划教材。

本书以能力为本位,以岗位技能培养为目标,教学内容力求精练,注重科学性、应用性、时代性与实践性。在夯实教法理论基础的同时,强化实践教学环节,并适当安排一些有利于拓展学生能力和深化教学效果的栏目,如"延伸阅读"、"案例评析"、"实践活动"、"拓展练习"等,突出对优秀成果的吸收,强化了对学生学前语言教育设计与组织实施能力的训练。

全书内容分为七个单元,包括学前儿童语言教育概述、学前儿童谈话活动、学前儿童文学活动、学前儿童讲述活动、学前儿童早期阅读活动、学前儿童语言游戏活动以及学前儿童语言区角教育活动等。

本书可作为高职高专院校、本科院校举办的职业技术学院、应用型本科、成人高等教育、五年制高职、中职学校学前教育专业教材,也可供幼儿园教师等学前教育工作者进行专题学习和培训时参考。

图书在版编目(CIP)数据

学前儿童语言教育/姜晓燕,郭咏梅主编. —北京:高等教育出版社,2011.6
ISBN 978-7-04-031768-8

Ⅰ.①学… Ⅱ.①姜… ②郭… Ⅲ.①学前儿童-语言教育-高等职业教育-教材 Ⅳ.①G613.2

中国版本图书馆 CIP 数据核字(2011)第 055387 号

策划编辑 张庆波	责任编辑 高 飞	封面设计 杨立新		版式设计 王艳红
责任校对 杨雪莲	责任印制 尤 静			

出版发行	高等教育出版社		咨询电话	400-810-0598
社 址	北京市西城区德外大街 4 号		网 址	http://www.hep.edu.cn
邮政编码	100120			http://www.hep.com.cn
印 刷	大厂回族自治县益利印刷有限公司		网上订购	http://www.landraco.com
开 本	787×1092 1/16			http://www.landraco.com.cn
印 张	13.75		版 次	2011 年 6 月第 1 版
字 数	310 000		印 次	2011 年 6 月第 1 次印刷
购书热线	010-58581118		定 价	23.90 元

本书如有缺页、倒页、脱页等质量问题,请到所购图书销售部门联系调换
版权所有 侵权必究
物料号 31768-00

全国高职高专学前教育专业规划教材
编写委员会

主任委员（姓氏排名以汉语拼音为序）

陈虹岩　梁周全　罗长国　袁　旭

副主任委员（姓氏排名以汉语拼音为序）

邓大河　丁立平　高庆春　金　哲　李桂英　李小邕　郦燕君
徐　燕　杨　枫　由显斌　周玲玲

委员（姓氏排名以汉语拼音为序）

耿志涛　郭咏梅　胡玉智　姜晓燕　刘本剑　刘世音　莫源秋
王印英　徐　浩　徐　青　许晓春　张锋利　张文军　张晓嘉
张永红　周世华　左彩云

本书编写组

主　编：姜晓燕　黑龙江农垦职业学院
　　　　郭咏梅　长沙师范专科学校
副主编：胡碧霞　连云港师范高等专科学校
　　　　段丽红　运城幼儿师范高等专科学校
参　编：李　波　齐齐哈尔高等师范专科学校
　　　　秦　莉　四川幼儿师范高等专科学校
　　　　耿　杰　黑龙江幼儿师范高等专科学校
审　稿：叶平枝　广州大学

序　言

　　学前教育是基础教育的重要组成部分。发展学前教育,对促进儿童身心健康,构建终身教育体系,全面建设和谐社会具有重要意义。近年来,越来越多的研究揭示了学前期在人一生发展中的重要作用,人民群众对学前教育质量的要求日益提高。学前教育的质量受多种因素的影响,但毋庸置疑的是,核心因素还是教师。

　　建设一支高素质的学前教育教师队伍,不断提高广大学前教育教师的专业水平,是保障学前教育质量的关键,也是我国幼教事业长远发展的根本保证。改革开放初期,我国学前教育教师队伍基本以中等幼儿师范毕业生为主。之后,随着国家经济的发展,教育事业,尤其是高等教育突飞猛进,接受过专科学前教师教育的毕业生已经成为幼儿园教师的主要来源。据统计,2000年我国幼儿园教师队伍中,专科以上学历者仅占教师队伍总数的11.8%,而2008年这个比例已达57.6%,其中,专科毕业生占到47.21%。可以想见的是,这个比例在近期还会不断加大,在未来的20到30年内,专科毕业生将是我国学前教育教师队伍的主体。

　　在这种情况下,以培养幼儿教师为职责的高职高专教育质量就变得极为重要了,它将在很大程度上决定着我国学前教育的师资水平,进而决定着我国幼儿园教育的质量。高职高专学前教育专业的课程设置和教材建设的重要性不言而喻。

　　为此,高等教育出版社及时组织全国部分高校的教师,成立了高职高专学前教育专业规划教材编写委员会,启动了学前教育专业规划教材的编写工作。

　　编写委员会提出,高职高专教育教材编写要反映教学改革成果,按照就业导向、双证融通的原则,在内容和体系上体现出明显的工学结合特色,注重实践能力的培养。学前教育教材以培养学生从事幼儿教育必备的专业素养为目的,帮助学生形成正确的儿童观与教育观,有效掌握学前教育的基本知识和基本技能。教材结构布局上要体现综合性,从促进儿童发展的视角设置教材结构,将教学对象、教学目标、教学内容和教学方法等有机地结合在一起,体现前瞻性、科学性、实践性、实用性和新颖性等特点;教材内容选取上要与时俱进,删繁就简,避免从理论到理论、从概念到概念的论述,努力面向幼儿教育实践,理论联系实际,既能给学生以整体的入门知识和能力训练,又能为学生后续的学习与发展打下良好的基础;教材逻辑体系上要以幼儿教师岗位的典型工作任务为主线,融知识与技能为一体,体现教、学、做相结合的高职教育理念。为此,教材要加强实习、实训等关键环节,探索工学交替、任务驱动、项目导向、课堂与实习地点一体化的模式。

　　许多编写者则在多年的探索和改革的基础上,将这些要求和原则具体化为自己的行动。如大连职业技术学院艺术教育系的李桂英老师在编写艺术教育教材时,为自己的编写工作确定了如下思路:(1)密切结合高职学生的学习特点,关注学生的兴趣和经验,给学生充分的创造性思维空间和实践空间。(2)密切结合幼儿园音乐教育实际,提供大量各地区幼儿园音乐教育案例供学生分析研究,提出幼儿音乐教学的常见问题与适宜策略,突出学生岗位职业能力的培养及可持续发展能力的培养。(3)采用独立探索、协作学习、教师辅导、案例收集、参观、技能训练、角色扮演、讲座等方式,以集体教学和小组教学为主,强调合作和交流,注重培养学生的方法能力和社会能力。(4)有利于教师从知识传授者的角色转变为学习过程的组织者、咨询者、指导者和评估者;实现教学过程向学生自觉学习过程的转化。为此,她对教材体例进行了较大的调整,将教学内容分为不同的单元,每一单元均由"基础理论"、"案例评析"、"实践活动"和"拓展阅读"四个功能不同但又相互联系的部分组成,希望学生在掌握学前音乐教育的基本理论知识的同时,通过自主阅读深化对基础理论知识的把握,扩大教育视野,提升创造能力,并通过设计情境、角色扮演等方法,做中学,学中做,学做结合,不断提高实践操作能力。

反思我国以往各类学校学前教育专业的课程设置和教材编写,总感觉存在着培养目标定位不清的问题,这个问题导致课程设置和教学内容、方法分不出层次:大专是本科的"压缩版",中专是大专的"压缩版"。课程内容过于"理论化",忽视教育技能和实践能力的培养,同时又把教育技能狭隘地理解为艺术技能(其实只能说是学习者个人的艺术素养),而真正在教育实践中需要用的、用得着的教育知识和能力反而被弱化。

《幼儿园工作规程》和《幼儿园教育指导纲要(试行)》颁布以来,这种情况有所改变,各个层次的师范院校学前教育专业都在思考并探索如何从教育实践的需要出发,理论联系实际,培养新时代所需要的高质量的幼教师资,也取得了不少成果。本套教材的编写和出版无疑将进一步强化这种新动向。

我相信在明确的导向下,在各位致力于改革同时又有丰富教学经验的编者的努力下,本套教材定会促进学前教育专业的教学工作,有利于培养出高质量的学前教育教师!

总之,高职高专学前教育规划教材的编写是一件利在当代、功在千秋的大事,我对同仁们的辛勤奉献表示由衷的钦佩,并感谢各位编者为我国学前教育事业做出的新贡献。

中国学前教育研究会理事长　冯晓霞

北京师范大学教授

2010年5月

前　言

学前教育是国民教育体系的重要组成部分,是国家教育制度的起始阶段,关系到儿童的身心健康和终身发展。教育部颁布的《幼儿园教育指导纲要(试行)》(以下简称《纲要》)明确指出,幼儿园教育是全面的、启蒙性的教育,要根据教育目标,选择和组织对幼儿最有价值又最贴近实际生活的部分构成教育内容,使幼儿得到良好的发展。

《纲要》颁布实施10年以来,我国的学前教育事业已发展到一个崭新的阶段。2010年《国家中长期教育改革和发展规划纲要(2010—2020年)》(以下简称《规划纲要》)明确提出了"优先发展、育人为本、改革创新、促进公平、提高质量"的工作方针;提出了"坚持以人为本、全面实施素质教育。坚持德育为先、坚持能力为重、坚持全面发展"的战略主题。《规划纲要》在发展任务中要求"基本普及学前教育"、"积极发展学前教育"。作为高校学前教育专业,肩负着为学前教育机构培养优秀教师的重任;为了适应学前教育事业的快速发展,满足社会对学前教育的需求和期盼,高职高专学前教育的改革和发展需不断创新,而课程改革、教材建设则是重要保证。

高职高专学前教育专业的培养目标是培养高素质强技能的应用型人才,其中五大领域教学法课程是实现专业培养目标的核心课程,也是保证学生能够快速适应岗位要求、实现"零距离"上岗的关键课程,学生的专业知识和职业技能必须经过悉心培养和严格训练才能掌握。因此,五大领域课程的教学质量直接关系到人才培养的水平,其教材的编写是学前教育教学改革的重要环节。

本套教材是在长期课题研究和实践的基础上编写而成的,是以学前教育理论为依据,以教育教学改革成果为基础,以学前教育实际工作要求为目标,注重人才培养目标和学前教育专业特点的有机结合。全套教材在编写过程中吸收了国内外学前儿童教育领域的先进理念和创新方法,体现出内容新颖、针对性强等特色。书中的理论知识以阐述基本问题为主,以够用、实用为度;专业技能根据实际需要,尽量做到内容全面、要求明确、指导具体,便于操作,以方便学生在学习过程中理论联系实际,融"教、学、做"为一体。全套教材在内容和体例的编排上力求有一定的变革和创新,改变了传统章和节的结构,以"单元"的模式编写,每个单元设有"学习目标"、"基础理论"、"案例评析"、"实践活动"、"拓展练习"等几部分,既有理论阐述,又有实例列举,既保证了知识学习的系统性,又有利于技能训练的操作性。

语言教育是学前儿童教育五大领域之一。本书《学前儿童语言教育》的内容包括七个单元:学前儿童语言教育概述、学前儿童谈话活动、学前儿童文学活动、学前儿童讲述活动、学前儿童早期阅读活动、学前儿童语言游戏活动以及学前儿童语言区角教育活动。

　　本书由黑龙江农垦职业学院姜晓燕负责单元一的编写；长沙师范专科学校郭咏梅负责单元二的编写；黑龙江幼儿师范高等专科学校耿杰负责单元三的编写；四川幼儿师范高等专科学校秦莉负责单元四的编写；连云港师范高等专科学校胡碧霞负责单元五的编写；运城幼儿师范高等专科学校段丽红负责单元六的编写；齐齐哈尔高等师范专科学校李波负责单元七的编写。姜晓燕、郭咏梅负责课程标准编写以及全书的统稿工作。黑龙江农垦职业学院师范教育系李苏晋老师为本书制作了教学课件。

　　广州大学教育学院学前教育研究中心主任叶平枝教授在百忙之中以崇高的敬业精神和严谨的专业态度拨冗审稿，并为教材的编写提出了宝贵的意见和建议。在本书编写过程中，参考并借鉴了国内外许多专家、学者及同行的研究成果、观点和资料，多家幼儿园和幼儿教育机构为本书的编写提供了案例并给予指导，在此表示衷心的感谢，并由衷地欢迎各位专家、作者与我们联系，共同探讨学前儿童语言教育的教学与研究问题。

　　由于编者的水平和能力有限，书中难免存在不妥之处，望读者多加批评指正。本书主编的邮箱是nkjxy@126.com、guoyongmei1699@126.com，编辑的邮箱是zhangqb@hep.com.cn。

编者
2011年1月

目 录

单元一 学前儿童语言教育概述

学习目标

通过对本单元的学习，应该能够：

● 懂得学前儿童语言教育的意义，树立正确的语言教育观念。
● 了解学前儿童语言发展的特点。
● 明确学前儿童语言教育的目标。
● 理解学前儿童语言教育的原则和评价。
● 掌握学前儿童语言教育的内容和方法。

基础理论

  学前儿童语言教育是研究0~6岁儿童语言发展的特点及其教育的一门学科。它具有突出的应用性与实践性。本单元从明确学前儿童语言教育的意义、树立学前儿童语言教育的基本观念入手，在分析学前儿童语言发展规律和特点的基础上，逐一阐述学前儿童语言教育的目标、原则、内容、方法以及评价等学前儿童语言教育的基本理论。

一　学前儿童语言教育的意义

语言是人类特有的社会现象，是人们交际的工具。对儿童在学前时期进行语言教育，具有非常重要的意义。

（一）创设良好语言学习环境，及时把握语言发展关键期

个体出生后，虽然具有健全的大脑和言语器官等说话的物质条件，但是，如果他们从未听过的语言，也是永远不会说话的，如果没有模仿的对象，没有良好的语言学习环境，儿童也不会有良好的语言发展水平。

关键期是一个跨学科的概念，在学前儿童发展心理学中对其亦有介绍。儿童心理发展的关键期主要表现在智力发展和语言发展两方面，而语言是反映大脑发育状态和智力发展水平的重要标志。

专家通过对脑损伤病人进行研究发现：在语言恢复的程度和速度上，儿童失语者均优于成年失语者，而且更有可能完全恢复。研究表明，儿童失语更容易康复与两个脑区可能实现语言功能的重构有关，一般情况下，发生损伤时年龄越小，重构效果越好，即失语的康复情况越理想。此项研究说明语言恢复和重构具有关键期。

印度狼孩卡玛拉和美国女孩吉妮的大脑并未损伤，但她们因为在语言发展早期，被剥夺了语言环境，对语言发展造成了不可逆转的损伤。卡玛拉7岁时回到人类社会，经过专业护理和语言训练，4年后，她才掌握6个词，17岁时也只是学会了45个词。吉妮在18个月时被暴虐的父亲囚禁在小屋12年，除了偶尔听到父亲的斥责声，再没接触过人类的其他语言。她在13岁被人发现时，根本无法说话，虽然心理语言学家对其进行了7年的语言训练，但其语言水平只相当于21个月龄的婴儿。这两个错过语言发展关键期的典型案例说明：忽视或错过儿童语言发展的关键期将对儿童语言的发展造成不可弥补的损害。

在第二语言和外语的学习中也存在着关键期。专家对来自不同的非英语国家的被试进行测试，内容是在美国的英语教育环境下对英语语音、语法的掌握及理解能力。测试结果发现：6岁以前到美国的移民的发音与土生土长的美国人接近率达到71%，13岁以后发音的相近率只占17%；7岁前到美国的被试都能达到如同本土美国人一样的语法水平，8岁后到美国的被试成绩较差；11岁以前到达美国的移民的英语口语的理解能力比16岁之后到达的更接近于美国人。另有研究表明：许多6岁以后开始学习外语的被试，难以获得纯正的语音，15岁以后开始学习外语的，其词法和句法均无法达到与本族语学生一样的水平。这并非意味着过了关键期，就完全不能进行第二语言和外语的学习，而是学习的效果不如关键期内的学习效果理想。

语言发展关键期的具体时段目前尚未达成共识。一般而言，个体从出生至初步掌握语言需3至4年的时间，其中1岁半至4岁是获得母语的关键期，9至24个月是理解语言的关键期，2至4岁是语言发育的关键期。如果在这一时期能够给予正确的语言教育，则会使其更容易获得语言反应，甚至可以促使语言发展达到最高水平，而且获得的语言习惯

最易长期保持下去。如果错过了这一时期，再进行补偿教育，就不可能再达到其应有的水平与能力。所以，那种"树大自然直"的观点，即认为"只要幼儿在社会环境里，有机会用语言与人交流，语言自然就会发展好"是不正确的。

因此，社会与家庭都应高度重视学前儿童语言发展与教育工作，为学前儿童学习第一语言创设良好的学习环境。如果条件许可，甚至还应创造第二语言和外语的学习环境，及时把握语言发展与教育的关键期，促进学前儿童语言的发展。

同时，还应反对另一种观点，即"只要进行教育就比不教育好"，这种观点忽视了"不科学的教育观念会导致不恰当的教育内容与方式"这一现实问题。由于受"家本位"、"成人本位"等儿童观的影响，加上一些商业运作的原因，出现了过分强调对学前儿童进行知识技能教育的现象，尤其是过分强调学前儿童读写技能的重要性，个别幼教机构为迎合家长而盲目采用不科学的语言教育内容与教育方式。这样，不仅不会促进学前儿童语言的发展，反而会伤害其学习语言的兴趣和积极性。

因此，树立科学的儿童观、教育观、语言观，对学前儿童及时开展富有科学性、创造性、时代性、活动性、趣味性的语言教育才是把握学前儿童语言发展关键期的重要途径。

（二）有效实施素质教育，促进儿童全面发展

语言是儿童认识世界的工具，也是接受教育的重要工具。语言在儿童的体、智、德、美、劳全面发展过程中，在对儿童有效实施素质教育的过程中，有着不可或缺的作用。

1. 语言可以提高儿童道德认识

儿童在获得并发展语言的过程中，并不是只接受空洞的语料和词句，而是接受含有一定意义的内容。在日常生活中的行为受到成人肯定或否定的评价后，儿童逐渐开始理解哪些是"对的"行为、哪些是"不对的"行为，并能在成人的要求下做出符合成人要求的"对的"道德行为。如，成人要求幼儿对别人给予的食物或帮助做出"谢谢"的动作或说出"谢谢"的词语。又如，在没有得到成人的允许就随便接受别人赠送的物品或抓要别人的物品时，成人便说"丢丢"、"羞羞"。由此，儿童的道德判断逐渐产生，并随着语言和认识的发展，其道德认识开始形成并逐渐提高。

学前儿童语言教育中各种类型的教育活动，常常集中地反映了品德教育的内容，对于提高幼儿的道德认识有着积极的推动作用。如，故事《小铃铛》使幼儿明白"有了好东西要与朋友分享"；儿歌《老师早》使幼儿明白"待人要有礼貌"；儿童诗《小熊过桥》使幼儿记住"勇敢克服困难才可能实现目标"。在对幼儿进行语言教育的同时，也提高了幼儿的道德认识。

2. 语言可以促进儿童智力发展

智力是认识能力的总称，其核心是思维能力，语言作为思维的外化、材料和工具，两者有着密不可分的天然关系。具体而言，语音需要感知，语汇需要记忆，语义需要理解，语法需要抽象与概括，而语言的及时输出、准确输入和正确理解则需要感知、记忆、想象、思维等各种认知活动的积极参与。

随着儿童语言水平的提高，语言与认识能力的结合也日渐密切。随着语言的发展，儿童的思维才有可能逐渐减少对行动的依赖，并逐渐摆脱行动的直接支持。如1岁半以前的儿童，还处于语言准备期，对于事物的认识主要依赖于感知觉。伴随着语言的发展，儿童大脑开始对事物做出概括性的反映，儿童对动作的依赖减少，对语言的依赖增加。这一行为，使得幼儿的思维从直觉行动思维逐渐发展到具体形象思维，进而逐渐产生抽象逻辑思维的萌芽。语言的发展可以帮助幼儿更全面、更深入地认识世界。

对幼儿进行文学作品教育也能极大地促进幼儿智力的发展。如，幼儿在学习《春雨》后仿编出了如下诗句："蚂蚁说/下吧，下吧/我要搬家"。"小河说/下吧，下吧/我要玩耍"。在学完《乌鸦和狐狸》后的续编故事中，幼儿编出了这样的结尾："狐狸叼着骗来的乳酪正要跑，只听喜羊羊大喊一声：'住手！'狐狸连忙停了下来，喜羊羊又说'狐狸狐狸，我的羊肉不是比乳酪更合您的口味吗，您要不要呢？'狐狸说：'要！'狐狸一张嘴，乳酪就掉在地上，乌鸦飞快地叼起来就飞走了，狐狸气得脸朝着天追呀追，根本没看脚下，结果就掉进了喜羊羊和村长爷爷准备好的陷阱里，再也出不来了。"所以说，儿童对儿歌的记忆、对故事角色与情节的感知、理解与想象，以及儿童在续编故事与仿编诗歌活动中，教师科学的教育和引导极大地激发了儿童的想象力、思维能力和创造力。

3. 语言有力地影响着儿童的审美能力

人的美德善行并非伴随个体呱呱坠地与生俱来，个体是在通过自己的感官感知世界并本能地追求美好事物的。良好的语言教育使儿童学会了更好、更深地感受美、欣赏美、表达美和创造美。

语言教育可以使儿童直接感受祖国语言的音韵美，又通过语言感受祖国河山的自然美、嘉言善行的人情美以及音乐、美术和文学作品的艺术美。儿童文学作品中优美的语言、生动的描写、有趣的情节，使儿童喜欢纯洁善良，憎恨凶狠残暴；喜欢乐于助人，反感自私自利。语言通过直接或间接的方式有力地影响着幼儿的审美能力，培养幼儿趋真、向善、求美的美好情操。

4. 语言可以增进儿童身心健康

"促进儿童身心和谐发展"是所有家长与幼教工作者坚持不懈的教育目标。在儿童全面发展教育中，健康教育可以促进幼儿的身心健康发展，茁壮成长。

儿童语言的发展，可以使其更好地接受体育运动与卫生保健教育。如，及时准确、积极主动地学习卫生保健和体育运动知识，养成良好的卫生习惯，注意安全，预防疾病，加强体育运动，增进身体健康。

语言的发展还可以促进儿童的心理健康。语言使幼儿与他人积极交流与互动，悦纳自我，理解他人，及时倾诉内心想法，宣泄消极情绪，表达对客观世界的感受。语言使儿童能有效地进行心情的自我调节和接受他人的调节，甚至能去调节他人、劝慰同伴。如，当新入园儿童不停地哭闹时，老师会发动全班小朋友帮助他，这时会有小伙伴以"过来人"的口气诚恳地劝说："别哭了，乖乖吃饭睡觉，爸爸妈妈上班挣钱，给你买好吃的去了。我要不哭，我妈妈就第一个来接我！"而这些话，其实常常就是老师或家长劝慰过他的语言，而现在由同伴说出来，哭闹的小朋友可能就会渐渐安静下来，投入到幼儿园的活动中。又如，在文学作品活动中，童话故事中美好的结局，也让儿童对生活充满了乐观和自信，快乐期盼与肯定的情绪体验会促进儿童的心理健康地发展。

5. 语言可以激励儿童积极参与劳动

儿童的劳动可以分为助人劳动和自助劳动，又称之为服务他人劳动和自我服务性劳动。学前时期主要是自我服务性劳动。儿童掌握了语言，就会更好地理解"自己的事情自己做"：自己穿衣、系扣、叠被子，自己刷牙、洗脸、洗手绢，自己整理书桌、收拾玩具等。当幼儿明确了自我服务性劳动的意义，会更加积极地参与其中并获得劳动的快乐，还会逐渐过渡到服务他人的劳动中，如帮助爸爸妈妈做些取送、摆放小件物品等力所能及的事情。所以说，语言可以激发儿童参与劳动的意识，培养良好的劳动习惯。

（三）加强儿童人际交往，促进儿童适应社会

语言作为一种社会现象，其本质特征就是具有交际性和工具性。个体在出生以后，会说话以前，就能运用表情和动作引起周围人的关注，用哭喊来满足生理上的需要和心理上的依恋需要。当周围人满足其需要以后，就进一步提高了儿童与社会环境交往互动的积极性。

儿童适应社会就是儿童在一定的条件下逐渐独立地掌握社会规范，正确处理人际关系，妥善自治，从而适应社会生活的心理发展过程。具体表现为，幼儿常常喜欢与同伴一起玩，与同伴游戏的关系由比较疏松的聚合到比较协调的、有规则约束的结合，社会化程度逐渐提高。影响儿童社会化的因素有社会环境、生物因素和心理工具，其中，心理工具是指儿童的符号系统，主要是语言。

随着个体的发展，儿童学会了运用语言这一工具，能更加准确地表达自我，与周围人进行交际，交际经验的获得又会促进儿童语言的发展，并促进其社会行为的发展。语言的发展能帮助儿童逐步提高对外部世界、对他人和对自己的认识，使儿童的社会性发展得以正常进行。儿童获得语言，被称为儿童社会化进程中的一个里程碑，儿童接触社会、融入社会、与社会相互作用的主要方式就是语言交流。因此，学习语言、发展语言运用能力也是学前教育的主要任务，幼教工作者应积极创设条件发展儿童的语言，让科学的语言教育有效地促进儿童的社会化。

（四）积极发展口头语言，为学习书面语言打好基础

语言作为传递信息的主要载体，主要包括两大方面，即口头语言和书面语言。根据学前儿童年龄特点和人类掌握语言的规律，学前儿童的语言教育主要是发展其口头语言。而书面语言的发展是以口头语言为基础，掌握了口头语言，才能更好地学习书面语言。通过语言教育，幼儿的知识、经验日益丰富，词汇量不断增加，句型、句式数量不断增加，逐渐学会围绕一个主题进行讲述，能够连贯而生动地讲述自己的所见所闻、所思所感等。

如，在生活经验讲述《快乐的节日》活动中，通过教师的示范和讲解，幼儿懂得了在说一件事情时要讲清"时间、地点、人物、事件及感受"。在教师的启发引导下，幼儿就可以较为流畅地、完整地讲述"节日名称是什么，是哪一天，在哪里过的节，和谁在

一起做了哪些让自己高兴的事，自己是什么心情"。良好的口头语言发展水平为儿童学习书面语言打下了坚实的基础。

总之，学前儿童语言教育不仅在幼儿时期有着重要的意义，而且对个体一生的发展都有着重要的影响。学前时期是人一生中语言发展的关键时期，每个家庭、幼教机构和社会都必须重视语言教育工作，应该有目的、有计划、科学地发展儿童的语言。

二　学前儿童语言教育的基本观念

学前儿童语言教育始终贯穿着一定的指导思想，即一些基本的教育观念，它直接影响着学前儿童语言教育目标、教育原则、教育内容、教育方法以及教育评价，决定着学前儿童语言教育的效果。

全语言教育（whole language）是近年来国外儿童语言教育界最为重要的一种理论思潮。"whole"一词体现了全语言教育的核心精神，即语言是完整的、整体的、不可分割的。

全语言教育是一种以学生为中心的教学观点，它强调对语言、学习者以及教师的尊重，学生掌握学习的主动权。它主张语言是不可分割的整体，由语音、语形、语用组成，语言中的音、字、词、短语等都只是语言片段。个体在学习语言时，首先是认识完整的话语，然后才是认识整体中的部分以及部分与部分、部分与整体的关系，语言学习是一个从整体中区分部分的渐进过程。个体学习语言时，不是把语言分割为词、音、句等部分来学，而是将其作为社会生活中需要学习的一整套东西，学习的重点是真实的言语及语篇的"意义"而不是语言本身。教师在教学中教授某些知识，不是因为大纲规定或教师认为学生需要了解这些知识，而是由于学生确实需要这些知识来解决实际问题。

全语言教育观念具体体现在完整的语言教育观、整合的语言教育观和活动的语言教育观等三个方面。

（一）完整的语言教育观

完整的语言教育观强调学前儿童语言教育目标和内容的全面完整性，倡导教育活动在形式多样、真实、完整的交流情境下进行。

1. 学前儿童语言教育目标的完整性

完整的学前儿童语言教育目标应包括情感态度、认知和能力等各个方面，不能只有单纯的认知或能力等某一方面的目标。同时，还要进行包括听、说、读、写等能力的全面的语言能力培养，其中，在学前时期，儿童语言教育目标主要是培养听、说能力和良好的听、说行为习惯，同时获得早期的读、写技能。而在所有的目标中，培养儿童的语言运用能力，应当作为语言教育的重点。

2. 学前儿童语言教育内容的完整性、全面性

全面的、完整的语言教育内容是指在学前儿童语言教育中，既要引导儿童学习口头语言，也要引导其学习书面语言；既要引导儿童理解和运用日常交往语言，也要引导儿童学习文学语言；既要有文学作品教育内容，也要有字、词、句活动内容；既要有母语

教育的内容，也要有外语教育的内容；既要有理解性口语教育，又要有表达性口语的教育。完整的语言教育内容是指在选择和编排语言教育内容时，要把语言看作一个整体，"有机地联结语言和文学"，让儿童在文学作品中学习相关的语言知识，而不是把"语"和"文"割裂开来成为分离的几种技能，把有意义的学习材料分割成无意义的、抽象的学习片断，从而增加了儿童学习的难度，减弱了学习的兴趣，就像在品尝了一道菜的配料之后，可能根据某种配料的特殊味道来推测这道菜的好坏，从而对这道菜失去了品尝的兴趣。完整的语言教育内容也就是要培养儿童运用语言的能力，将语言的听、说以及早期的读和写完整地统一在语言教育活动之中（图1-1）。

图1-1　韩语外教的语言课

3. 学前儿童语言活动类型和形式的多样性

学前儿童语言教育应该采用丰富多样的、适合儿童的、全面的活动类型和形式。如，文学作品活动应包括童话故事、儿歌、浅显的古诗、散文等各种适合儿童的文学样式；字、词、句活动包括各类词汇活动、句型学习和扩句活动等；游戏活动包括发音游戏、词汇游戏、句子游戏、描述游戏、早期阅读游戏以及综合性游戏等各种语言游戏。

4. 学前儿童语言教育情境应该是真实的、完整的

教师在设计和组织语言教育活动时应着眼于创设真实的、多向的语言交流情境，使语言教育活动成为师幼共建、积极互动的过程。学前儿童只有在真实的情境中带着积极的交流动机，主动地运用语言，才会更加有效地发展自己的语言。

（二）整合的语言教育观

整合的语言教育观强调儿童的语言学习是一个整合的系统，在这个系统中，儿童语言的发展与智能、情感的发展是整合一体的关系。整合的核心是联系的建立。强调学前语言教育的整体观，就是要对学前儿童语言教育的各要素进行多样化、多层次的整合。

在教学中，表现为从观念到目标、从内容到形式等多方面的整合。

1. 学前儿童语言教育观念的整合

教育观念的整合是先导性的整合，这就要求学前教育工作者要关注多样化的教育观念，如儿童全面发展的教育观、素质教育观、全语言教育观，把各种观念的科学性、合理性、时代性有机地结合起来，才能更加科学地、有效地发展儿童的语言。

2. 语言教育目标的整合

语言教育目标的整合要求在制定学前儿童语言教育目标时，既要考虑情感、能力和知识方面的培养目标，也要考虑语言教育可以实现哪些与语言相关的其他领域的目标；同时，还需要考虑哪些语言教育的目标可以在其他领域的教育中得以实现，使语言教育活动以儿童语言发展为主的同时，又能促进儿童其他方面的发展。

3. 语言教育内容的整合

作为思维载体的语言在儿童个体发展中具有至关重要的作用。在选择语言教育内容时，既要考虑儿童身心发展特点，又要兼顾儿童发展的整体适应性，满足儿童发展多元化的需要，使语言教育立体化。因此，学前儿童语言教育内容的整合，要求教育工作者在设计、选择教学内容时，充分考虑社会知识、认知知识和语言知识三者的有效整合。具体表现为以下两个方面的整合：

第一，语言领域内不同语言教育形式的整合。语言教育中的听、说、读、写虽然有各自独立的类型和体系，但可以根据需要进行整合，使一次语言教育活动既有听的内容，也有说的内容；既有故事的内容，也有诗歌的内容。如幼儿听完《下雨的时候》的故事后，对既聪明又爱帮助人的小白兔非常喜欢，然后还可以再朗诵一首赞美小白兔的短小儿歌。丰富的活动类型让幼儿学习优美语言的同时，既受到情感的熏陶，又得到情绪体验上的满足。

第二，语言领域活动与其他领域活动的整合。在语言教育活动设计和实施中，尽可能地发掘和建立领域间的联系，以发挥更大的教育整合的效果。如在组织幼儿进行物品和颜色名词游戏"找朋友"时，就可以和艺术领域中的《找朋友》歌舞活动联系在一起，小朋友就会在愉快的氛围中记住颜色的命名和常见的物品颜色名称。

4. 语言教育形式、方法和手段的整合

学前儿童语言教育观念、目标和内容的整合，决定着语言教育形式、方法和手段的整合。这种整合的突出特点是以活动的组织形式来建构语言教育内容，其中包括专门的语言活动和与其他活动相结合的语言领域课程。

在语言教育活动中，糅合多种促进儿童发展的因素，儿童在这丰富多彩的活动中，不是为了说话而说话，不是被动地接受教师传授的语言知识，而是在外界环境因素的刺激和强化作用下，主动地产生积极运用语言与人、事、物交往的需要和愿望，并主动地通过各种符号手段作用于环境，在整合的语言教育环境中获得语言和其他方面的共同发展。

（三）活动的语言教育观

活动的语言教育观是指教师在设计和组织语言教育时是以活动的形式来进行的，幼儿在活动中学习语言，运用语言，掌握语言。这种教育观强调把教师和儿童共同参与的活动作为语言教育的基本形式，在活动过程中糅合多种儿童发展因素，允许包括音乐、美术、体育等在内的多种与儿童发展有关的符号系统和手段的参与，引导儿童在生动活泼、丰富多彩的操作实践中积极参与、主动探求，成为语言的学习者、加工者和创造者。

以活动的形式来设计和组织学前儿童语言教育的过程，有以下意义：第一，可以使儿童在动手、动脑、动口的学习过程中获得语言学习的亲身经验。第二，可以使儿童获得动作表象、形象表征和概念表征三种层次的练习，更好地掌握语言学习内容。第三，在活动中，儿童在活动中情绪愉快、思维敏捷，会更加积极主动地与外界互动。在0~6岁阶段，儿童的活动往往与游戏、摆弄等具体形式紧密相连。用活动的形式来帮助儿童学习语言，可以使儿童的学习更主动、更积极，也更持久。

1. 为学前儿童提供充分运用语言的机会

儿童的语言发展是通过个体在运用语言和非语言交际手段与环境交流的过程中逐步获得的。教师为儿童提供充分运用语言的机会，使儿童更加积极主动地运用语言与环境进行互动交流，促进语言的发展。

2. 通过多种形式的操作，促进儿童语言的发展

儿童的智慧产生于动作，产生于儿童在各种形式的活动中的操作。正处于动作思维和形象思维发展阶段的学前儿童通过动手、动脑、手脑并用等各种操作形式，可以亲身体验到语言操作的愉快，在对操作材料的探索中激发语言学习的兴趣和动机，增强语言学习的积极性和主动性。

3. 充分发挥儿童和教师在活动中的作用

教师在活动设计和组织语言教育活动时，要充分考虑到目标、内容与形式是否适应儿童的发展需要，让儿童始终有着积极的动机、浓厚的兴趣和主动参与的态度，所设计和组织的活动要为每一个儿童提供适合他们语言发展需要的环境条件。

教师作为活动设计者、组织者和引导者，应该注意发挥主导作用。在活动之前，要积极创设语言教育环境，准备充足的活动材料；活动开始时，要激发幼儿参与活动的积极性；活动过程中，要灵活运用各种教学方法，因材施教，根据儿童语言发展的需要恰当地把握参与活动的时机、方式以及施加教育影响的程度；活动结束时，教师应及时点评，总结学习成果，同时也要根据实际情况和儿童的最近发展区提出更新、更高的要求，为后面的语言教育打下基础。

三 学前儿童语言的发展与教育

学前儿童的语言发展是一个连续的、有规律的过程，从出生至6岁是语言发展最迅速的阶段，每年均有明显的量与质的变化。语言活动是由听（书写）和说（阅读）共同构成的。但在儿童语言发生发展的过程中，这两个过程并不完全同步，一般来说，接受性语言（感知、理解）先于表达性语言出现。人们常把儿童说出第一批真正能被理解的词的时间（1岁左右）作为语言发生的标志，并以此为界，将语言活动的发生发展过程划分为语言准备期（0~1岁）和语言发展期（1岁以后）两大阶段。而语言发展期又可细分为

语言形成期（1~3岁）和发展期（3岁以后）。作为幼儿教育工作者，应准确、全面掌握0~6岁儿童语言发展的规律和特点，因材施教，为科学有效地开展学前儿童语言教育活动打下良好的理论基础。

（一）0~1岁儿童语言的发展与教育

从出生至1岁，是儿童积极地学说话前的准备时期和学话的萌芽时期，是语言的准备和发生期，又叫前语言期。该时期又大致可以分为"反射性发声阶段"、"呀呀语阶段"（也叫"咿呀语阶段"）和"学话萌芽阶段"三个阶段。

1. 0~1岁儿童语言的发展

（1）反射性发声阶段

反射性发声主要是指新生儿由于环境刺激或生理需要而引起的对身体不舒服的一种自然的哭叫反射活动。这一阶段大致是从出生至3个月这段时间，其中落地哭是新生儿第一次运用自己的发声器官发出声音，是独立呼吸的标志。新生儿出生时，哭是他们唯一的语言，代表饥饿、疼痛、尿湿和其他不适，而成人则通过其哭声的响度、音调和持续时间来分辨哭的不同原因。从出生后的第5周起，儿童在吃饱、睡好、情绪良好的状态下，开始发出一些反射性、凌乱的、非哭叫的、类似个别单韵母的声音，但这并不具备语言的信号意义，如 a、e 等不由自主的声音，在被人引逗和与人交流后出现的频率和时间还会更多。适当的哭泣是这一时期儿童语音发生的准备，是语言的发生、发展不可缺少的发声练习。

（2）呀呀语阶段

呀呀语阶段是指儿童从4个月至8、9个月这段时间，随着发音连续性的增加，儿童的发音产生了新的特点，即发出重复音节，如 ba-ba、ma-ma、da-da 等，这种发音和词的发音很相似，被称为呀呀语，俗话所说的"咿呀学语"就是指这一阶段。这是一个愉快的、自然发音的过程。与前一阶段相比，婴儿的发音明显增加，尤其是声母 b、d、g、p、n、f 等。韵母也明显增多，如 ong、eng 等。大致在出生后的第9个月，呀呀语的出现率达到高峰。在这一时期，儿童一方面要逐步淘汰不符合母语及环境不需要的声音，另一方面，要不断增加符合母语及环境需要的声音。这一阶段的意义并不在于儿童学会了某个事物的发音，而在于学会调节和控制发音器官的活动。

（3）学话萌芽阶段

学话萌芽阶段是指从9个月至1岁这一时期，由于这一时期儿童发出的声音开始和具体的对象联系起来，如在看见亲人时开始发出 ba-ba、ma-ma、da-da 等声音，看见灯发出 deng-deng、ding-ding 的声音，这已经是学话的萌芽状态，又称语言的发生阶段。儿童在出生后第10个月左右开始模仿成人的发音，"听懂"词主要靠视觉和听觉系统，而模仿成人说出词，则需要听觉系统、视觉系统和言语运动系统协同活动。随着儿童语言的发展，这一时期的儿童逐渐能发出更为复杂的声母，如 x、j、q、s、z 等，明显地增加了不同音节的连续发音，音调也常变换，汉语儿童也相继出现了四声。

2. 0~1岁儿童语言的教育

在这一时期，具体的儿童语言教育策略包括以下三个方面：

（1）运用恰当的方法引导儿童发出声音

在儿童生理状态和情绪状态良好的情况下，成人以亲切的语言或轻轻地摇铃铛、吹喇叭逗引儿童，引起儿童对声音的注意或发出声音，如，"吃饱啦？""睡醒啦？""看果子多红啊！""小喇叭声音多好听啊！"等等。

（2）创造机会多和儿童说话

多引导儿童学说话，可以激发他们说话的积极性，这对儿童语言的发展是十分有利的。反之，如果认为儿童这一时期还不能听懂话、不会说话而不和他们说话，使他们缺少语音的刺激和愉快交流的语言刺激，则会影响儿童语言的发展。虽然儿童在婴儿时期还不会模仿成人说话，但可以通过观察成人丰富的面部表情、不断变换的口形和语气语调，使言语视觉和言语听觉协调起来，加深对语音和语调的感受。具体做法有两种：其一，动作伴随语言。如边换尿布边说："尿湿啦，不舒服啦，换块干的就好啦！"还可以手顶着儿童的脚心说："蹬蹬，蹬蹬，宝贝真有劲啊！"其二，用言语指挥儿童的行动。如家长为儿童穿裤子时，对儿童说："伸腿，宝宝真聪明，知道伸腿啦！"让儿童玩拨浪鼓时，对儿童说："伸手，抓着，宝宝真聪明，知道伸手啦！"

（3）鼓励儿童感知物品并使其听到语音与物品结合的说明

成人引导儿童感知物品可以使教儿童说话与认识周围事物同步进行。自婴儿期起，成人应鼓励儿童感知生活中的安全无毒的物品。如门、窗、桌子、椅子、床、镜子、被子等生活用品；橘子、苹果、香蕉等水果，水、娃娃、积木等游戏物品。更重要的是，同时还要用悦耳的声音让他们听到关于这一物品名称的发音，如成人将苹果指给儿童看并说："这是苹果，红红的苹果多好看啊！"其中说"苹果"一词时要重音突出。然后鼓励儿童触摸苹果，感受到苹果表面的光滑，再闻闻苹果的香味，用勺子刮苹果泥让儿童尝尝苹果的味道。这样，能让儿童通过各种感官接收语言信息，在动作和形象的基础上贮存信息。

（二）1~3岁儿童语言的发展与教育

儿童从1岁起进入正式学习语言的阶段。在短短二三年时间里，儿童能够初步掌握本民族的基本语言。所以，儿童1~3岁时期是语言真正形成的时期。这一时期可以具体分为单词句阶段、双词句阶段与简单句阶段三个阶段，这三个阶段之间并不是泾渭分明的，而是有相互重叠的部分。

1. 1~3岁儿童语言的发展

（1）单词句阶段

单词句阶段是指儿童在1岁至1岁半这个年龄段。此阶段儿童的语言发展有以下四个显著特点：

第一，以词代句，即用一个单词来代表一句话的意思。如，当儿童说"溜溜"时，表示"我要出去玩"，或者"有人在外面玩"，"我不想回家，要留在外面玩"。

第二，词义不明，出现过度泛化或扩展不足的现象。他们常常用一个词来表达比该词意义更为丰富的意思，所用的单词主要是儿童生活中常用的名词和动词。如，将"miao"扩充为猫和猫以外的狗、羊等四条腿的动物，将"妈妈"缩小为只指"自己的妈妈"，而"欢迎"指的是"自己在拍手"等。

第三，以音代物，对于能发出声音的物体，儿童总是先抓住其声音特征，把声音作为物体的标志。如，用"汪汪"代表小狗，用"笛笛"代表汽车，用"嘘嘘"代表小便。

第四，以明显的爱憎反应，来显示理解能力的迅速发展。当成人拿着画报为儿童讲故事时，会表现对故事中反面角色的厌恶，用手拍打、撕扯，甚至扔掉图书；对故事中可爱的正面角色，会去亲吻图画中的角色或将书抱在怀里。

这时期儿童语言还表现出其他一些特点：如单音重复、意义不明、不分词性、与动作结合等。这个阶段语言发展的重点是，应给儿童丰富的词语，用儿童能够理解的方式帮助其理解词义。

（2）双词句阶段

双词句阶段指1岁半至2岁这个年龄段，这是儿童语言发展的跃进阶段，又被称为"积极的语言活动发展期"。这一时期的儿童爱发问，爱交流，爱表达，具体表现为以下两个方面：

第一，双词句为主，增长速度较快。双词句是指由两个单词构成的句子，双词主要由名词和动词或形容词构成，如"抱娃娃"、"吃果果"等。虽然只有两个词构成，但说明这一时期的儿童已掌握最基本的汉语语法结构。这一时期儿童的表达以双词句为主，也有一定数量的多词句。这种表达形式是断续的、简略的，结构也是不完整的，由于结构简单，表意简明，像成人拍电报，所以又称电报句。

第二，词汇数量急剧增加，出现"词汇爆炸"。儿童在出生后的10~15个月间，平均每个月掌握1~3个新词。随后掌握新词的速度显著加快，18个月经常说出的词是20个左右，到第19个月时已经能够说出大约50个词，20个月时能说出100个左右，24个月时，则达到300多个词汇。这种掌握的新词猛然增加的"词语爆炸"现象最集中出现在19~21个月，平均每个月掌握25个新词，掌握新词的速度进一步加快。其中，绝大部分是名词，其次比例较大的是动词和形容词，再次是一定数量的数词、代词、副词、感叹词等。词汇数量的增长使这一时期儿童的语言能力发生了质的飞跃。

（3）简单句阶段

简单句阶段是指2~3岁阶段。这一时期是儿童语言发展最为迅速的时期。此阶段儿童的语言中主要是表示周围事物的名词和简单的动词，也有少量的形容词，还有如"不"、"没"、"都"、"再"等副词，以及极少数量的数词和连词。具体表现出以下特点：

第一，以简单句为主，句法结构逐渐完整、复杂。这里的简单句是指句法结构较为完整的单句。最常见的句式有"妈妈抱"、"狗狗跑"等简单的主谓句，"宝宝吃果果"、"小猴爬树"等简单的主谓宾句。此外，还有"不要娃娃了"等简单的谓宾句，以及较为复杂的如"给我梳子梳梳头"等谓语句。此时的儿童变得特别喜欢说话，有的已经开始能用复合句来表达意愿，这里的复合句是指由两个或两个以上的意思关联比较密切的单句结合起来而构成的句子，如"风大，宝宝咳嗽"等。但是，这时的复合句多为省略关联词的简单句的组合，结构松散且情境性很强。

第二，词汇数量增加，词类日趋丰富。这一时期，儿童词汇数量迅速增加，所掌握的词汇中，名词、动词仍占多数，但比例在减少。比较抽象的形容词、副词和代词比例有一定的上升。更为抽象的数词和连词则没有什么明显的增加。2岁以后，儿童逐渐会用人称代词"我"来表达自己的需求和愿望，表明把自己从客体中区分出来。儿童满3岁时所掌握的词汇数量已经达到1 000个左右。

第三，语言理解能力不断提高，语言表达能力需要恰当引导。这一时期，儿童对词义的理解不断加深，能理解一些具有概括性的语词，如水果、玩具等等。还能够按照成人较为复杂的语言指示去支配和调节自己的行为。如对于成人所说的"把你掉在地上的冰淇淋包装纸捡起来扔进垃圾筒"这样的结构复杂的长句子，幼儿都能做出正确的行为反应。但是，这一时期的儿童，还不能运用已掌握的词语按语法规范将思想有条理地表达出来，语言运用的能力没有语言理解能力发展得早，语言表达的速度没有思维的速度快。当儿童的表达跟不上思维时，就常常会出现语言不连贯、语序不合理、同义反复的情况。有时看上去还像口吃，其实，这是儿童语言发展过程中的正常现象，具有普遍性，教师和家长不要嘲笑、催促和指责，更不能随便贴上"口吃"的标签。因为，这些不当的处理方法会带来儿童语言发展的危机，甚至产生语言障碍。教师对这种现象不要过多地关注，而是要适时地进行理解性引导。如，对儿童说："不着急，慢点说。""我知道你明白它的意思，那怎么才能说清楚呢？""先说谁，再说他在哪里做什么，把话说完整。"用温和的语气、自然恰当的方式引导儿童，儿童就会顺利度过这个语言发展的特殊时期。

在儿童的简单句阶段，儿童语言教育的重点是引导儿童说完整话，提高运用句子的表述能力。

2. 1~3岁儿童语言的教育

1~3岁是儿童的语言快速发展期，也是说话能力培育的关键期。为了进一步促进儿童语言的发展，提高语言水平，成人应注意儿童语言的教育与训练工作。具体方法如下：

（1）训练儿童的听力

良好的听力和良好的听觉习惯是儿童语言发展的重要条件。具体的训练方法有以下5种：第一，让儿童分辨现场制造的声音，如流水声、开关门窗声、物品掉地声等；第二，让儿童分辨录音中的日常生活中的声音，如汽车声、切菜声、熟人说话声等；第三，让儿童仅凭听觉辨别声音方位；第四，让儿童根据乐音高低调整拍手的轻重；第五，教儿童学唱儿歌。

（2）引导儿童喜欢听故事、学儿歌

儿童文学作品中生动的描写、优美的语言、有趣的情节为儿童语言发展提供了丰富的养料，听、学儿童文学作品是发展儿童语言的最好方法。儿童通过这种方式，不仅听到了有趣的故事，也学到了规范、优美的语言表达方式，还陶冶了情操。

（3）提供适合儿童的图书画报

由于儿童生活经验有限，有些人、事、物或现象很难亲身经历，所以，成人提供的色彩鲜艳、大小适中的图书、画报就成为儿童发展语言、了解社会的有益途径。无论儿童是在听成人看图说话，还是和成人一起看图学话，都使其在形象与符号两个水平上吸收和贮存信息，即把语义内容和语言符号结合在一起进行信息的接收、加工与贮存。这非常有利于儿童的语言学习与发展。

（4）积极开展游戏活动

游戏所具有的活动性、趣味性和丰富性特点使其成为儿童最喜爱的活动。儿童在游戏中，心情愉快，思维活跃，表达的积极性最高，成人应采用各种游戏方式来激发儿童表达的积极性。如，和儿童玩"藏猫猫"游戏，能激发起儿童交际的愿望、表达的愿望，当游戏结束，儿童还会用眼睛寻找游戏伙伴，用手指着刚刚游戏的区域并在嘴里发出音节，游戏过程和结果都极大地激发儿童用语音交流的愿望。让先学前期的儿童进行一些他们喜欢的玩沙、玩水、玩球、娃娃家等游戏，都可以极大地调动儿童口语表达的积极性。

（5）结合日常生活对儿童进行随机教育

在日常生活中，成人极易发现儿童说话中的问题，如发音不准、用词不当，甚至口吃或语病。及时发现后，教育者应通过恰当方式进行示范，及时纠正，用富有趣味的方式让儿童在愉快的情绪下改正错误。应特别注意的是，这种纠正不应引起儿童对说话的恐惧与反感。

（三）3~6岁儿童语言的发展与教育

随着活动和交往范围的不断扩大与交往频率的增加，3~6岁儿童的语言进入了一个新的发展阶段，尤其是进入幼儿园以后，幼儿接受更有目的、有计划、科学的语言教育，这直接促进了幼儿语言的准确性、完整性、流畅性、丰富性与生动性的发展。这一时期，也是儿童完整的口头语言发展的关键时期。幼儿有正常的听音发音器官与智力发育水平，在正确的教育下，幼儿已经基本上能掌握本民族的口头语言。

1. 口头语言的发展与教育

幼儿期儿童口头语言的发展主要表现在语音、语汇以及语法与句子的发展等三个方面。

（1）语音的发展与教育

幼儿期是掌握语音的关键时期，在正确教育下，幼儿能掌握母语的全部语音。学者研究发现：3~6岁幼儿对于声母和韵母的掌握随年龄的增长而逐渐提高；语音的发展受语言器官和神经系统成熟与发展的制约；韵母的发音错误较小，语言正确率高；在3~4岁阶段语音发展有飞跃现象，而到了4~5岁则进行较慢。由此可见，幼儿的语音教育的难点在于为幼儿提供良好的语言教育环境，特别是声母的示范与练习。同时，保护好儿童的言语器官也非常重要，它是其语言发展的生理基础。

小班幼儿语音发展。3岁是幼儿语音发展的飞跃期，他们基本掌握本地区语言的全部语音。但由于幼儿听音与发音器官发育还不够完善，听辨语音细微差别的能力比较弱，发音时对于唇、齿、舌等口腔部位的控制能力也比较弱，在实际说话时常常出现发音不准确、不清楚的现象，尤其是有些幼儿不能掌握某些声母的正确发音方法并很好地控制发音部位，如把"吃大米饭"说成"吃大一半"。再如，发不准声母"l"，就将"老师"说成是"脑师"、"咬师"或"ngǎo师"。在幼儿语音发展过程中，常常出现以下情况：第一，以舌尖中音代替舌根音，如将"大哥哥"发成"大dēde"。第二，用舌尖前音z、c、s或舌面音j、q、x代替难发的翘舌音zh、ch、sh、r，如把"老师"称为"老希"或"老基"。第三，当发平舌音与翘舌音相遇的语音时，常会出现顾此失彼或同时发错的情况，如把"狮子"说成"希儿"、"撕子"或"狮纸"。第四，翘舌音 r 常常发成边音 l，如把"很热"说成是"很乐"等。第五，易受环境与方言的影响，有前、后鼻音不分，声母"n、l"不分，以及平、翘舌不分等发音不准确的现象。如在西北地区，易出现以后鼻音代替前鼻音，如将"开门"说成"开蒙"；而在江浙地区，易出现用前鼻音代替后鼻音，易将"蒙眼睛"说成"门眼睛"。在湖南地区，易将"老奶奶"叫"老来来"。在东北地区，常会平、翘舌不分，易将"请坐"说成"请 zhuò"、把"春天"说成"村天"，这种现象如不能及时纠正与教育，将会一直延续至成年时期。

中班幼儿语音发展。中班幼儿发音器官与听音器官的发育较小班时期更趋完善，具备了控制发音与听音的生理条件。如果坚持以普通话教学，并用科学的方法让幼儿进行反复的语言实践，幼儿就能掌握汉语中的全部语音。虽然这一时期幼儿学得迅速，掌握得也较好，但是个别幼儿对某些如 n、l、r、y 等相似音，发音仍有困难，常把"草绿了"说成"草玉耶"或"草 ngì-nge"。这就需要教师用恰当有趣的方式引导幼儿反复练习，从而使幼儿能将这些语音区分开来。

大班幼儿语音发展。大班幼儿已经具备了健全的听音和发音器官。尤其是他们中枢神经系统的发展使其建立了言语动觉调节、听觉调节与视觉调节的语言自我调节机制。他们能有意识地对待自己的语音，大部分幼儿会在成人的引导下反复练习发错的音，个别幼儿偶尔会出现回避、借故或歪曲的做法，对于故意模仿他们发错的音会非常生气，也会经常挑剔周围人的发音，有时还会纠正、评价他人的发音，对于相声或小品中的演员故意发错的音会兴奋地笑个不停或故意模仿。在成人正确的教育下，幼儿这一时期能够做到发音准确，吐字清晰，分出四声，能按照语句内容调节音调与重音。如，老师在赞美幼儿的手工作业时会说："好漂亮呀！谁折的小飞机？"折纸的那位幼儿就会说"我——折的"，在说"我"时会特别强调而且提高音量以表达喜悦与自豪。如果 6 岁左右的幼儿经过正确教育，仍有口齿不清、发音不准或发不出某些音的情况，应该到正规的医疗机构进行专门的检查和矫正。

语音教育的方法一般可以从以下五个方面着手：第一，成人要以正确的语音为示范，创设语音面貌良好的语言环境。第二，用浅显易懂、具体形象的语言清楚地讲解发音要领，使幼儿对发不准的语音做到"知其所以然"。第三，语音练习方式要多样化、趣味化、游戏化，时间不要过长。第四，用科学的方法及时恰当地纠正幼儿语音方面的错误，防止幼儿对语音学习产生恐惧和反感。对于幼儿发错的语音，成人不要重复和模仿，而应直接示范正确的发音，以免强化错误，使其混淆正误。第五，对于同时学习母语和第二语言或外语的幼儿，出现语音混淆时，教师要有耐心，将自己所负责的部分通过示范、讲解、练习等恰当的方式进行教育，使其对该部分语音能够做到准确地再认和再现。

（2）语汇的发展与教育

幼儿期是儿童语汇发展最迅速的时期，表现为词汇数量增加、词类逐渐增多、词汇内容扩展以及对词义理解逐渐深入等四个方面的特点。第一方面，词汇数量的增加往往取决于幼儿的生活经验和教育影响，因此，同一年龄幼儿掌握词汇的数量有很大的差异。第二方面，幼儿掌握的词类中出现最早、数量最多、比例最大的是实词，随着年龄的增长和语言交往经验的扩大，副词、连词、助词、介词等虚词所占的比例逐渐增加，但这类词在幼儿掌握的所有词汇中所占的比例仍然较少。第三方面，幼儿所掌握词汇的内容从占比例较高的日常饮食、生活用品和交通工具逐渐扩展到文化生活与社会现象。第四方面，词义理解则是由浅入深，首先掌握其基本义，然后理解其引申义。如，幼儿在听《小马过河》的故事时，听老师讲道："河水很深，小松鼠会淹死的。"对这里的"深"，幼儿一听就明白了。但是如果是听《明亮的玻璃窗》的故事，当老师说到"山羊公公学问很深，戴着眼镜在讲课"时，对这里的"深"，幼儿理解起来就困难了。这就要求教师在引导幼儿理解词义时要由浅入深，帮助他们正确地理解词义和使用词。各年龄班幼儿的词汇发展情况具体如下：

小班幼儿词汇的发展。一般说来，3~4岁幼儿对词义的理解较为肤浅，可掌握1 000多个词，首先掌握的是生活中最常用的一些词。其中，名词、动词占多数，还有一些表示事物形态或性质的形容词，如大、小、冷、热、软、硬、长、短、方、圆等。但由于幼儿的分辨能力和使用频率等原因，还常会出现用词不确切的情况，如常用大、小来代替长、短、高、矮等形容词。由于汉语的量词十分丰富，分得很细，而且有一些固定搭配，致使幼儿对量词的掌握较为困难，常易用错或用"个"来代替所有的量词，如会说"一只爸爸"、"一个衬衫"等。数词则与幼儿的数概念的发展有关，虽然有的幼儿能唱数到100，但这一时期儿童实际能掌握的数概念为5以内的数。小班幼儿还能掌握副词中的"不、再、都、又"等词。随着儿童自我意识的发展，小班幼儿所掌握的代词中除了表示方位的"这、那"以外，还出现了人称代词"我、你、他"；在讲故事时和生活中也经常会用到感叹词，如"啊、吧、哇"等等。

中班幼儿词汇的发展。4~5岁的幼儿所掌握词汇的数量迅速增加，但仍然以名词、动词和形容词占多数。同时，还能掌握一定数量的反义词，如"大、小"，"上、下"、"高、矮"，"胖、瘦"等。这一时期的幼儿对词义的理解也较以前更为深刻。但是对数词和量词的掌握仍然感到困难。由于幼儿受思维水平发展的限制，对比较抽象的、表示时间概念的词掌握较困难，还偶尔会用错，如"我明天去过姥姥家了"。但总体看来，幼儿对昨天、前天等词理解得较为模糊，对明天理解得相对较为清晰。因此，教师和家长应通过各种教育活动和日常生活，帮助幼儿准确理解词义，丰富词汇类别，扩大词汇数量。

大班幼儿词汇的发展。5~6岁幼儿随着生活范围的扩大和知识经验的增加，词汇已经相当丰富，词汇总量可达3 000至4 000个，各类词都能掌握，对词义的理解也更为深刻了。随着抽象思维的发展，这一时期幼儿的概括能力明显提高，逐步掌握一些概括性较强的词，如玩具、餐具、交通工具、水果、蔬菜、动物等，而且还能注意到事物间的联系，掌握一些关联词，如"因为……所以……"等。

随着幼儿掌握词汇数量越来越多，他们用词的积极性越来越高，常常会将新听来的词汇用在交往中，也常常会出现"用词不当"和"生造词"现象。如有的幼儿会难过地说："因为我爷爷牺牲了，所以我明天不能来幼儿园了。"还有的幼儿会说："今天天气不好，总下隔雨。"这里的"下隔雨"就是"下阵雨，隔一会，下一会"。当幼儿明白是什么意思但又找不到恰当的词来说明时，常常会自己造一个词来帮助表达。这两种现象，是幼儿词汇贫乏、语言发展不够完善的表现，教师应采用恰当的方式引导幼儿，不要打消其大胆用词、敢于表达的积极性。

对幼儿进行语汇的教育一般从增加数量、加强理解和指导运用三方面进行：第一，创设条件，丰富语汇。可以通过游戏、文学作品和早期阅读等途径丰富语汇。第二，引导幼儿准确理解词义。准确理解是正确运用的前提，教师可以通过直观教具演示、讲解、示范和启发幼儿自己理解等途径帮助其理解词义。第三，指导幼儿正确运用语汇。能够正确运用的语汇才是幼儿真正掌握的语汇，教师应通过造句、配对、填图等方式和日常生活等各种途径指导幼儿正确运用语汇。

（3）语法与句子的发展与教育

当幼儿掌握一定数量的词汇以后，再用一定的语法规则将词汇合乎逻辑地组织起来，才能明确完整地表达自己的想法，使语言真正起到沟通和交际的作用。

幼儿掌握语法规则是在与成人的交往中逐渐掌握的。他们从自然地模仿成人语言习惯，逐步过渡到掌握语法规则，能够用词组句完整地表达。因此，成人的语法规则就非常重要。有的地区有状语后置的表达现象，如把"你先走"说成是"你走先"；还有的地区有宾语前置的句子表达现象，如把"你吃饭了吗"说成是"你饭吃了吗"，幼儿也就模仿成人这样表达。教师不应受方言或地域的影响，而应采用正确规范的、符合语法结构的句子进行语言教育，引导幼儿反复实践，逐渐掌握正确的语法规则，形成良好的语言习惯。

学前期儿童的句子的发展具有以下特点和趋势：

① 由不完整句到完整句。儿童最初出现的句子不够完整，句子成分常缺漏主语或宾语。如儿童说"老师，喝水。"其实他是想说："老师，我要喝水。"还有的幼儿说："我要抱。"其实他想说"我要妈妈抱。"有学者研究发现：2岁儿童的简单句中完整句占64%，而6岁儿童的完整句则占99%。教师在教学中应注意通过讲述活动、谈话活动等方式引导幼儿说完整话。但对于生活中可以意会的语境，成人也常常省略句子成分，此时不必教条地要求幼儿也必须说完整话。

② 由简单句到复合句。儿童在二三岁时期的口语表达主要是简单句，偶尔也出现了复合句，但是数量极少，到幼儿期复合句逐渐增多。在幼儿语言表达中最初出现的是并列复合句。其次是从属复合句。在从属复合句中，最先出现的是表示时间的复合句，然后是表示因果的复合句，而表示条件的复合句，则出现较晚。5岁左右的幼儿已经能运用各种词汇构成的不同语句，顺畅自如地表达自己的愿望和想法。学者研究发现：儿童所说句子中简单句的比例逐年下降，而复合句所占的比例逐年上升，3岁时的复合句占所有句子的3.8%，而且常常缺乏关联词，到6岁时，复合句占所有句子的19.1%，而且关联词语运用得较多。教师应引导幼儿将简单句说得更完整，将复合句说得更恰当。

③ 由陈述句发展到多种形式的句子。在儿童的语言从婴儿期末期出现的单词句发展到幼儿前期出现的简单句的过程中，句子形式主要是陈述句，到幼儿期，陈述句仍占1/3左右，之后出现了疑问句、祈使句。在幼儿期还出现了否定句和感叹句，但是这几种句式主要是在具体的情境下用得较多。如幼儿在经过玩具店的橱窗时，会说："多漂亮的娃娃呀！"在被要求去做自己不情愿的事情时，会说："我不去。"在看到没见过的、新奇的事物时会问："小车为什么会走呢？没看到上发条呀！"这一时期被动句偶有出现，双重否定句尚未出现。

④ 由无修饰句到有修饰句。儿童最初使用的简单句是没有修饰语的，有的语句即使

是有修饰语，也是被当做一个词来使用的，如"小汽车"、"大苹果"等。学者研究发现：2岁儿童在使用句子时，有修饰语句子的只占20%，3岁儿童的则占50%。教师应通过讲述活动或谈话活动引导幼儿在把句子说得完整的同时，还能把句子说得生动形象。如幼儿在讲《小鸡和小鸭》时，说小鸡和小鸭来到了小河边，看到什么样的小河，教师鼓励幼儿说出"清清的小河"、"蓝色的小河"、"哗啦啦流淌的小河"后，再让其把这些修饰性的词语放进刚才的句子中，说出完整句，此时，幼儿甚至会说出"小鸡和小鸭来到小河边，看到清清的小河正在哗啦啦地流着"。

对于在语法和句子的教育，教师可以从以下四个方面进行：

第一，教师应创设宽松自由的学习氛围，使幼儿从有话想话、有话敢说发展到有话能说、有话会说，减少因为紧张、胆怯而导致语序混乱、语法逻辑错误、语句不通顺、句子表达不流畅的情况。

第二，教师应自然巧妙地引导幼儿说完整句。如，当幼儿说"老师，喝水"时，老师可以说："老师不想喝水，是谁想喝水呀?"幼儿会回答："我。"这时，老师就可以随机启发说："请你完整地说'谁想喝水'。"

第三，教师在表达时应注意语法规范、句子通顺，这样才能为学前儿童提供正确的范例。

第四，教师通过口头造句、以词组句、扩句练习、看图说句、故事比赛等方式引导儿童巩固语法规则，调动幼儿说完整句的积极性。

2. 语言理解能力的发展

幼儿语言理解能力的发展主要是从对词的理解、句子的理解和语段的理解三个语言结构层次上表现出来，常常又被称为语义理解能力的发展。幼儿理解语言具有两个特点：其一，根据当前的语言环境和已有的知识经验猜测词语的意思，最初的猜测常常是不准确、不全面的。如，一个幼儿说"楼好高，帽子掉下来"，另一个幼儿会理解为"帽子从好高的楼上掉下来。"如果前一个幼儿边说边比划边做动作，后者就能结合动作和语言情境理解为"楼好高，看楼看得身体后仰，帽子都仰掉下来了"。其二，儿童对语言的理解经历理解词或句子所表达的基本语义关系、理解语言的实用意义和理解句子的各个语词含义等几个阶段。儿童获得词义要比获得语音、句法更复杂。获得词义的过程几乎贯穿一个人的一生。

(1) 幼儿对词的理解

幼儿对词的理解是理解语言和正确使用语言的基础。幼儿对词的理解经历了由笼统到精确、由具体到概括的过程，幼儿对词的理解始终是以认知能力的发展，尤其是以对概念的掌握为基础的，对词的理解随年龄增长而不断深入和准确。儿童是先听懂成人的语言，而后学会应用语言进行交际，因此，儿童能听懂的话比能讲出的话多。那些幼儿对其词义不十分理解或有些理解但不能正确使用的语汇称为消极语汇。而那些幼儿既能理解又能正确使用的语汇称为积极语汇。教师应创设条件帮助幼儿理解、练习和运用语汇，将消极语汇逐步转变为积极语汇。

(2) 幼儿对句子的理解

儿童1岁多的时候，就能够对成人用句子表达的要求做出相应的表情或动作。如，成人说"宝宝谢谢××"，儿童就会朝向对方做出两手抱在胸前上下晃动的动作。从这个动作反应能看出儿童已经能够听懂这个句子。

2~3岁儿童已经能够听懂简短的故事，看无字的图画书，在成人指导下进行简短的看图说话。

4~5岁幼儿对句子的理解能力进一步增强，能和成人自由交谈，能听懂比较复杂的故事，还能根据要求续编故事，能进行包括看图讲述、情境讲述、生活经验讲述等活动。

6岁幼儿能够理解被动句等较为复杂的句子，能进行包括选图讲述、排图讲述等各种类型的创造性讲述，但对双重否定句的理解还有困难。

（3）幼儿对语段的理解

随着年龄的增长，儿童对语段理解能力逐渐增强。其中，3~4岁儿童对陈述性语段的理解较好，但在所要理解的语段中，句子数量不宜过多，内容不宜过长。幼儿对语段的理解常常易受语言情境和语速的影响。幼儿对较长的、说理性的语段理解能力较差，当老师用简短的对话语言代替长篇大论时，幼儿会更易理解。如，有的幼儿犯错误了，成人喜欢长篇大论地说教，在结束谈话前，成人常常喜欢在最后检验教育效果时提问："还能不能这样做了?"幼儿常常回答"能"，弄得成人啼笑皆非，原因就是幼儿根本没理解成人所言何意，这常常就是因为成人的说理性语段过长。如，有个小朋友抢了别人的玩具，教师说："如果别人抢你的玩具，你生气吗?"幼儿回答："生气。"老师又问"做惹别人生气的事，是乖孩子吗?"幼儿又答："不是。""你想做个乖孩子吗?"幼儿答："想。"老师又问"还抢别人的玩具吗?"幼儿会使劲摇头说："不抢了。"在这个例子中，老师用的是简短的对话语言，幼儿理解起来就比较容易。

幼儿理解语言具有以下特点：

第一，从听懂语言意义向运用语言进行交际发展。如，教师要求幼儿将某物送到某老师处，幼儿将物品送到某老师处，却不会应用语言进行表达。再如，家长要挽留客人吃饭，幼儿不会用词语表达，但却会拉着客人不让他走。说明幼儿能听懂语言的意义。教师应创造条件让幼儿练习运用语言进行交际，提高幼儿应用语言表达想法的能力。

第二，幼儿理解语言往往受直接经验的影响。处于具体形象思维阶段的幼儿，理解语言具有形象性的特点，是凭借具体形象的联想来理解语言的。幼儿往往凭自己的直接经验来理解语言，教师应多结合幼儿的实际生活和直接经验来启发引导幼儿理解语言。如，老师让幼儿列队行走时要达到走姿要求，常常爱说"走好点"、"好好走"，但是这句话非常笼统，幼儿不易理解什么样子的走法才是"好好走"。如果教师说"小朋友走路要像解放军叔叔一样，看哪个小朋友走路最像解放军叔叔"。因为幼儿常常在电视或生活中见到解放军走路时威武雄壮、精神饱满的样子，所以幼儿很快就理解了，走路时尽量挺胸抬头，手臂有力地摆动，即便走"顺拐"了，可依然走得很精神。

第三，幼儿理解新的语句常受事件可能性的影响。这种情况是指幼儿常常会不顾句法结构或前面的说明和解释去理解，而只是根据自己主观推测的事件可能性去理解。如，听到"娃娃抱妈妈"这句话时，幼儿常常会理解为"妈妈抱娃娃"。再如，在学习看图讲述《猴子学样》时，老师讲完猴子爱学别人的样子，所以老爷爷戴帽子，猴子也戴帽子；老爷爷扔帽子，猴子也扔帽子。然后，老师又问幼儿："小猴子为什么要戴帽子呢?"有一部分幼儿竟会回答:"因为猴子头冷。"

第四,幼儿理解常受词序的影响,对被动语句的理解尤为明显。如听到"明明被静静碰了一下",他们会理解为"明明碰了静静"。这种情况在3岁时出现,4岁时最为强烈,5岁以后渐弱。

第五,幼儿理解语言易受语言情境和非语言交际手段的暗示。幼儿的情感极易受到感染和暗示,因此,教师应准确理解所要表达的内容并注意创设与之统一的语言情境,并利用手势、表情等非语言交际手段来帮助幼儿理解语言。如在组织幼儿午睡时,教师可以把手指竖在嘴唇上暗示幼儿不要说话,幼儿很快受到感染并安静下来;反之,如果教师对幼儿大声命令或批评幼儿不安静,那么幼儿也会大声地说出自己不安静的理由,如幼儿说:"明明推我!"再如,学习儿童诗《摇篮》时,如果教师先播放一段优美舒缓的《摇篮曲》,朗诵时再用优美舒缓的语调及轻柔优美的动作,幼儿很快就理解了诗歌的内容,在教师的引导下,还能仿编出一些与诗歌意境吻合的优美诗句,如"草原是摇篮,摇着羊宝宝,风儿轻轻唱,羊宝宝睡着了"。

增强儿童理解能力可以从四方面进行:第一,通过集体要求和个别委托任务,了解儿童理解能力的发展情况。如,在用餐前,让个别儿童帮助摆餐具;睡觉前,让儿童集体配合轻柔的音乐做动作舒缓的助睡操。第二,通过师幼互动、幼幼互动的交谈,为儿童创造理解语言的机会。第三,教师在讲解时注意结合儿童已有的生活经验,同时还要注意丰富儿童的知识和生活经验,减少儿童主观臆断性的理解。第四,通过有趣的思维灵活性、流畅性、独特性和概括性的游戏训练,不断提高儿童对语言的理解能力。

3. 语言运用能力的发展

语言是一个非常复杂的信息系统,包括由语音、词汇和语法等要素构成的语言系统和由表情、动作、语调、音质等非语言交际手段等两个方面。学前儿童语言发展的一个重要方面就是语用技能的发展。语用技能是指根据交际目的和语言情境有效地使用语言工具进行交际的一系列技能。幼儿运用语言进行交际不仅需要掌握语言系统,还需要对交际的场景、对象以及交际的情感、动机、兴趣和愿望等多种因素有所把握。

2岁左右儿童的交际语言主要是对话语言,即在与成人或儿童的协同中完成的交流,还不具备保持同一话题的能力。

3岁左右儿童的交际语言中逐渐出现了独白,即一个人不依靠交际对象的引导和协作而向听者讲述自己的经验、印象或感受的口语表达方式。但这种独白式语言发展得不够完善,常常需要借助于一些"后来……后来……"或"然后……然后……"等词来帮助表达。这一时期的儿童在交往中情境性语言较多。情境性语言是指在口语表达时主观地设定交际对象已经了解他要表达的内容,并且附加许多的手势和表情,交际对象需要边听边猜当时的情境才能懂得的语言。

4岁幼儿能根据听话人的能力调节其说话的内容。如,他(她)在向2岁幼儿介绍一种新玩具时,话语简短,多用"看着"、"注意"等词引起对方的注意或使对方保持注意,说话时自信、大胆、直率。对成人说话时,则话语长、结构较为复杂,表现得比较有礼貌和谨慎。这一时期,幼儿连贯性语言开始发展。连贯性语言是指句子完整、前后连贯,能够反映完整的思想内容,交际对象不必考虑当时的情境就能理解说话人意思的语言。但这一时期幼儿以自我为中心的表达较多，社会性语言有待发展。如，当幼儿正在与别人交流时，听到或看到自己感兴趣的内容时，不顾这个内容是否与当前的话题有关，马上就转移了注意力。

5~6岁幼儿在与成人或同伴交谈中，自我中心的语言表达逐渐减少，能够根据交际对象的反馈调整说话的内容和方式，表现为"有话会说"。

学前儿童在运用语言进行交际过程中，表达出来的句子非常简略，音调较高，使用的具体、形象的词汇较多，句型以陈述句为主、以疑问句和祈使句为辅。随着年龄的增长和语言发展水平的提高，幼儿不合语法规则的话语以及"生造词"和"用词不当"现象逐渐减少，6岁左右幼儿一般都能清楚、流畅、完整、准确地表达自己的体验或故事，顺利地运用语言与同伴或成人交流。

这一时期，还会出现一种不起交际作用的自言自语，常常表现为游戏语言和问题语言两种形式，这种语言主要是起着自我调节的作用，它是外部语言向内部语言过渡的一种形态。

学前儿童运用语言进行交际的发展趋势是：从情境性语言到连贯性语言，从对话语言到独白语言，从自我中心性语言到社会性语言。

为了更好地培养幼儿的语言运用能力，教师可以从以下三方面入手：第一，创设宽松的支持性语言环境，教师要理解、关心、尊重、接纳每一位幼儿表达的愿望和请求。良好的交往互动环境能激发儿童运用语言进行交际的积极性和主动性，使其真正感受到运用语言交流的乐趣，创造机会让幼儿积极勇敢地运用语言进行表达。正像《幼儿园教育指导纲要（试行）》中关于语言教育的指导要点中所说的那样："语言能力是在运用的过程中发展起来的，发展幼儿语言的关键是创设一个能使他们想说、敢说、喜欢说、有机会说并能得到积极应答的环境。"第二，面向全体幼儿，注意个体差异。语言发展具有很强的个体差异性，教师应做工作中的有心人，关注每一位幼儿的语言发展，让害羞的、胆小的、孤单的、新来的小朋友都有交流和表达的机会。第三，各领域要积极配合，共同提高儿童的语言运用能力。如，在美术课上，老师可以请刚画完图画的小朋友到前面来展示，并让小朋友用语言说明：画的是什么？怎么画的？为什么这么画？语言教育不只是语言活动一个领域的任务，而应是各领域共同配合、共同努力的工作。

4. 早期阅读能力的发展

近十几年来，人们越来越关注幼儿读写发展的研究，幼儿在早期获得口头语言发展的同时，也开始对书面语言有了兴趣，如自家的门牌号码、商店的招牌、食品包装袋上的文字、自己的名字等。学者研究发现：3~8岁是儿童发展基本阅读能力的关键期。在这个阶段，儿童的口头语言发展速度惊人，同时也开始认识符号、声音与意义的关联性，学习如何看一张纸、一本书，尝试用自己所学的语言解释在周围生活中的所见所闻。早期阅读能力的发展主要包括早期识字行为的发展、早期图书阅读行为的发展和早期书写行为的发展三个方面。

（1）早期识字行为的发展

儿童识字行为可以分为萌发阶段、初期阶段和流畅阶段三个时期。萌发阶段的儿童会饶有兴趣地捧着书看，注意环境中的文字，辨认自己的名字，喜爱有重复句子的童谣。初期阶段的儿童开始了解文字的意义，愿意念书给周围人听，喜欢认读熟悉的字，如动画片的片名、爱吃的食品包装袋上的文字。流畅阶段的儿童能够独立阅读各种文字，会以适合文字内容与风格的语速、语音和语调进行阅读。学前儿童的早期识字行为主要处于萌发阶段和初期阶段。

（2）早期图书阅读行为的发展

早期图书阅读行为是幼儿早期阅读能力发展的一个重要方面。学者研究发现，汉语儿童图书阅读行为可以分为看图画但未形成故事、看图书形成故事、试着看文字三个阶段。

（3）早期书写行为的发展

幼儿从在纸上随意涂画到了解写字的形式，再到试着写出类似字的东西，幼儿的书写行为的发展经历了尝试和探索的过程，目前尚未有汉语儿童书写能力研究结果出现，但有学者研究发现，英语儿童书写行为的发展经历了画图、涂写、类似书写、连串似的书写、发明的书写和真正的书写六个阶段。

教师应坚决反对早期阅读就是"早期识字"的错误观点，要根据幼儿年龄特点和早期阅读能力发展的特点，在区角投放适宜的阅读材料，在区域活动时采用科学的、有趣的、丰富多彩的形式开展早期阅读教育，切实促进儿童早期阅读能力的发展。

四　学前儿童语言教育的目标

学前儿童语言教育的目标是对学前儿童语言教育的目的和要求的归纳，是实施语言教育的方向和准则。学前儿童语言教育的目标，是根据幼儿保育与教育的总体要求确定的，它是依据社会的要求、幼儿语言发展的规律、语言的学科性质以及幼儿语言学习的特点而制定的，它是学前教育总目标在语言领域的具体化。学前语言教育目标使学前教育工作者更加科学地确定语言教育的内容、选择语言教育的方法和途径，并能恰当而有依据地评价学前语言教育的效果。

我国教育部于2001年颁布的《幼儿园教育指导纲要（试行）》（以下简称为《纲要》），是我国幼儿教育纲领性文件，其中对语言教育提出了总的目标和要求。这些目标和要求在一定程度上吸纳了国际儿童语言教育研究的最新成果和理论观念，充分体现了我国学前儿童语言教育改革与发展的趋势。

本部分主要阐述幼儿园语言教育的总目标、活动类型目标和语言教育具体活动的目标。

（一）幼儿园语言教育的总目标

幼儿园教育的总目标，是幼儿园语言教育任务和要求的总和，即幼儿园三年语言教育所期望的最终结果。《纲要》从目标到内容与要求以及指导要点做了如下规定：

1. 目标

（1）乐意与人交谈，讲话礼貌。

（2）注意倾听对方讲话，能理解日常用语。

（3）能清楚地说出自己想说的事。

（4）喜欢听故事、看图书。

（5）能听懂和会说普通话。

2. 内容与要求

（1）创造一个自由、宽松的语言交往环境，支持、鼓励、吸引幼儿与教师、同伴或其他人交谈，体验语言交流的乐趣，学习使用适当的、礼貌的语言交往。

（2）养成幼儿注意倾听的习惯，发展语言理解能力。

（3）鼓励幼儿大胆、清楚地表达自己的想法和感受，尝试说明、描述简单的事物或过程，发展语言表达能力和思维能力。

（4）引导幼儿接触优秀的儿童文学作品，使之感受语言的丰富和优美，并通过多种活动帮助幼儿加深对作品的体验和理解。

（5）培养幼儿对生活中常见的简单标记和文字符号的兴趣。

（6）利用图书、绘画和其他多种方式，引发幼儿对书籍、阅读和书写的兴趣，培养前阅读和前书写技能。

（7）提供普通话的语言环境，帮助幼儿熟悉、听懂并学说普通话。少数民族地区还应帮助幼儿学习本民族语言。

3. 指导要点

（1）语言能力是在运用的过程中发展起来的，发展幼儿语言的关键是创设一个能使他们想说、敢说、喜欢说、有机会说并能得到积极应答的环境。

（2）幼儿语言的发展与其情感、经验、思维、社会交往能力等其他方面的发展密切相关，因此，发展幼儿语言的重要途径是通过互相渗透的各领域的教育，在丰富多彩的活动中去扩展幼儿的经验，提供促进语言发展的条件。

（3）幼儿的语言学习具有个别化的特点，教师与幼儿的个别交流、幼儿之间的自由交谈等，对幼儿语言发展具有特殊意义。

（4）对有语言障碍的儿童要给予特别关注，要与家长和有关方面密切配合，积极地帮助他们提高语言能力。

《纲要》反映了国际儿童语言教育的最新理论观念，体现了我们幼儿语言教育改革的新趋势：第一，《纲要》特别关注儿童语言运用能力的培养，突出地强调了"语言的能力是在运用的过程中发展起来的"。第二，《纲要》十分重视支持性语言教育环境的创设，创设开放平等、宽松民主的语言学习环境，支持幼儿在活动中扩展语言经验。提出"发展幼儿语言的关键是创设一个能使他们想说、敢说、喜欢说、有机会说并能得到积极应答的环境"。同时还要满足幼儿语言学习的个别需要，"对有语言障碍的幼儿要给予特别关注"，创设相应的教育环境。第三，《纲要》还第一次把早期阅读的要求纳入语言教育的目标体系。

从《纲要》的表述中可以看出，幼儿园的语言教育侧重于对幼儿语言学习中积极情感态度的培养。但对"如何说"、"怎样说得好听"等都没有作具体的规定。幼儿教师应准确把握、深入理解《纲要》主旨，将语言教育的总的目标落实在精心设计和认真组织的各种形式的学前语言教育活动中。

（二）幼儿园语言教育活动的类型目标

为了培养学前儿童的倾听、交谈、理解、表达、早期阅读、文学作品欣赏等能力，学前儿童语言教育主要通过谈话活动、讲述活动、语言游戏活动、早期阅读活动和文学作品活动等五种语言教育类型来实现教育目标。本部分内容将在后面的单元中逐一学到，这里不再赘述。

（三）幼儿园语言教育具体活动的目标

幼儿园语言教育的总目标和各年龄段目标一般是由国家专门的机构以规章条文或纲领性文件形式制定的。语言教育的具体活动目标则是由幼教机构的教师自己根据总目标、年龄阶段目标以及本地区、本班幼儿实际情况制定的，它是指具体某一次、某一组相近活动或某一主题系列活动的目标，它们与具体的教育内容紧密相连。它是语言教育活动设计与组织的出发点，也是落脚点。为了使语言教育具体活动的目标能够起到导向和监控作用，教师在制订活动目标时应该注意以下四个方面的问题：

1. 语言教育活动目标应着眼于学前儿童语言的发展

这里学前儿童语言的发展包含两层含义：一层是目标的制定应适应学前儿童已有的发展水平，符合学前儿童语言发展的规律；另一层是目标的制定应以促进学前儿童的语言发展作为落脚点，落实到学前儿童对语言内容、语言形式和语言技能的掌握上。

2. 语言教育活动目标的内容和要求在方向上应与总目标、年龄阶段目标保持一致

活动目标要为年龄阶段目标和总目标服务，总目标和年龄阶段目标要通过一个个具体的活动目标落实在每个学前儿童身上。要根据学前儿童的年龄特征和发展水平，由浅入深，由低到高，循序渐进地提出教育目标，使学前儿童通过积极的活动获得语言经验。

3. 语言教育活动目标的内容一般应包含情感态度、认知和能力三个方面

第一方面，目标应明确提出对儿童情感态度的培养，包括兴趣、态度和价值观等方面。即了解幼儿是否形成了耐心倾听的态度，乐意在集体面前讲述自己的经历，是否懂得并遵守一般的语言交往规则。同时，还要懂得活动内容中所包括的文明道德等方面的道理。如，懂得什么道理、培养什么感情、怎么做才更受欢迎等等。

第二方面，目标内容应明确提出具体语言知识的学习，又叫认知目标，它包括所获得知识的形式、数量和种类，以及操作这些知识的技能和能力。如，语音、语汇和句型及其使用语境等语言知识；或是初步了解到某种文学活动样式，如故事的情节叙事、诗歌的押韵抒情等。

第三方面，目标应具体说明能力和技能的训练效果，如组词成句的能力、在具体的语境中运用语言的能力、连贯表达的能力、观察图片或表演讲述图意或表演内容的能力等。如，看图讲述活动《小兔家的窗》的活动目标，即可确定为以下几个目标：其一，情感目标，懂得遇到困难要动脑筋想办法才能克服困难；其二，认知目标，了解看图讲故事的方法，学会"挖"、"融化"等新词，明白小河在冬天会结冰、在春天会融化成水的道理；其三，能力和技能目标，能按顺序观察图片并较为完整、连贯地讲述图意。

4. 语言教育活动目标的表述应该采用专门的术语

语言教育活动目标通常可以用儿童学习行为的变化进行表述。一个恰当的目标应该能成功地向别人表达教师的教育意图，应便于观察者和评价者在活动后通过学前儿童的行为变化加以评价。一般说来，情感态度目标的表述术语有：培养……情感、懂得……道理、学会……方法、明白……意义等。认知目标的表述术语有：了解、理解、掌握、学会、认识、懂得等。能力或技能目标的表述术语有：能够、学会、运用、使用等。

制定语言教育活动的目标，是语言教育活动设计中最重要的一环，它的恰当与否，将对整个活动设计产生决定性的影响。教师应该在准确深入理解总目标、年龄阶段目标的基础上，认真制定活动目标。

从目标的层次分析中，幼教工作者在实施目标中应注意以下问题：第一，将《纲要》中的高层次目标准确地转化为多个低层次目标。第二，贯彻《纲要》时应注意因地制宜、因时而变。第三，理解总目标、年龄阶段目标及各目标之间的关系，这样便于在制订教育计划时能通盘考虑。

五　学前儿童语言教育的原则

（一）促进儿童语言发展的原则

促进儿童语言发展是学前语言教育的出发点和最终落脚点。传统的语言教育以教师为中心，重视语言知识的灌输和传授，忽视幼儿语言行为能力的培养。为了更好地促进幼儿语言发展，教师在教学中应注意以下两个问题：

第一，教师要对语言教育目标做到懂、透、化，即明确总目标，理解年龄阶段分目标，将目标在每节课中落实，做到具体化。只有教师理解并掌握了语言教育的目标，才能紧扣教育目标设计出每次的具体活动目标，才能使幼儿的语言发展有明确的方向和可以测量的标准，并通过实施有组织的教育活动促进幼儿语言的发展。

第二，教师要明确语言教育的最终目标是发展学前儿童的语言。从语言教育活动的设计来看，语言教育的形式可以是丰富多彩、多种多样的，但是内容和形式最终都是为发展语言能力服务的，不能只追求表面热闹，而实际上却没有促进幼儿语言发展的活动。

（二）让儿童积极活动的原则

根据皮亚杰的认知理论，学前儿童语言教育研究学者认为，儿童的语言是通过积极的活动得到促进和发展的。全语言教育观念中活动的语言教育观强调学前儿童语言教育应在丰富多彩的活动中进行。在贯彻这一原则时应注意以下问题：

1. 教师在活动中要发挥主导作用，为儿童提供充分的语言操作的环境和机会以及多种形式的语言操作

正如《纲要》中所说，"语言能力是在运用的过程中发展起来的，发展幼儿语言的关键是创设一个能使他们想说、敢说、喜欢说、有机会说并能得到积极应答的环境"。

（1）教师应创设良好的语言教育环境

如，提供丰富的语言材料和操作材料、创设适当的氛围以体现教师有关活动目标的设想，精心安排和组织幼儿与一定的语言材料以及相关的信息材料的相互作用。

（2）教师应运用灵活的语言教育方法

如，通过讲述、提问、示范、提示、暗示等方法指导幼儿感知和探索，做幼儿学习的启发者、引导者、支持者和帮助者，成为儿童与环境相互作用的一种中介力量，设计环境并指导幼儿与环境进行交往。

（3）教师应注意因材施教

正如《纲要》中所说，"幼儿的语言学习具有个别化的特点，教师与幼儿的个别交流、幼儿之间的自由交谈等，对幼儿语言发展具有特殊的意义"。在充分了解幼儿语言状况的基础上，教师在对全班提出统一要求的同时，针对每个幼儿的特点给予指导，根据维果茨基的最近发展区原理，应让全体幼儿的语言都得到发展。

（4）活动过程应体现各类语言教育活动的组织结构的特点

组织结构是各种教育活动的基本构成要素以及各要素先后展开的顺序，它体现了教育规律和幼儿的认知规律。如，讲述活动的结构不同于语言游戏活动，讲述活动在导语之后是以"感知理解讲述对象"为开端，以完整、连贯、准确地小结讲述为结束；而游戏活动则是在创设游戏情境后是以"介绍游戏名称、玩法和规则"为开端，以充满趣味的游戏过程体验或对抗性游戏的结果为结束。

（5）活动设计要为活动过程的实施留有余地

由于幼儿年龄小、注意力稳定时间短、思维和想象均有其特殊性，所以，教师在设计时不可将活动任务的时间安排过满，应注意留有余地，那种将课堂上教师启发提问后，幼儿详细的回答都预设好的活动设计显然是不可取的。这容易桎梏教师的思维，影响教师运用教育机智处理幼儿语言发展问题的科学性、灵活性和创造性。

2. 尊重儿童的主体地位，让儿童成为活动和学习的主角

儿童在活动中的主体地位，是指教师要根据儿童的发展水平以及需要、兴趣去设计和组织活动的内容和形式。儿童主体地位的核心在于激发学习内在的兴趣和动机。因为，"兴趣是最好的老师"，"在兴趣尚未被唤起之处是难以点燃学习动机之火的。"学前儿童的语言教育就是教育者引导其积极地与语言及其相关信息进行相互作用的过程。

只有幼儿在活动过程始终有着积极的动机、浓厚的兴趣和主动的参与精神，而不是被动的、受强迫的、有压力的受教者，活动才可能更主动、更积极，进而更深入、更持久。活动的设计和组织考虑到了儿童的个体差异，为每个个体提供了适合他们特点和需要的丰富的材料和环境条件，即便当幼儿出现不适应时，教师也可以通过协调和调整使其愉快地、积极地投入学习活动中。

（三）按照语言发展规律设计活动的原则

教师作为幼儿语言教育活动的设计者和组织者，应准确了解0~6岁儿童各年龄阶段语言发展规律和认知规律。只有按语言发展规律去开展活动，才能真正地发展儿童的语言。在贯彻这一原则时应注意如下事项：

第一，幼儿语言教育应以幼儿已有的语言发展水平为基础，并在幼儿新旧语言经验之间建立联系，即前面的发展是后面的基础，后面的发展是前面的教育和发展的结果，而这种联系既有纵向的也有横向的。如，幼儿在学习了单幅图的看图讲述后，再进行多幅图的讲述活动，幼儿在学会了看图讲述后，会学习情境讲述，即从"看静止的图片讲故事"到"看流动的表演讲故事"，使口语表达从根据观察直观形象进行表达逐步发展到根据提取加工后的回忆表象来表达。与此相应，活动的设计也是由浅入深，由易到难。

第二，幼儿的语言教育要能够促进幼儿的语言在原有水平上有所提高。打个比方，就是要让幼儿"跳一跳，摘桃子"。如在幼儿的简单句发展得较好的大班时期，可以出示两幅图，让幼儿观察事物之间的关系，然后为幼儿提供关联词，让幼儿明白事物之间的这种关系可以用这样一个关联词来表达，也可以根据幼儿的水平给幼儿做一个运用关联词造复合句的示范，引导幼儿由简单句发展到复合句。

第三，围绕语言发展目标设计有不同领域活动因素相互渗透的活动。语言教育虽然是以语言符号系统操作为主的活动，但同时语言也是多种符号系统共同参与的活动，如符合儿童年龄特征的音乐、美术、运动等不同领域活动的因素参与，但是这些领域活动的因素只起辅助作用，是为了帮助幼儿理解并巩固所学内容，增强学习的积极性、主动性与趣味性。

六 学前儿童语言教育的内容

学前儿童语言教育的内容，从狭义上讲，应该是现代汉语语音、词汇、句子、表达等语言基本知识；从广义上讲，就是幼教机构或成人为学前儿童提供的语言教育形式、教育内容和语言运用基本知识、基本态度和基本行为方式的总和。学前儿童语言教育内容是学前儿童学习语言、获得语言经验的载体，它不仅包括专门的语言教育活动，也包括渗透在幼儿一日生活中和其他领域中的随机语言教育，还包括整合课程中的语言教育。

（一）专门的语言教育活动

专门的语言教育活动是幼儿教师根据学前儿童语言教育目标有目的、有计划地设计和组织幼儿系统学习语言的教育活动，是语言教育的基本组织形式。它为幼儿提供与语言进行充分互动的环境，使幼儿有机会对日常生活中获得的零散的、琐碎的、不系统的语言经验进行提炼和深化，达到对语言规则的准确理解和有意识的运用。

专门的语言教育活动具有四个特点：第一，语言教育活动的目的性。它有明确的指向性，具体体现在各层各类目标中，通过各项目标的实现，使全体儿童的语言都能得到充分的发展。第二，语言教育活动的计划性。其他形式的语言学习没有语言教育活动这么系统化和专门化，儿童从中所吸收到的语言信息也是零散的，对于儿童语言发展的影响是不全面的。而专门的语言教育活动计划具有全面性、层次性、丰富性和针对性。第三，语言教育活动的科学性。专门的语言教育活动是根据学前儿童年龄特点和发展规律以及语言教育的特点开展的活动。第四，语言教育活动的组织性。在教师的组织下进行的语言学习过程中，教师始终注意儿童已有的语言经验，并在此基础上，为儿童提供新的语言经验，使儿童通过学习，再次将新语言经验转化为已有的语言经验，由此循序渐进，使儿童的语言不断发展。

1. 专门的语言教育活动内容

专门的语言教育活动是实现语言教育目标的重要手段，是将教育目标转化为幼儿语言发展能力和水平的重要方法，也是语言教育活动设计和实施的主要依据。

（1）专门的语言教育活动内容选择的原则

① 根据语言教育目标选择教育内容。幼儿园语言教育总目标和年龄阶段目标是选择教育内容的直接参照点，但二者并非是一一对应的关系，常常是一项目标需要通过多个内容来实现，而一个活动内容也可能实现多个目标。

② 根据学前儿童注意稳定时间不长、情绪具有情境性、思维具有形象性、想象具有丰富性与创造性以及爱模仿等特点，应注意内容的趣味性、新颖性、生动性和内容表达的规范性。

（2）专门的语言教育活动内容的类型

一般说来，专门的语言教育活动包括谈话活动、文学作品活动、讲述活动、语言游戏活动和早期阅读活动等五种具体的活动类型。

2. 专门的语言教育活动的设计

专门的语言教育活动的设计，简称教案。教案的设计有着相对较为固定的形式和步骤。教案又可以分为简案和详案。简案的设计与内容书写比较简单，主要是简略地、概要地写出活动过程各步骤的标题；详案则应是具体到启发提问的时机和具体内容。

专门的语言教育活动的设计具体包括以下几部分：

活动名称：又叫课题，应写清楚教育活动的类型、名称。如，幼儿复述故事活动《下雨的时候》（小班）。

活动背景：即幼儿情况分析，简要概括本班幼儿当前的语言发展水平、教材特点及本次活动的意图。

活动目标：本单元四（三）中已经具体阐述，这里不再赘述。

活动重点与难点：写清本次活动需要突出与突破的部分。

活动方法：将为实现活动目标而采用的方法分项列写清楚。

活动准备：将本次活动所需要的准备按物质准备、知识准备、语言准备逐一列写清楚，并在下面的活动过程中体现出来。同时还需注意四个方面问题：第一，认真核对语言教育内容与物质准备的一致性。如，故事中说的是"小山羊"，课件画面上不应画成"小绵羊"。第二，要根据语言教育内容做好知识方面的准备。如，在讲《聪明的乌龟》时，只有让幼儿懂得乌龟能在陆地爬、水中游的生活习性，四肢和头都能缩进硬壳里的生理特征，幼儿才能真正明白乌龟是多么聪明。第三，活动准备要讲求实效，不应华而不实。第四，应在课前对设计制作的教具或课件进行演示练习，注意物品的牢固程度以及演示的顺序性和流畅性，防止出现猪从树上蹦下来、鸟从天上掉进水里又飞上天的笑话，避免出现即将被使用的电脑中没有下载需要使用的音频或视频播放器等情况。

活动过程：活动过程是活动目标的具体落实与体现，也是活动准备的实际运用，是为实现活动目标而制定的包括活动流程、内容、方法和手段在内的具体计划，是教案的主体。一般可以分为三个部分：开始部分、基本部分和结束部分。其中基本部分是活动的主要部分。在书写中应将本次活动过程中各步骤的活动内容、形式及要求分点列写清楚，包括导语、结束语及各步骤中需要提出哪些重点问题。具体而言，导语应采用新颖活泼、富有悬念的形式介绍活动内容和活动类型，以激发幼儿参与活动的兴趣。结束语，又叫结课，应由教师用简短的语言对本次语言教育活动的内容、类型以及幼儿参与活动的情况进行总结，同时，还要用富有悬念的方式激发幼儿参与下次活动的兴趣。

活动延伸：设计出本次活动在课堂教学之外扩展和延伸的具体领域、方式和要求。

活动评价与反思：根据学前儿童语言教育评价标准和方法对本次活动情况和幼儿语言发展情况进行分析，总结成功的经验与不足之处。及时、科学的评价与反思，能够增强语言教育的科学性和有效性，有助于培养教师的科研意识，促进教师的专业成长。

 延伸阅读

语言教育活动设计：续编故事《会动的房子》（中班）

活动背景：

夏天到了，大自然变得五彩斑斓、美丽多姿，大地上的各种声响合奏着大自然的交响乐。优美的语汇、有趣的情节，带给幼儿美的享受。引导中班幼儿创编故事，可以更好地发展他们的思维与想象能力。

活动目标：

(1) 通过感受作品中优美的画面与各种声响，培养幼儿热爱大自然的情感。

(2) 学习词汇"住腻了"、"手舞足蹈"、"驮"、"惭愧"；理解故事情节。

(3) 能初步使用象声词描述大自然中的风声、水声等声响，能续编出生动有趣的故事。

活动重点与难点：重点是理解作品故事中有趣的情节、感受优美的自然风光以及两个动物形象的特点，难点是鼓励幼儿续编故事。

活动方法：

讲解法、表演法。

活动准备：

(1) 小松鼠指偶、乌龟手偶各一个。

(2) 活动背景图一幅，依次是"大树下"、"山脚下"、"大海边"、"大草原"等四个场景。

(3) 风声、海浪声、马蹄声以及自然界里其他美妙声音的音频文件。

活动过程：

1. 出示两幅房子相同而背景不同的对比图片，激发幼儿参与活动的兴趣

小朋友们，大树下的这座房子是小松鼠的家。不知怎么回事，这么稳固的房子却移动到了山脚下？你们见过会动的房子吗？小松鼠也很好奇：咦？房子为什么会动呢？

2. 教师有感情地讲述故事，先讲"手舞足蹈"这部分，然后提问

（1）故事叫什么名字？

（2）小松鼠为什么要在地面上再建造一座房子？（学习词语"腻了"。）

（3）小松鼠住在会动的房子里都到了哪些地方？听到了什么？看到了什么？（感受并理解词语"手舞足蹈"。）

3. 教师播放课件，再次讲述故事"手舞足蹈"这部分，引导幼儿理解"手舞足蹈"

教师播放"风声、海浪声、马蹄声"，让幼儿感受各种声音和相应的象声词，帮助幼儿用语言描述这些声音，如，小松鼠在山脚下听到的"呼呼呼"的风声。

小朋友们，大自然里的声音是多么美妙，你们还听过什么好听的声音呢？教师播放生活和自然界中的各种声音，让幼儿自由讲述。

4. 教师播放故事结尾，然后提问

（1）为什么房子会动呢？（学习新词"驮"。）

（2）当小松鼠知道那硬硬的大石头是乌龟的背的时候，它会是什么样的表情？（学习新词"惭愧"。）

5. 鼓励幼儿大胆想象，续编故事

小朋友们，你们猜一猜，小松鼠的会动的房子接下来会去哪儿呢？

6. 活动结束

原来小松鼠把房子盖在小乌龟的背上，他们做伴走过了许多地方，现在也让我们一起出发去大自然旅行吧！

活动延伸：

将活动延伸至表演区，小朋友利用手偶和其他物品表演续编的故事，体验创造的快乐。

活动评价与反思：

根据活动目标，重点与难点定位较为准确。在活动开始时，激趣导入，以题质疑。在活动中，教师力求成为幼儿学习的引导者、支持者、合作者，创设轻松的氛围，展开积极的师幼互动。因此，在活动中，教师除了以幽默、饱满的情绪影响孩子，还挖掘了这次活动的教育价值，使幼儿发展了语言，感受了生活和自然的美好，锻炼了创造能力。

附：故事

会动的房子

小松鼠在树顶上住腻了，于是决定在地面上再建造一座房子。

在大树下，它发现了一块大石头。这块大石头由7块小石头拼成，很硬，也很光滑。小松鼠说："嘿，就在这上面造一座房子！"

房子终于造好了，忙了一天的小松鼠也累了，在新家里睡着了。

"呼呼呼！"这是什么声音？小松鼠被吵醒了。推开窗一看，呀，自己是在美丽的山脚下，微风奏起了动听的山歌。真奇怪，昨天还在大树下，今天却来到了山脚下。可小松鼠又一想：没关系，山脚下挺好的，有动听的山歌做伴。

第二天，又传来"哗哗哗"的声音。小松鼠推开窗一看，呀，又来到了大海边，浪花唱起了欢乐的歌声。小松鼠这下可乐了："我的房子会动，我的房子会动！"现在小松鼠又有浪花声做伴。

第三天，小松鼠想，今天我来到哪儿啦？推开窗一看，呀，眼前是一片大草原，马儿在奔跑，小松鼠禁不住在房子里手舞足蹈。

突然，传来一个声音，"小松鼠呀，快别乱动。"咦，是谁呢？是这块硬硬的大石头？"小松鼠你真粗心，把房子盖在了我的背上，我驮着你走过了许多地方。"小松鼠低头一看，原来是乌龟，那硬硬的大石头竟然是乌龟的背。小松鼠惭愧得脸都红了，赶紧说："你，你累坏了吧？"乌龟说："不。这下我们俩可以做伴了。"

[资料来源：浙江省台州椒江幼儿艺术教育集团总园，陈雪丽设计]

3. 专门的语言教育活动的组织

语言教育活动设计是教育活动的方案，只有将方案付诸组织和实施，才能真正起到发展幼儿语言的作用，实现语言教育目标。在活动组织中应遵循以下原则：

（1）幼儿是活动主体的原则

要遵循这一原则，教师在语言教育活动中应做到：

第一，激发幼儿参与语言教育活动的动机。语言教育活动是在教师组织下进行的一种有目的、有计划的学习活动，如果动机过弱则会影响幼儿语言教育的效果；如果能够成功激发幼儿参与活动的动机，则会使活动产生良好的效果。"良好的开端是成功的一半"，如果能在活动开始时的导语阶段，就能激发幼儿参与活动的动机，则会对活动的进行有着积极的影响；如果在活动进行过程中才意识到这个问题，那么此时幼儿注意力涣散，精力不集中，再组织则比较困难。因此，设计新颖独特的、富有悬念的导课形式对于激发幼儿参与活动的动机有着至关重要的作用。而在活动组织和实施过程中，还应该根据幼儿的表现插入富有感染力的话语以及反问、设问等提问，来引起幼儿参与活动的动机。

第二，明确活动的对象。教师应明白不同的活动领域和活动类型都指向不同的活动对象，不同的活动对象决定了活动之间的差别。如，讲述活动的对象是图片或情境等某种凭借物，而谈话活动则是某个具体的话题。再如，故事活动指向的是凭借口头语言记叙或描述的故事情节，在这里，图片是帮助幼儿理解故事的教具；而看图讲述指向的是凭借某一幅或几幅图片，图片是教具，也是教材，还是幼儿学说话的依据。教师在组织语言教育活动时，一定要明确活动对象，这样才不会把看图讲述活动变成了教师看着图片给幼儿讲述故事。在实际的教育活动中，还会常常看到有的教师将语言教育中的谈话活动和科学教育活动混淆起来，之所以发生混淆，就是因为教师没有搞清楚这两类活动的对象，一个是话题，而另一个则是相关的知识。

第三，重视幼儿在活动中的操作。操作可以分为摆弄物品的动手操作，思考及语言交流的动脑操作，语言感知、练习和运用的动口操作等多种形式。教师应充分创造具有科学性、丰富性、趣味性、创新性和艺术性的活动使幼儿在语言操作中习得和巩固语言。

第四，教师要摆正位置，不要喧宾夺主。幼儿是活动的主体，是"红花"，教师要做幼儿语言习得与巩固的引导者、支持者和帮助者，是"红花"的培育者。有的教师听到幼儿对自己提出的问题答得不准确，甚至完全不靠谱时，就直接将答案告诉幼儿。或是直接告诉幼儿新词的含义，或是直接替幼儿组好了词、造好了句，甚至把看图讲述中图片上的故事由自己讲述完，只需要让幼儿做语言的"应声虫"、"传声筒"、"复读机"，不断地跟读和重复自己思维的结果。幼儿没有积极思维的过程，只有机械地重复，这种语言操作的效果可想而知。

（2）自由与规范相统一的原则

学前教育本身就是让幼儿通过学习去掌握社会规范以促进个体社会化的过程，而教育本身就是一种规范，语言系统本身也具有规范。可以说，学前儿童语言教育活动本身就是一种通过教育规范去学习语言规范的过程。但是教育的目标之一是让幼儿的个性得到自由发展，在自由中创造。正如伟大的人民教育家陶行知先生所说的那样，要解放儿童的口、眼、手、脑、时间和空间，使儿童在自由的状态下主动地、积极地、快乐地学习。因此，教师在语言教育中应注意自由与规范相统一的原则。

第一，创设宽松自由的氛围，让幼儿有自由表达的愿望和机会。正如《纲要》中所说的那样"创造一个自由、宽松的语言交往环境，支持、鼓励、吸引幼儿与教师、同伴或其他人交谈，体验语言交流的乐趣"。而在具体的教育实践中往往有这样的现象，教师常常会刻板地按照事先设计的教案开展活动，不喜欢幼儿"打岔"、"反问"、"起高调"，如果幼儿稍有偏离，教师就会将其硬拉回预设的方案中。这种做法严重地束缚了幼儿学习的积极性、主动性和创造性，使教育气氛非常沉闷。所以，教师在组织语言教育活动时，既要依据教案组织活动，但又不要完全拘泥于教案，应灵活运用教育机智，积极创设条件让幼儿有话想说、有话敢说，愿意运用已有的语言经验自由地交流，从而感受到更多语言学习的快乐。

第二，运用恰当的方式引导幼儿养成运用规范语言交流的习惯。虽然老师应为幼儿提供自由说话的机会，但是不可脱离规范的要求，因为语言教育的目的就是使幼儿掌握规范的语言。教师应在示范、讲解等各个环节为幼儿提供规范的示范，还要在幼儿学习和运用语言的过程中，采用不打消其积极性又能让其快乐地掌握规范的语言的方式，来帮助儿童在语言形式、语言内容和语言运用等方面按照规范的方式进行练习和运用，真正起到促进语言能力发展的作用。

（3）示范与练习相统一的原则

幼儿无论是学习语音还是掌握语法都会经历一个模仿、修正、反复、不断调整的过程，因此，成人提供正确的示范供幼儿模仿是语言学习重要的前提和基础。但是由于语言学习本身的特殊性，需要学习者不断通过练习来巩固、检验学习效果，调整学习的方向和内容。因此，教师需要创设条件让幼儿反复练习，做到示范与练习相统一。在贯彻这一原则时应注意：

第一，教师的示范应能够启发幼儿的积极思维。教师示范是为了让幼儿学习规范的语言，那种让幼儿硬套教师示范的模式和语句的现象，会影响幼儿运用已有知识经验的积极性。教师在指导幼儿模仿过程中要敢于发挥想象、大胆创新，允许幼儿说出不同于教师的语句及其他的叙述顺序。如在字词句活动中，让幼儿用"花"字组词时，可以先示范"花朵"、"花园"，当幼儿组的词都是"花"字在前时，教师应再示范启发幼儿组一些"花"字在后面的词语，如"开花"、"栽花"，还可以示范"花"字在中间的词，如"绣花鞋"、"小花猫"等。当儿童被示范限制时，教师应善于提出问题，启发儿童发散思维。如，当儿童用"蹦蹦跳跳"造句时，总是在围绕"小白兔"造句，教师提出"除了小白兔会蹦蹦跳跳，还有谁喜欢蹦蹦跳跳呢？"幼儿很快造出"小青蛙"、"小袋鼠"、"小朋友"等"蹦蹦跳跳"的句子。

第二，提供充分练习的机会。练习是语言学习的重要方法。幼儿通过练习，学习语音、语汇和语法，掌握语言这一重要的思维与交际工具。因此，教师在示范之后，应提供充足的时间和空间，创造充分的条件，让幼儿进行练习。

（二）渗透的语言教育内容

专门的语言教育活动是学前儿童语言教育的基本组织形式，但不是唯一形式。幼儿的语言主要是在丰富多彩的生活实践中与成人、同伴的交往过程中不断发展起来的。因此，渗透的语言教育是幼儿语言教育的重要途径，也是幼儿学习、巩固、练习、运用语言的第二课堂。

渗透的语言教育是指教师充分利用幼儿的各种生活和学习经验，在真实的生活场景中为幼儿提供更为广泛的、更加丰富的学习语言的机会，使幼儿更好地运用语言获得新的生活经验和其他方面的学习经验。在渗透的语言教育环境下，儿童语言学习的环境更宽松、运用语言的自由度更大，因此，学习的过程比学习的结果更加受关注，教师有机会开展个别指导活动，根据幼儿的兴趣和经验，让他们以自己的方式加工各种语言信息。因此，渗透的语言教育更具有教育意义和价值。渗透的语言教育具体包括日常生活中的语言交往、自由游戏中的语言交往、其他领域活动中的语言交往、随机渗透在日常生活各环节中的语言学习等。

但是，值得注意的是，在现实的幼儿教育实践中，由于受传统教育价值观的影响，有相当一部分教师常常认为自己的讲述比幼儿的讲述更有价值，不善于倾听幼儿的感受。尤其是在幼儿口齿不清、内容含糊、语法错误较多时，一些教师缺乏倾听的耐心。所以，教师与幼儿在渗透的语言教育中应注意平等交流，增加沟通的有效性，尤其要选择幼儿感兴趣的话题，为幼儿提供能与他人相互合作、分享、尊重的交流榜样供幼儿模仿。同时，要让幼儿感受到语言沟通与交流的作用，如，因争执而产生的挫败感，因有效沟通、顺利交往而产生的喜悦感等。

1. 日常生活中的语言交往

日常生活中的语言交往因为没有固定的组织形式，不受时间、地点、人数、内容的限制，具有无意性、多变性、反复性和丰富性的特点，因此，幼儿进行语言实践的机会很多。而且，幼儿在日常生活中的语言交往处于自然、轻松的状态，思维要比集体语言教育活动中更加积极活跃，便于积累语言材料和教师的个别指导，所以，日常生活中的语言交往是发展幼儿口语表达能力的重要途径。教师应把握幼儿日常生活中的语言交往时机，对儿童进行倾听与理解、提问与应答等语言发展各方面的指导。

2. 其他领域活动中的语言教育

语言是幼儿与周围环境交流的重要工具，其他领域的教育活动为幼儿语言教育提供了素材和机会（图1-2）。语言教育不是语言教师一个人的任务，也不是只在进行语言领域活动时才应该受关注的目标，语言教育应是全体保教人员共同的责任。如在进行科学领域活动时，在幼儿回答加法得数的表达中，很容易出现名词在前、数量词在后的表达情况。如，老师问："一共有几朵花？"幼儿回答："有花3朵。"这时教师应强调"有3朵花",并让幼儿跟读两遍,进行强化。再如,在进行艺术领域活动时,老师要求幼儿取出红色的美工纸,幼儿回答"没那个颜 shǎi' er",教师也应认真对其进行方音纠正,强调应是"没有那种颜 sè"。

3. 随机渗透在日常生活各环节中的语言学习

随机渗透在日常生活中各环节的语言学习,主要是指教师利用生活中的入园问候、晨间谈话、游戏时间、户外散步等各环节,给幼儿提供自由宽松的环境,鼓励幼儿积极进行语言交流,增强听、说、读的基本技能,培养对语言和文字的学习兴趣,得到语言和文学的熏陶(图1-3)。这类语言学习包括以下三种形式:第一,谈话、阅读与欣赏。在入园、离园前后,饭前、饭后,午睡前后,以及其他生活中的各环节,开展师幼互动或幼幼互动的谈话,也可以让幼儿倾听能理解的或是学习过的优美的文学作品。还可以鼓励幼儿以集体、小组或个别的形式,自由阅读自己带来的或是图书角的图书。第二,语言游戏。在午睡起床或其他环节,让幼儿进行操作游戏,幼儿在边说边玩中体验游戏的乐趣,并在玩的过程中充分练习、巩固和扩展已有的知识经验。如猜谜、接话、传话、拍手等对抗性不强却富有趣味的游戏。第三,讲述练习。在一日生活中各种等待

图1-2　其他领域教育活动中的语言教育

图1-3　渗透在日常生活中的语言教育

或过渡环节给幼儿提供表述的机会,让幼儿根据自己的经验大胆地讲述自己的想法。

(三)整合课程中的语言教育内容

整合课程是在2001年《纲要》颁布后,在中国学前教育界掀起的一个新浪潮。它是在教师精心设计下将课程的各个部分、要素有机地组织在一起,形成一个整体的课程,整合的语言教育情境可以使学前儿童获得更多、更好的语言学习和练习,为适应学校教育的复杂要求打好基础。整合课程鼓励幼儿反思、预期、质疑和假设,良好的整合课程的设计和组织会有计划、有步骤地培养幼儿,使之逐步成为主动积极的、有效的学习者。

整合课程不同于专门的语言教育活动。因为,专门的语言教育活动是让幼儿在不同的语用情境里学习如何运用相应的语言交流方式来与人交往。如,在谈话活动中,幼儿学习如何倾听与交谈;在文学活动中,幼儿学习如何理解和使用叙事语言表达;在讲述

活动中，幼儿学习在集体面前清楚叙述；在听说游戏中，幼儿学习使用敏捷应变的语言；在早期阅读活动中，幼儿学习获得早期自主阅读能力。而在整合课程中，是将这些要求贯穿在具体的活动中。如，在指导小班看图讲述时，要求小班幼儿讲述"图片主要内容"；在指导中班时，则要求"有顺序地讲出图片的基本内容"，这样循序渐进的语言教育要求使得幼儿的讲述能力得到不断的提高。

在设计和组织整合课程时，应注意遵守以下三项原则：

1. 教育目标童心化

教育者需要将成人预设的教育目标转化为幼儿也感兴趣的活动目标，引导幼儿探索世界，使之获得有价值的学习。在课程设计中不是根据成人认为"应当学什么"来预期设置幼儿的学习目标和要求，而是从"幼儿喜欢学什么"和"幼儿能够学什么"来组织课程的学习过程。在瑞吉欧课程中，课程主题的命名就体现了童心化的特点，如"雨中的城市"就是从幼儿的视角去探索世界，如果按照传统的课程可能就是"××××的天气"或"气候的××××"。

2. 教育内容趣味化与经验化

教育者需要根据幼儿的兴趣、经验去设计情景学习内容，使幼儿的探索成为有连续意义的情景连接过程。情景连接是指在课程设计和组织中，每一个单元是一个大情景，其中内部有许多的小情景相互连接，情景和情景连接得如何成为整合课程成败的关键。一方面要让幼儿的学习经验很实际地在现场表现出来，另一方面还要帮助幼儿将零散的经验延续和整合成为对他们终身有益的知识、技能及态度。

3. 教育活动与游戏、生活一体化

教育者需要将原有教学中的"学习"或"上课"转化为融学习、生活、游戏为一体的活动。在整合课程设计、实施中应贯穿符合幼儿年龄特点的学习原则：操作性、探究性、成就感、重复与延续，帮助幼儿实现认知经验的建构。如，当幼儿在"旋转国"课程单元中探索生活中各种各样的物体时，当他们通过动手、动脑，摆弄、观察各种不同的旋转物体时，当他们发现旋转的物体由不同的原因造成时，就已经将学习与生活、游戏融合在一起了。游戏是生活的反映，生活就是学习，学习就是在游戏和生活中实现的。

总之，教育者应了解学前儿童语言教育内容，熟练掌握各种语言教育活动设计和组织的基本技能，并有意识地将这些知识和技能科学合理地运用到具体的学前语言教育实践中去。

七 学前儿童语言教育的方法

学前儿童语言教育的方法是为了引导学前儿童发展语言并获得语言知识、技能和能力而使用的方法，是教师教、幼儿学的方法。学前儿童语言教育的一般方法有示范法、讲解法、游戏法、练习法和表演法等五种。

（一）示范法

示范法就是教师为学前儿童提供语言和行为范例并引导幼儿效仿的语言教育方法。幼儿是通过模仿学习语言的，教师的语言是幼儿直接学习的榜样，教师的语言质量直接决定着幼儿语言的发展水平，因此，教师应为幼儿提供正确的模仿榜样。在语言教育活动中，除教师亲自示范外，还可以采用录音示范，甚至可以让语言发展水平高、理解能力强的幼儿来示范，这样更有说服力，也更能激起幼儿模仿学习的兴趣。如，在生活经验讲述活动中，由预约的幼儿做示范讲述会比教师示范更容易引起小朋友介绍自己生活经验的"谈兴"来。

教师在示范重点和难点时，可以明确要求儿童模仿，进行显性示范；而对于一般知识可以采用隐性示范，让幼儿在不知不觉中得到暗示。具体采用何种示范，应根据幼儿语言发展水平和教学活动的实际情况来确定。

运用示范法时应注意以下事项：

1. 示范语言应标准

教师在示范时语言应标准。一般教师示范语言的基本标准是：发音准确，表意清晰，语汇丰富，用词恰当，文理通顺，响度适中。而在文学作品活动、早期阅读活动、讲述活动以及语言游戏活动等各种类型的语言教育活动实施过程中，教师示范时还应做到：讲述生动形象，朗诵声情并茂，体态文明自然，表演传神逼真，书写规范优美，阅读方式恰当。

2. 示范应具体到位

教师的示范应具体可感，让幼儿明确知道该如何去做。对于语音的示范有时甚至需要略带夸张地进行示范，通过示范让幼儿清晰地感知发音的微小差异并掌握发音要领。如，在教小朋友发"猪"一词的语音时，要先侧面示范，把嘴巴张开，让幼儿看到舌头慢慢卷起抵在上齿龈内侧，然后再慢慢地把嘴巴撅起，这样示范为了便于幼儿看到发音的动程。再如，教小班幼儿学习句型时，不仅要说明句型的结构和使用方法，还要造一个具体的句子让幼儿有感性认识。如，教师在教"某人在某地做某事"的句型时，先解释为"谁在什么地方做什么"，一般用在表示正在进行的动作，然后一定要造个具体的句子，如"小白兔在草地上蹦蹦跳跳"或"老师在教室里上课"，最后再启发小朋友运用这个句型造句。

3. 示范应与讲解相结合

在学前儿童语言教育过程中，示范常与讲解紧密相连。但对于不同年龄段儿童要有所侧重，对于年幼的儿童，以示范为主，讲解为辅。配合示范的讲解应具体、简单、明了。如对某些难发的音，对有些易被忽视或不易被幼儿看到的发音部位，需要采用示范和讲解相结合的方法。如，有的托班甚至小班幼儿易把"苹果"中的"苹"发成"晴"的音，有时是因为没听清成人的发音，也有时是因为没有看到成人双唇闭合爆破后发出这个音，所以一定要在给幼儿示范的同时，配合使用浅显的语言讲解发音要领。可以这样边示范边讲解："请小朋友们像老师这样：先把嘴巴闭上，再用力张开，'苹——'，把小手打开放在嘴巴前面，感到有股热气冲到手心，那就发对了！"

4. 示范应适时、适量，面向全体幼儿

由于幼儿注意的时间短，记忆的容量有限，教师的示范要分量适中。对于分量较多的内容，应根据情况采用分步示范、完整示范、重点示范。在示范时要时机恰当，针对幼儿难以掌握或缺乏表现力的知识点时，可以及时地进行反复示范、重点示范，让幼儿有意识地模仿。对于纠正性示范则要酌情处理，如果在幼儿讲述过程中发错了音，不要急于打断幼儿进行示范，那样会打断幼儿的思路，影响讲述的流畅性和完整性。

教师在示范时，要注意语音清晰，使每个幼儿都能听到，对于有些动词的动作示范、方位名词的示范，要根据需要做镜面示范、侧面示范、正面示范、背面示范以及定格巡回示范，便于每个幼儿都能看到。

5. 教师应注意运用隐性的示范

如果教师在语言教育过程中总是单纯采用显性示范会使示范显得过于枯燥、单调和死板。关于变换角色，教师应更多地采用隐性示范。如在活动过程中，以一个参与者的身份与幼儿平等地进行活动。在生活经验讲述时，先谈谈自己的生活经验。这时教师并没有明确要求幼儿必须仔细观察教师的示范，而是主导活动方向和进程，通过暗示给予示范。

6. 要根据幼儿自身水平，适当运用纠正性示范

教师在活动中，一方面要善于发现和纠正幼儿的语言错误；另一方面，也不要过于挑剔，频频进行纠正性示范，使幼儿得不到成功的体验，降低幼儿模仿和学习的积极性。教师应善于发现幼儿语言发展差异，因材施教，适当运用纠正性示范，多采用鼓励性强化方式，让幼儿树立学好语言的信心。

（二）讲解法

讲解法是教师用符合学前儿童年龄特征的方式分析、解释、解说活动或文学作品的语言教育方法。由于学前儿童年龄小，生活经验少，加之听音器官和发音器官的发育有待于进一步完善，所以在语言教育活动中经常采用讲解法。语言教育活动中教师的讲解要求是：清晰透彻。

现在一提到讲解法，常常将其误解为知识灌输的一种方法，似乎有了讲解法，就不是启发式教学，就是教师一个人在唱独角戏，把幼儿当成被动的知识容器，就不是素质教育。其实，这是一种错误的认识。之所以会产生这种误解，通常是因为某些教师错误地使用了讲解法。语言作为交流的工具，无论是学前儿童的听说能力与听说习惯的培养，还是前阅读、前书写技能的学习，都需要讲解法。但是，教师要善于科学地运用讲解法，在运用时应注意以下事项：

1. 教师讲解要适量，不要影响幼儿学习的主体地位

教师是学前儿童学习的支持者、启发者、引导者和帮助者，在使用讲解法时一定注意自己的角色，千万不要沉迷于自己滔滔不绝的讲解中，教师的讲解应是点拨和启发，而不是代替幼儿去学习。

2. 教师讲解时机要适当，尽量通过提问启发幼儿自己去理解

当幼儿对学习内容不理解时，教师不要急于讲解，而应先启发幼儿自己去理解，再根据幼儿已有经验，适时点拨，适量讲解。如，当幼儿不明白"春眠不觉晓"中的"眠"字时，可以问幼儿青蛙冬眠中的"眠"是什么意思，那么幼儿就理解了这个字的意思，就不需要教师再进行讲解了。在提问的设计上应尽量采用开放性的提问，这样才便于激发幼儿的积极思维，使其更好地理解学习内容。

3. 教师的讲解要与示范相结合

教师的讲解应与示范相结合，如果没有示范，讲解就会空洞，幼儿就会感到很难理

解或是没有抓手。所以讲解要根据情况与示范相结合，使学习内容具体可感，便于幼儿对语言的理解和操作，提高语用技能水平。

4. 教师的讲解应浅显准确

教师的讲解应根据幼儿的认知规律进行，语言应浅显易懂，避免术语过多和成人化。虽然学前儿童语言教育内容本身很浅显，但教师在解释时一定要注意讲解准确、表达确切，对于一些词语的解释不能想当然，必要时要查字典，应坚决避免知识性错误。

（三）游戏法

幼儿时期的主导活动就是游戏，运用游戏法是学前儿童教育活动的显著特点。游戏法是指教师运用有规则的游戏发展儿童的语言的一种教学方法，以其趣味性、对抗性、生活性和丰富性使幼儿在轻松愉快的氛围中，学会准确发音、丰富语汇、练习句型、学会描述和讲述并形成早期阅读技能。运用游戏法应注意以下事项：

1. 明确游戏的目的和内容

在教师设计游戏活动时，首先应明确游戏的目的是为了练习发音还是为了练习词汇的运用，或是为了其他的语言训练。然后根据目的确定游戏的内容。

2. 准备充足的游戏材料，进行必要的游戏场景布置和角色化装

为了使更多的幼儿更好地体验游戏的快乐，应准备充足的游戏材料，如字卡、图片和实物模型等。同时，还可以根据游戏的名称和玩法创设游戏情境，如玩"小小图片店"的名词游戏时要挂一个图片店的招牌；玩"我帮奶奶送南瓜"的发音游戏时要给"奶奶"准备围裙和眼镜。

3. 精心设计游戏的名称、玩法和规则，增强游戏的趣味性

既然是游戏，就应该让幼儿觉得好玩，对游戏的名称、玩法和规则应精心设计，吸引幼儿，让幼儿在真正感受游戏的趣味、体验游戏的快乐的同时，在不知不觉中又得到了语言的训练。

4. 恰当选择游戏的时机

教师可以根据教育活动的目的和幼儿的实际表现确定游戏的时机，可以在语言教育活动开始时、过程中和结束前进行游戏，不必拘泥于在活动即将结束时或巩固性练习时才进行游戏。

关于游戏法，本书单元六将具体介绍"学前儿童语言游戏活动"，此处不再赘述。

（四）练习法

学前儿童的语言是在实践中不断发展起来的。教师要引导幼儿反复地去实践，让他们逐渐掌握正确的发音、组词、用词组句及各项语言能力。练习法是指有意识地让幼儿多次使用同一个言语因素（如语音、词汇、句子等）或训练幼儿某方面言语技能技巧的一种方法。尤其是发音技能，幼儿是靠模仿来形成言语反应的，这种最初的反应必须经过多次的反复才能巩固，最终幼儿才能获得和提高发音技能。对于小班幼儿来说，每学一个新词的发音，都要让他们反复练习，通过练习，提高听觉感受性，辨别语音的细小变化，区别正确的语音和错误的语音，同时，又能训练幼儿的发音器官的协调活动。通

过练习，学前儿童可以加深理解语言教育中的有关内容，牢固掌握有关的语言知识，熟练运用语言技能。运用练习法应注意以下事项：

1. 练习方式要多样化

由于练习是不停地重复相同的内容，所以极易引起儿童的疲倦和厌烦，因此要采用多样化、富有趣味的方式进行练习。如朗诵诗歌，可以根据内容采用开拖拉机式的一人一句朗诵、拍手朗诵、男女生对练朗诵、表演朗诵等多种形式。

2. 练习的分量要适当

由于学前儿童年龄小，练习的分量不可过大，如果引起幼儿对语言学习的反感，失去对语言学习和表达的乐趣，则得不偿失。尤其是早期阅读技能的练习，一定要根据年龄的发展阶段循序渐进，不可违背幼儿小肌肉运动的发展规律而盲目苦练。

3. 练习应尽量在理解的基础上进行，避免机械重复

如果幼儿理解了所要练习的内容，会提高练习效率，同时也会增强练习的兴趣和表达交流的成就感。

4. 结合日常生活开展练习

幼儿语言活动的课时有限，单靠上课不能完成语言教育的任务。学前儿童的语言主要是在日常生活中与成人或同伴的交往过程中，在丰富多彩的生活实践中不断发展起来的，所以要鼓励幼儿在生活中开展练习。如，在开餐前，让小朋友们一人一句顺次说出餐具的量词，用"我有一（把、双、个）餐具（名称）"的句式说话。再如，在散步时，让小朋友们用方位名词造句，用"（上面、下面、前面、后面、左边、右边）有什么物或人"来说话。

（五）表演法

表演法是指在教师的指导下，学前儿童扮演文学作品中的人物，根据作品情节的发展，通过对话、动作表情等再现文学作品，以提高口语表达力的一种方法。观看表演与参与表演能使幼儿印象深刻，体验到快乐的情绪，幼儿对这种方法具有浓厚的兴趣。运用表演法时应注意以下事项：

1. 表演的内容应该有情节且适合表演

游戏和文学作品活动都适合使用表演法，但一定要注意表演的内容应具有一定的情节，适合表演，这样幼儿才会感到表演的乐趣，才能在表演过程中发展儿童的语言能力。

2. 表演的目的要明确，应适当排练

表演是为了使儿童通过扮演角色，学习优美的语言，加深对作品的理解，感受表演的乐趣。所以，教师要在表演前，先让幼儿集体练习角色语言，然后，再分派角色，并分批让幼儿进行表演。如表演《鹅大哥出门》故事时，要先让幼儿练习鹅大哥自夸的语言：瞧，我多漂亮！红红的帽子，雪白的羽毛，谁也比不上。这样幼儿表演才会更加流畅生动，在学会优美的语言的同时，也感受到了表演的乐趣。

3. 鼓励幼儿运用生动有趣的语言、表情和动作大胆表演

正如"有一千个读者，就有一千个哈姆雷特"一样，每个小朋友都带着自己对作品的理解进行表演，教师不应限定儿童非要死记硬背台词，只要他们不偏离主题，就可以

大胆发挥想象，积极参与表演和创作，让幼儿真正体验到表演的快乐。

4. 认真布置表演场景，准备表演道具和化装用品

具有代表性的场景布置会让幼儿以最快的速度进入角色并喜欢表演和观看表演。为了使幼儿充分感受表演的乐趣，应准备充足的化装用品和道具，如头饰、围裙、卡纸眼镜等物品。

八　学前儿童语言教育的评价

学前儿童语言教育评价就是对学前儿童语言教育工作和学前儿童语言发展状况进行价值衡量和水平评估，即对教师的教和幼儿的学的过程与结果两个方面做出评价。因此，学前儿童语言教育评价就是收集学前语言教育系统各因素、各方面的信息，并根据一定的客观标准对其做出客观的衡量和科学的判断的过程。它是学前儿童语言教育整体中不可缺少的组成部分，是学前儿童语言教育整体运行中连接和转换的环节，它直接影响着整个教育活动过程和结果，具有监测、鉴别、导向、诊断、调节和激励等六种功能。只有经过科学的、有效的教育评价，才能保持学前儿童语言教育影响的目的性、一致性和连续性。

（一）学前儿童语言教育评价的原则

1. 客观性原则

客观性原则是进行教育评价的最基本的原则，它是指评价必须客观公正、实事求是。在把握语言教育的客观规律的基础上，从客观实际出发获取真实的语言教育信息，依据科学的标准，对语言教育活动的过程和结果进行分析和判断，避免主观臆断和掺杂个人感情因素。

2. 方向性原则

方向性原则，从总体要求上说，评价的标准要符合国家既定的教育方针，符合《纲要》的总目标；从具体的要求上说，评价是对语言教育各个环节的评定、考核，要体现目标相应的要求与走向。确定语言教育评价目的，构建语言教育评价指标体系以及进行语言教育评价活动，要与语言教育总目标相一致，要与国家的教育方针、规范、政策和法律法规中规定的教育目标相一致。

3. 实效性原则

实际效果评价，这是学前儿童语言教育评价的最大特点。实际效果评价重点有两个方面：一方面是评价通过语言教育活动的开展，学前儿童在倾听、表达、阅读、交流中所表现出来的语音、语汇、句子、讲述、理解、语法和阅读等方面水平的提高；另一方面是评价通过学前语言教育活动的开展，学前儿童对语言学习和运用语言进行交流时的态度、行为习惯的进步。坚持实效性原则可以有效地防止华而不实走过场的教育评价，也可以防止把教育评价当成热闹的教师"秀场"，从而不能反映真实的教育情况和效果。

4. 发展性原则

学前儿童语言教育评价不仅仅是为鉴定儿童语言教育水平，更重要的是以促进学前

儿童语言教育质量的不断提高和促进学前儿童语言的不断发展为最终目的。教育工作者依据教育目标，重视评价过程，充分发挥教育评价的反馈调节功能，及时发现成绩和不足，并对存在的问题做出适当调整和改进，不断改进语言教育活动，这样才能真正发展学前儿童的语言。

5. 全面性原则

全面性原则是指在评价时应对学前语言教育系统各个部分和各个要素进行全面的评价。学前儿童语言教育活动是一个综合的过程，在进行评价时，既要评价幼儿的学习效果，也要评价幼儿的学习过程；既要对教师的教育活动进行评价，也要对教师本身的语言教育素质进行评价；既要对教育目标的设定进行评价，也要对活动过程、内容和方法的设计进行评价；既要对教具的设计、制作和演示情况进行评价，也要对学具的设计、制作和使用情况进行评价；既要对师幼互动情况进行评价，也要对幼幼互动进行评价；既要对静态的活动要素进行评价，也要对动态的活动要素进行评价。

6. 定量评价和定性评价相结合原则

为了使学前儿童语言教育评价尽量客观、科学，就必须对语言教育状况进行定量和定性两个方面的分析。如，对儿童掌握声母、韵母的发音情况可以定量测量，对"乐意与人交谈、讲话礼貌"的程度，只能做定性描述。对幼儿交谈的主动性和参与深度以及交谈的积极性，讲话时的表情、动作和礼貌用语的使用等，则常常通过定性能更好地进行评价。学前儿童语言教育评价有时需要先定性再定量，有时可以先定量再定性，有的可以直接定性，所以必须将定量与定性结合起来，才能科学有效地对语言教育进行评价。

7. 评价与指导相结合的原则

在学前儿童语言教育评价中，应将评价与指导结合在一起，如果只是评价而不肯定优点，指出不足以及改进措施，则只是提出问题却没有解决问题。有对什么问题的评价就应该有对什么问题的指导。从评价到指导，再评价再指导，循环往复，促进学前儿童语言教育质量的不断提高。

（二）学前儿童语言教育评价的内容

学前儿童语言教育评价强调把语言教育作为一个整体来进行评价，它包括两个方面的内容：一方面是从学前儿童语言发展的状况来评价教育效果，另一方面从学前儿童语言教育活动的情况来评价教育教学的实际运行状况，即学前儿童语言发展评价和学前儿童语言教育活动评价两个方面。学前儿童语言教育活动评价涉及许多方面，但主要是评价学和教的两个方面。在教的方面又包括语言教育活动和语言教师两个方面。这里为了阐述及学习方便，本部分把评价的内容分为三个方面，即幼儿、教育活动和教师三个方面。

1. 对幼儿的评价

这里所说的对幼儿的评价，是指对学前儿童语言发展的评价，在对学前儿童语言发展进行评价时，可以结合《纲要》中语言教育的总目标来进行评价。也可以从语音、语汇、语法、倾听、口语表达、对文学作品及早期阅读的兴趣和理解能力等七个方面进行评价。

（1）语音、语汇和语法

语音是语言的物质外壳，是语言的基本要素之一。只有清楚正确的发音，才有助于儿童对词汇的理解和掌握。语汇是语言的基本单位，是儿童语言发展的重要标志之一。对语汇的评价包括发音、含义、运用三个方面。在幼儿掌握大量语汇的同时，还需要将这些语汇按一定的语法规则合乎逻辑地组织起来，形成句子，才可能明确地表达出语言的含义来，语言才能起到交际作用。

对儿童语音评价可以与语汇结合在一起进行测量，将汉语拼音方案中包含的所有声母、韵母和声调的常用词配上简图，让儿童看图说词，由教师做记录，同时留下音频资料。将正确的语音、词汇和错误的语音、词汇分别记录下来，如果是发错的语音，要分析是声母、韵母还是声调方面的问题，可以结合游戏或儿歌进行练习以改正错误。如果是错误的语汇，则要分析是发音问题、理解含义问题，还是使用语境的问题，通过示范、讲解、练习和运用加以改正。

语法可以通过看图说句的方式进行测量。将日常用语、生活场景、学习场景、游戏场景或童话故事场景等用图画表现出来，让儿童看图说句，如"小猴子吃桃子"、"老师教小朋友跳舞"、"妈妈哄宝宝睡觉"等，由教师做记录。如果条件允许，要同时留下视频和音频相结合的资料。教师将儿童正确表达和错误表达的句子分别做好记录。对于错误表达的句子，可以从句子的完整性、准确性、丰富性、逻辑性等方面进行分析，并根据情况设计有针对性、适应性的教育活动或游戏进行练习。

延伸阅读

小班幼儿平、翘舌语音评价及教育对策

评价指标：语音。

评价方法：测查法与回答问题。

评价内容：掌握常用词语的平、翘舌语音的发音。

准备材料：日常生活中的名称、动作或状态有平、翘舌发音的事物的图片或实物。

评价对象：小班10名2007年1—9月出生、2010年3月以后入园的儿童。

评价时间：2010年11月15日。

评价过程：

指导语：请你看完图片、物品或是我的样子以后回答我的问题，回答问题要声音洪亮、口齿清楚。如，在你旁边放着四块积木，我会问你：这里有几块积木？你应该说：四块，或者说有四块积木，而不能只是伸出四个手指，却不说话。现在我们开始，请注意听清我的问题。

1. 指图提问，这是什么？

图片上画着"桌子、伞（雨伞）、粽子（或大蒜）、西红柿（蔬菜）、山（高山或大

山）、枣（红枣、大枣、枣子）"等含有平、翘舌音的物品名称。

2. 指图提问，图上的人是什么动作或是在干什么？

图片上的人的动作：喝水、走路、照相（拍照）、坐着、唱歌、做操等含有平、翘舌音的人物的动作。

3. 回答问题，那是什么样的？

(1) 刚出锅的菜是什么样的？也可以问夏天的太阳是什么样的？（热热的、晒人的。）

(2) 我们在吃鱼的时候要当心鱼身上的什么？（小心刺，刺别扎到，刺尖尖的会扎人。）

(3) 解放军叔叔是什么样的？（帅帅的，很精神。）

(4) 油条是什么样的？（长长的，蓬蓬的，胖胖的。）

(5) 春天小草是什么颜色的？（绿色的。）

(6) 星星是什么样的？（闪闪的，眨眼睛的。）

(7) 醋是什么味道？（酸酸的，酸的。）

(8) 茄子是什么颜色的？或问葡萄是什么颜色的？（紫色的。）

(9) 运动员的身体是什么样的？或问吃饭不挑食的小朋友会长成什么样的？（壮壮的，强壮的。）

要求：每组能正确说出4个以上（含4个，包含2个平舌音，2个翘舌音）即为通过。

（在设计问题时，每组至少包含3个平舌音、3个翘舌音，括号里多出来的问题是留作机动用的备份。共计6问题。）

结果分析：我们班的小朋友相对来说普通话发音不是很标准，大部分平、翘舌音不分或者咬字不实。

原因探究：我们幼儿园位于福建闽南地区，幼儿的语音发展受其父母的语音面貌影响很大。相对来说，如果父母为北方人，平、翘舌音掌握得会相对更好一些。这一阶段的小朋友控制唇齿舌等发音器官的能力有限，对于平、翘舌音比较难掌握，有的掌握了，但是发音不到位，咬不实。孩子们对于形容词发音的反应较前两种词汇慢些，是和他们年龄小、生活经验少有关。如，有好几位小朋友不知道醋是什么味道的，有的孩子不会说夏天太阳晒在身上是什么感觉。

教育对策：

1. 在语言领域教育活动中讲清发音要领，通过示范和讲解让小朋友明白发音的部位。还可以通过玩平、翘舌音的语言游戏和学习绕口令来练习平、翘舌音。

2. 建议幼儿园领导继续坚持在非语言领域活动时，老师也要注意纠正小朋友平、翘舌不分的错误。但是，一定要注意采用有趣的方式方法，绝不能让他们反感幼儿园，讨厌说话。

3. 通过日常生活中的谈话进行教育。通过入园谈话与小朋友交流，如问："现在是什么时候？（早晨、上午。）今天是谁送你来的？用'是×××送我来的'句式来表达。"还要在日常生活中注意纠正平、翘舌音不分的错误。

4. 通过家长会或开放日等时机，向家长进行宣传，鼓励家长养成在家里也要说普通话的习惯，或者让小朋友在家用普通话表演节目等，做到家园共育。

5. 积极推荐本班普通话说得好的小朋友参与社区的文艺活动，多方进行普通话语音教育。

附：测评结果记录单

项目	名词6个		动词6个		形容词6个		相关描述
宝宝名字	正确发音	错误发音表现	正确发音	错误发音表现	正确发音	错误发音表现	
施荣	5个	"柿"发音不实	5个	"坐"读成zhuò	5个	"刺"读成"斥"	父亲是北方人
荞榕	5个	"山"读反	3个	"坐、唱、水"读反	4个	"刺、帅"读反	性格内向，声音小
钧皓	4个	"柿、山"读反	3个	"水、照、唱"读反	3个	"长、闪、帅"读反	母亲也是平、翘舌音不分
耿锋	4个	"柿、山"咬字不实	5个	"唱"咬字不实	5个	"帅"咬字不实	咬字不实
培鑫	5个	"山"读反	4个	"照、唱"读反	5个	"壮"读反	反应迅速
俊尧	6个	—	6个	—	6个	—	父母都是北方人
梓晨	4个	"粽、枣"读反	4个	"坐、做"读反	5个	"紫"读反	—
黄桢	4个	"柿、山"读反	2个	"走、坐、唱、照"读反	3个	"帅、闪、酸"读反	发音不清晰
光泽	4个	"柿、山"读反	4个	"唱、做"读反	4个	"刺、酸"读反	—
婉宁	4个	"柿、山"读反	5个	"唱"读反	4个	"刺、酸"读反	家里三代同堂，说四种方言

说明："读反"指的是应该读成平舌音却读成翘舌音，或应读翘舌音却读成平舌音。

[资料来源：福建省泉州市汉唐武夷花园双语幼儿园，陈轩真]

（2）倾听与理解

倾听，是指接受他人发出的信息，在大脑中储存和记忆信息，进而对信息进行分析，产生理解。倾听与理解可以从准确度、深度和广度等方面来评价。

这方面的评价可以用回答问题的方式来进行测查。回答问题是指儿童能够针对他人所提出的问题准确地表达自己的看法，它需要多种心理活动的参与。回答问题的能力是儿童理解和表达两方面发展的结果。回答问题可以分为一问一答式、一问多答式和多问多答式等。

用于评价的问题应多设计为开放式或半开放式，尽量避免那些只需要让儿童机械地回答是与否的封闭式问题。设计的问题应随年龄增长由易到难。如小班的问题可以从姓名、性别、年龄、家庭人口、兴趣等信息进行设计，也可以从下雨时天气发生的变化、春天到来时自然界发生的变化等常识进行设计。大班可以从交通工具的特点、节日的街道等社会生活方面进行设计。小班的问题设计尽量是一问一答式，一问一答式的回答常常是一个词汇或一个词组。如果要了解儿童理解的深度和广度，还可以采用追问的多问多答式。

（3）口语表达

表达是用便于他人理解的方式发出信息，目的是为了与他人交流。口语表达包括对话和独白两种方式。学前儿童常见的口语表达的方式有回答问题式、看图说话式和独立讲述式等三种。

其中独立讲述式是指儿童能够独立地、清楚地、连贯地向他人表达自己的愿望和请求。讲述能力是在儿童的认知能力，特别是思维能力发展的基础上产生并发展起来的，是儿童口语表达能力发展的重要标志之一。口语表达可以从语句、语段表达的准确性、完整性、清晰性、丰富性、逻辑性、流畅性以及表达意愿的主动性与积极性等两个维度、七个方面来评价。

（4）对幼儿文学作品的理解

在评价儿童对文学作品的理解时，可以通过回答问题或图片排序等方式进行了解。一般更多地采用回答问题的方式来评价。通过让儿童回答与作品相关的问题来了解他们对作品理解的准确性、深刻性、广阔性和概括性。小班儿童能理解到准确性即可，对于中、大班儿童，可以要求其理解得具有一定的深刻性。

（5）早期阅读

在评价早期阅读能力时，可以通过翻书游戏、听名称找笔画游戏以及为图画排序游戏等进行评价，但评价重点应放在兴趣的激发、注意的稳定性以及理解能力等方面，而不应以认读多少汉字、会写或会画多少笔画为硬性指标。在评价中应以定性为主，重点评价儿童早期阅读的兴趣以及前阅读、前书写能力，防止走入将早期阅读变成早期识字的误区。

2. 对学前儿童语言教育活动的评价

对学前儿童语言教育活动的评价可以从两个方面进行评价，一方面是教育活动的效果，即幼儿的发展情况与对活动的参与程度；另一方面是语言教育活动本身进行评价。

（1）对幼儿在语言教育活动中的表现的评价

幼儿是学前语言教育活动的主体，教育活动评价以教育活动所引起的幼儿身上的变化或幼儿在活动中的表现为着眼点。具体可以从两个方面来评价：一是从幼儿学习的效果，即语言教育目标达成情况这一方面进行分析和评价，此为静态评价；二是从幼儿在活动中的表现方面，对幼儿参与活动程度进行分析和评价，此为动态评价。从静态和动态两个维度能比较全面地对幼儿的语言教育情况做出评价。

① 对目标达成情况的评价。对学前儿童语言教育目标的达成方面的评价包括三个层次：第一，要对照《纲要》进行评价，评价是否符合总目标要求。第二，要对照语言教育活动类型的目标进行评价，评价是否符合学前儿童语言的某一方面发展的规定。第三，要对照本次语言教育活动的具体目标进行评价，评价是否符合本次活动的具体要求。这三个层次的目标相互联系、相互渗透。在对目标进行分析的同时，还应对达成的程度做出判断和评价。达成的程度一般可以分为三个等级：完全达标、基本达标和未达标。经过这样两个维度的分析，就可以对学前儿童经过语言教育活动后的变化有一个较为全面和深入的评价。为了使目标达成情况一目了然，便于归档管理，可以填写目标达成情况评价表（表1-1）。

表1-1　幼儿在语言教育活动中目标达成情况评价表

程度＼维度	《纲要》总目标	活动类型目标	本次活动目标		
			情感目标	认知目标	能力目标
完全达标					
基本达标					
未达目标					

② 对幼儿参与活动程度的评价。评价幼儿参与活动程度的关键是要观察幼儿在活动中的表现。同时，通过观察还可以了解活动设计和组织的针对性与幼儿发展水平的适应性，一般可以分为积极参与、一般参与和未参与三个等级。

（2）对语言教育活动本身的评价

对语言教育活动本身的评价主要是从活动目标，活动内容，活动方法，活动过程，活动环境创设和材料的利用，教师与幼儿之间的互动和活动效果等七个方面进行评价。其中，对活动效果的评价可以从幼儿的角度去考量，因前面对此已有介绍，故此处不再赘述，仅对其他六个方面的评价进行讲述。

① 对活动目标的评价。主要从五个方面来评价：一是分析目标的方向性，即目标的制定和提出是否符合《纲要》总目标、活动类型目标的要求；二是分析本次活动目标与活动内容的匹配性；三是分析活动目标的全面性与层次性，即分析本次目标是否包含认知、情感和能力三个方面的内容，本次目标是否根据幼儿的情况确定不同层次幼儿的达标要求；四是分析本次目标的中心性，即分析整个活动的设计与组织是否围绕教育目标展开；五是分析目标的针对性和适应性，即分析本次活动的目标是否符合本地区本班幼儿的实际。

② 对活动内容的评价。主要从五个方面去评价：一是活动内容与活动目标的一致性；二是活动内容的科学性与思想性；三是活动内容的丰富性与趣味性，这是使幼儿保持注意的重要因素；四是活动内容的层次性，有主有次，重点突出，使幼儿能保持注意，同时又能在不觉得疲劳的情况下完成活动；五是内容布局的合理性，应根据幼儿的

认知规律和注意规律设计内容的顺序和密度。

③ 对活动方法的评价。主要从三个方面去评价：一是方法的科学性，所采用的方法要尊重儿童的认识规律和语言发展的规律；二是方法的丰富性，单一的方法会使幼儿产生注意力下降；三是方法的灵活性，针对儿童语言发展的不同水平和不同个性，设计不同的组织形式，能根据幼儿的表现和现场的情况及时调整教育策略，而不应一味刻板地按预设的方案进行活动。

④ 对活动过程的评价。主要从三个方面去评价：一是活动过程的中心性，活动的每个环节都是围绕活动目标展开；二是活动过程的流畅性，前一环节与后一环节衔接自然流畅，没有生硬的过渡和不恰当的停顿；三是活动密度的合理性，活动各个环节动静交替，张弛有度，让幼儿注意稳定而不疲劳，情绪兴奋而不亢奋。

⑤ 对环境材料的评价。主要从三方面去评价：一是活动环境创设的目的性、美观性和材料利用的实效性；二是设计、制作和演示的安全性、科学性、合理性和实效性；三是教学媒体选择和使用的科学性和实用性。学习环境、材料、教具、学具、课件等是否适合幼儿操作，教具和学具能否做出若干个组合从而最大限度地利用它们的功能。

⑥ 对教师与幼儿的互动的评价。主要从三方面去评价：一是在互动中教师主导作用的发挥程度，教师应主动创造条件让幼儿成为活动的主体，教师自己应是儿童语言学习和发展的支持者、帮助者和引导者，教师应创设积极条件为幼儿提供宽松、民主、自由的环境，让幼儿想说、敢说、喜欢说，并能得到积极应答；二是幼儿在活动中的主体地位的体现程度，幼儿在活动中积极主动，充分享受教学民主；三是教师与幼儿之间交往的和谐程度和融洽程度，在和谐的状态下，教师表情和语调自然亲切、适度、不做作，幼儿也能注意力集中、思维活跃、表情自然，即便遇到问题也能够自觉克服以实现预定目标。

3. 对学前儿童语言教师的评价

（1）教师教学口语的评价

学前儿童语言教师在活动组织中以发展儿童的语言、培养儿童对语言和文学的兴趣为主要目的，所以，其教学口语应更能突出学前儿童教师职业口语的特点，即规范性、科学性、生动性、启发性和可接受性。

① 教师口语的规范性。评价标准：语音清楚准确，语汇丰富确切，语句符合语法规范，文理通顺，内容文明，无口头禅。概括起来，就是有较好的语音面貌，能说标准流利的普通话。

② 教师口语的科学性。评价标准：语汇、句型、段意及全文解释符合儿童认知特点，浅显易懂，解说符合客观实际，表达准确无误。

③ 教师口语的生动性。评价标准：语言形象传神、活泼鲜明，使抽象化的道理具体化，深奥的道理浅显化。能使幼儿如见其人、如闻其声、如临其境，体现文科语言的形象性和情感性。但这里要特别注意，在讲故事时，对于可能使儿童产生强烈的负面情绪的内容只需点到为止，切不可为了追求语言的生动性而导致幼儿出现恐惧等不良情绪。

④ 教师口语的启发性。评价标准：提问能够围绕中心激发幼儿积极思维，点拨应适时、巧妙地引起幼儿的学习兴趣。除了为烘托气氛和激发幼儿参与活动的热情以外，应

少问那些只需要让幼儿机械地回答"是"与"否"的问题。

⑤ 教师口语的可接受性。评价标准：根据儿童年龄特点和场地，确定口语的速度、可亲度和句子的长短与句式。对于托班儿童，语速要慢且应多用短句，语气、语调要柔和亲切。对于大班儿童，语速可适当加快，语气、语调应活泼亲切。

（2）对教师体态语的评价

教师体态语是教学中的一种重要的言语辅助形式，能补充或强化教学信息，交流情感，调控交际过程。由于学前儿童处于直觉行动思维和具体形象思维阶段，更需要教师运用恰当的体态语帮助其感知和理解语言活动的内容。

教师体态语的评价标准是：文明、自然、得体、和谐。作为语言教师，不仅口头语言应具有示范性，而且体态语也应具有示范性，应无以下不当体态：动作幅度过大、频率过高而分散儿童的注意力，使其忽略教师的语言表达内容；体态夸张、做作，像在演戏；生硬呆板，缺乏活力；轻率浮躁、傲慢无礼或懒散随便。

（3）对教师在语言教育活动中的语言作用方式和途径的评价

在学前儿童语言教育活动中，教师的语言通过具体的方式和途径对儿童的学习发生作用。具体而言，这些方法和途径有讲述、朗诵、提问、建议、评论、鼓励和纠正等。

① 讲述。讲述是教师用来组织语言的最基本的表达方式，是教师在语言教育活动中的主要语言方式。对讲述的评价标准是：具体明确，生动形象。

② 朗诵。朗诵是大声地诵读诗歌或散文并把作品的感情表达出来，它是将视觉性的书面语言转化为听觉性的有声语言的过程，这是文学作品活动中教师使用的一种重要的语言方式。朗诵可以帮助幼儿加深理解、强化记忆和培养语感，是一种不可忽视的、不可替代的教师语言。对朗诵的评价标准是：准确理解作品，恰当把握基调，语言富有激情和感染力。这里需要强调的是，朗诵不应过于夸张或做作，应注意把握表现文学作品的分寸。

③ 提问。在语言教育活动中，教师的提问水平对幼儿参与活动、理解活动内容以及保持活动兴趣有着重要的作用。因此，教师在组织活动中何时提问、怎么问、问什么都是幼儿园语言教育教学改革的一个关注点，也是评价教师自身教育能力的一个重要指标。对提问的评价标准是：设问点选择时机恰当；提问设计目标明确、启发到位、层次清晰、形式丰富、难易适当；候答时，体态文明得体，时长恰当；理答时，以鼓励为主，评价具体。

④ 建议。建议这种方法常为教师在指导语言教育活动中所使用，主要用来点拨儿童的思路、开拓儿童的想象，帮助其选择适当的行为，从而提高儿童使用语言的能力。教师的建议有直接建议和间接建议两种方式。直接建议是由教师直接提出的，然后让儿童跟随教师的建议去做，如教师可以说："我建议这样，你看好不好？""如果那样，也许更好。"间接建议是指，教师并不直接说出自己的意见，而是借助角色或是以旁敲侧击的提醒方式向儿童表达自己的建议，以此引导儿童按教师指点的方向去努力，如教师可以说："小动物们觉得用西瓜皮给蛤蟆造幢房子很不错。你们觉得呢？""这里还有两只手偶，还可以编出一个有趣的故事，谁会喜欢选择他们呢？"等等。对建议的评价标准是：明确具体，方式恰当。

⑤ 评价。评价是指教师在活动中对儿童的语言及行为表现做出的肯定或否定的评论。教师通过评论来影响儿童。评价常常用于活动进行过程中或是结束时。在活动进行中的评价一般是简短的、即兴的，用一两句话或一两个动作对儿童的表现做出评价，如教师说"真好"，"想得好"，"还可以说得比这更好一些"，以此进行肯定或鼓励；教师也可以竖起大拇指进行肯定评价，用大拇指与食指摆成半封闭环而其他三指直立，同时掌心向外的手势表示"做得对、继续进行"的评价，用摆手表示不要进行此类行为的评价。要反对那种空泛的"真聪明"、"真棒"的表扬，也不应无论对错都是一味地做"唱赞歌"式的评价。对评价的评价标准是：评价适时、中肯、适度，形式得体，方法恰当。

⑥ 鼓励。鼓励是对儿童语言发展进行肯定的一种行为。良好的鼓励能够激发儿童参与活动的兴趣和信心。教师对学前儿童进行语言教育，不仅在语言活动中，而且在各领域的活动中，对儿童的语言都有着明确的质与量的要求。发现儿童语言发展好的时候要及时鼓励。对鼓励的评价标准：鼓励适时、适度，具体明确，方式恰当新颖。

⑦ 纠正。对于儿童语言的学习只是说出对与错是不够的，教师要及时发现儿童语言上的缺点，同时还要加以纠正和指导。纠正时应注意：第一，不要重复错误，应直接告诉儿童正确的是什么。尤其是语音方面的纠正，当重复错误的读音时，也就强化了错误。第二，纠正时机要恰当。如儿童正在讲述，如果此时纠正，则会打断儿童的思路，而应在结束之后，再请其重复刚才的表达，如果这一次说对了，说明刚才是口误，如果仍然不对，可以指出其错误所在，给予直接示范，让其改正过来。第三，纠正方式应恰当，不能伤害儿童表达的积极性。纠正的语气、语调要柔和，语言要平实，而不应加一些责怪、讥笑或不文明的话语伤害儿童的自尊心。第四，可以启发儿童自己纠正错误。对纠正的评价标准是：方式合理，时机恰当，善于启发。

教师的语言在儿童语言教育中占有很重要的地位，它直接影响儿童语言的发展。儿童的思维形象、直观，语汇不够丰富，语言情境性成分多，这就要求教师必须在遵循学前儿童心理发展规律和语言教育规律的前提下，努力提高自身的语言素养和口语表达能力，掌握语言教育的艺术，为学前儿童的语言教育打下坚实的基础。

（三）学前儿童语言教育评价的方法

学前儿童语言教育评价有多种方法，如观察评价法、自由叙述法、综合等级评定法、谈话法、问卷调查法、现场实录法等，但根据幼儿园语言教育活动的特点和评价的可操作性，一般采用观察评价法、自由叙述法和综合等级评定法等三种方法。

1. 观察评价法

观察评价法是语言教育研究最常用的方法，它是指有目的、有计划地对语言教育活动的进行情况进行观察，获取信息，并做出科学评价的一种评价方法。它既适合于评价学前语言教育活动，也适合于评价学前儿童语言发展情况。观察评价法的特点是：简便易行，分析材料丰富。

观察评价法主要是通过对教师和儿童的行为表现进行观察，了解教育活动的设计和组织以及儿童的语言教育效果。观察评价法可分为自然观察评价法和情境控制观察评价法。

（1）自然观察评价法

自然观察法是指评价者在教师和儿童自然生活的状态下，有目的、有计划地对教师的语言教育活动和儿童的语言发展状况进行直接观察，通过对观察记录的整理和分析来评价教师语言教育活动和儿童语言发展的方法。优点是真实、自然、典型，缺点是耗时较多。

自然观察评价法又可以根据观察目标的不同，分为语言发展跟踪观察、语言发展选择观察和语言发展检测观察等三种。其中，第三种是非自然的状态下的语言检测，所以此处主要介绍前两种。

① 语言发展跟踪观察。它既适用于学前儿童语言发展研究领域的学者系统了解儿童语言的发展过程，也适用于教师和家长了解儿童语言的发展状况。通过跟踪观察来判断儿童的语言发展正常与否，如果儿童的语言发展超乎正常，可以对其进行优才培养；如果正常，可以根据最近发展区进行教育活动的设计和组织，保证其更好地发展；如果发展落后，可以进行早期干预。

② 语言发展选择观察。它是一种重点观察，把着眼点放在语言发展的横断面上，通过对学前儿童某一语言现象的观察，获得对语言发展过程中这种现象的认识。它较多地注意语言现象出现与语言环境的关系，注意某一语言现象在同龄儿童中是否具有普遍性。这种观察的面更广，人数更多。比如，某地区教师通过观察，发现任课班级满6周岁的儿童对"l"、"n"两个音仍然不分，常常把"兰兰"说成是"楠楠"，或者相反。根据观察与分析，教师发现是方言的原因，在当地很多成年人在说方言时这两个音也常常发成一个音，于是设计了"老奶奶摘南瓜"、"兰兰和楠楠"的游戏，帮助儿童练习发准这些相似音。

在运用观察法评价时应注意：

第一，做好观察的物质、知识和环境方面的准备。

第二，选择恰当的观察时机，应选择幼儿身体和情绪都处在良好状态的时候。

第三，创造自然气氛，保证观察结果的客观真实。

第四，做好观察记录，观察记录应准确记录观察时间、观察地点、观察对象的实足年龄、入园时间、父母职业与文化水平等自然状况，重点记录观察对象的具体的语言发展表现（语音，语汇，倾听和理解，表达与交流，讲述等方面），还要把观察对象参与活动情况和个性特点加以说明，如有条件应保留音像资料。

第五，做好观察结果的处理和分析。

延伸阅读

观察日记——小班宝宝的语言

一、天天宝宝

天天，2007年4月出生，父母都是汉族，他是一个活泼帅气的小男孩。

2010年5月19日　　星期三　　雷阵雨

今天是天天来园的第六天，前几天他总是会哭闹好一阵才安静下来。早晨，姥姥来送他，刚进幼儿园，他的眼泪就在眼圈里打转，看到我以后，转身就抱住姥姥像个大人似地说："姥姥，你每天都把我送到幼儿园，你就自己一个人在家了，你不孤单吗？"姥姥感动得差点就要把他再带回家。我蹲下来，轻轻地抱着天天说："是啊，天天，姥姥一个人在家会很想你，所以晚上姥姥一定会早早地来接你。但是，你在幼儿园不哭不闹，乖乖的，姥姥才能早早地来接你。"天天认真地看着我，没有像往常那样哭闹，半信半疑地跟我回到了班上。

2010年6月18日　　星期五　　晴

天天来园快一个月了，他完全适应了幼儿园的生活。在今天的科学课上，我和宝宝们正在饶有兴趣地认识各种动物，天天却突然把两只脚踩在椅子上东张西望。我说："天天，你把脚放在椅子上是不对的，上课要专心。"他迅速把脚放了下来，说："老师，你是在批评我吗？"我说："是的。因为你犯了错误，所以我批评了你。"他说："那你批评我，是不是就证明你不喜欢我了？"我说："如果你改正错误，我就会继续喜欢你。"他说："老师我现在已经改正了错误，你还会继续喜欢我，对吗？"我说："对！"看这语言表达的逻辑性，谁能不喜欢这个知错就改的宝宝呢？

2010年8月10日　　星期二　　多云转小雨

今天早晨，我正在点名记录出勤，发现自己的笔写了几个名字就没油了。我就让天天去对门班级老师那儿借笔。天天很高兴地要往外走，我又担心他说不明白，就问："天天，你能说明白要干什么吗？"他竟然扬着小下巴说："小菜一碟！"我很惊讶，这哪像一个3岁孩子？这分明是一个十足的"小大人"啊！

二、阳阳宝宝

阳阳，2007年3月出生，父母都是汉族人。他是个胖嘟嘟的小朋友，非常可爱。他的父母工作非常忙，每天几乎没有时间陪孩子，只是把他放在房间里，让他与电视、玩具为伴，他在家里很少与人沟通。也许正是由于这个原因，他的语言能力与其他同龄孩子有很大差距。

2010年10月14日　　星期四　　晴

经过两个星期的时间，阳阳终于适应了幼儿园的生活。今天早晨，阳阳刚到幼儿园，就指着他的头兴奋地对我说："小爽老师，我昨天剪头发（huà）啦！"我当时忍不住笑了起来，阳阳见我笑了，很紧张，以为我在笑话他的新发型。我说："你的新发型很好看，但是你应该说剪头发（fà）啦。"他还是说："剪头发（huà）啦。"我反复纠正了几遍，还是不对，看来还得专门下工夫啊！

2010年10月27日　　星期三　　晴转多云

今天我们学习儿歌《小鸽子》，第一句是："小鸽子，真勇敢，飞得高来飞得远。"当我带领小朋友们念第一句时，我总能听见有人没有发准音。通过单个练习，我发现原来是阳阳。我让他跟我学："小鸽子。"他却说："小鸽（dē）子。"我说："哥哥。"他说："哥哥（dē de）。"我就问他："你有哥哥吗？"他说："有啊，我有涛哥（dē）。"他不光是声母"f"发不准，还有"g"呢。

2010年11月9日　星期二　阴　小到中雪

今天在背古诗《静夜思》的时候，阳阳怎么也发不准"床前明月光"的"月"字。他说："床前明月(yè)光。"我单个练习，他还是发不准音。下课后，我找了一个月饼包装盒，指着上面的月饼图案问他："这是什么？你吃过吗？"他高兴地说："月(yuè)饼我吃过呀，可好吃啦！"然后我再请他说"床前明月光"，他就说对了。

三、权权宝宝

权权，男孩，2007年5月出生，父亲是中国朝鲜族人，母亲是韩国人。权权入园时，只会说韩语。由于我们班汉族孩子相对多一些，每周上两节韩语课，老师大部分是汉族，所以我们用汉语沟通。而权权在这种环境下，慢慢地会说一些汉语，我也努力让他尽快适应这个环境，教他一些生活中常用的汉语。

2010年4月12日　星期一　晴

今天权权发现班级里有一个小熊玩具和他家里的一样，他就指着那个玩具对我说："老师，我家一样的小熊玩具有。"我告诉他："权权，你应该这样说：'我家里有一样的小熊玩具'。"他很认真地看着我，重复了三遍这个句子，后来这样的句型就再也没错过了。

2010年5月6日　星期四　阴有小雨

今天上午我们在室外活动时，权权无意间发现了他在初中部任教的妈妈也在外面。他就指着远处，大声地对我说："老师，你看看(kānkān)吧，那就是我的妈妈。"虽然他的语音发得不准，但我还是很高兴，因为他会用正确的语法来表达啦！

2010年7月20日　星期二　多云转中雨

今天权权感冒了，他的鼻子不通气，很不舒服。我去问他感觉怎么样时，他对我说："老师，我的鼻子不喘气了。"我说："呵呵，喘气的是嘴巴，那是你的鼻子不通气了。"

四、思思宝宝

思思，英文名字叫Selah，2007年9月出生，父亲是美国人，母亲是韩国人。她是个聪明漂亮的洋娃娃。刚入园时，会说韩语和英语，但就是不会说汉语。这是她第一次来到中国，她的父母非常担心她因为语言不通而难以适应这里的环境。为了让她尽快适应幼儿园、喜欢幼儿园，我除了和她一起玩她喜欢的玩具外，还教她说一些简单的汉语。如"老师"、"喝水"、"去厕所"等等。她自己也向小朋友学会了很多，如"给我"、"谢谢"、"再见"。

2010年9月16日　星期四　晴　有时多云

思思来幼儿园快两周了，但她从来没说过汉语，只是用英语或韩语和我们沟通。除了权权等几个宝宝外，其他宝宝根本听不懂她在说什么。但是今天我第一次听她说出了汉语。中午，刚摆完饭，我们正忙着要发勺子，坐在她旁边的一个小朋友竟急得用手抓饭吃，她看到后又惊讶又着急，情急之下，她大声地朝着我喊了一声："老师(lào shì)。"虽然发音声调不是很准，但这是她第一次说汉语，她终于跨出了艰难的第一步，相信思思以后一定会说更多的汉语。她会喜欢这里的！

2010年9月28日　星期二　晴

今天午饭时，思思吃完一碗饭，就把吃完的空碗递给我说："还吃吗？"我明白她的意思是还想再吃一碗。但她为什么会这样对我说呢？后来我想起来，前几天也是午饭时，思思刚吃完一碗饭，我就用汉语问她："还吃吗？"她向我点点头，于是我又给她盛一碗，她高兴地端走了。我想她当时一定以为我说的是"再吃一碗吧！"。哈哈，亲爱的小宝贝，你一定是把这个疑问句当成了陈述句或是祈使句了！

　　2010年10月13日　　星期三　　晴转多云

　　晚饭后，小朋友们都在愉快地玩玩具。一位宝宝淘气地去抢另一位宝宝手里的玩具，被抢走玩具的宝宝气得大哭起来。我的同事看到这个情景非常气恼，就大声地说："你手欠啊？"没想到这时候，思思也立刻跟着大声地对着那个小朋友喊了一声："你手欠啊？"这次她说的汉语非常标准，字正腔圆。我的同事听了惊得目瞪口呆，我也被思思把这句话学得这么快、这么准惊呆了，我突然反思到自己说话也有因不注意而随口溜出不敬话语的情况。一个刚来的宝宝都学得这么标准，更何况我们带了这么久的孩子了。看来，做老师的一定要注意自己的一言一行，我们是他们模仿的榜样啊！

　　[资料来源：黑龙江省哈尔滨市万邦爱心幼儿园，韩爽]

　　(2) 情境控制观察评价法

　　情境控制观察评价法，是指观察者根据研究目标控制学前儿童语言教育活动的条件，将教师或幼儿置于与现实生活场景类似的情境中，观察教师和幼儿在特定的情境下的教育活动的设计和组织情况以及幼儿的语言发展情况，然后对观察所得信息进行分析、综合，做出相应的评价。

　　运用情境控制观察评价法应注意以下事项：第一，围绕观察目的创设情境，所创设的情境应能引发教师和儿童表现出评价者想要观察的情况。第二，所设的观察情境应尽量与日常生活情景相似，不应让教师和儿童产生拘谨、压抑或受骗的感觉。第三，情境控制应与日常观察相结合。这样，可以保证评价不会片面和表面，避免偶然性因素的影响。

　　2. 自由叙述法

　　自由叙述法是由评价者将对学前儿童语言教育活动的意见、感想自由地记录下来，通过文字叙述对教育活动加以评价的方法。常见的形式就是评价者的听课记录以及执教者的教案自评和教后小结。

　　为了更加详细、准确、全面地评价，在评价时应尽量多维度地进行评价。如，优缺点分开，师幼表现分开，教和学的行为分开，以及目标、内容、方法、媒体分开等。自由叙述法的优点是：全面详细，自由灵活，不需定量分析。

　　3. 综合等级评定法

　　综合等级评定法是对学前儿童语言教育活动中的各种因素进行分析并评出不同等级的综合意见评定法。这种方法比较适合于评价学前语言教育活动情况。一般综合等级常常分为三等、四等或五等。

　　综合等级评定法一般从横向和纵向两个维度确定评价指标。纵向维度包括语言教育活动的各种因素，主要指标有目标、内容、方法、过程、幼儿参与程度、材料利用情况、师幼关系、教育效果等。横向维度包括教育活动各因素在学前语言教育活动过程中的状态及等级。根据这两个维度制定综合评价等级评价表，评价者只需要在相应的栏目划"√"即可。

综合等级评定法的优点是：操作方便，尤其适用于分数排序、考核评价；其缺点是：缺乏对问题的现象及成因的深入分析。在设计和使用时一定要注意分值、权重，否则可能会出现教育理念、知识错误，但分数却依然及格的情况。

4. 谈话法

谈话法是评价者通过与幼儿面对面交谈来搜集资料，并根据记录对其进行整理和分析，据此进行评价的方法。这种方法适合于对学前儿童语言发展进行评价。这种方法的优点是：可以快捷而具体地了解儿童语言发展问题，可以弥补观察法的不足。其缺点是：效率较低，耗费人力和时间。

运用谈话法时应注意的问题是：①明确谈话目标。②谈话内容和方式要浅显易懂。③提问尽量简单。④谈话应在自然状态下进行。⑤在谈话中评价者应注意语言亲切自然、态度和蔼。遇到儿童不理解、不作答或理解错误等现象，教师要耐心启发或等待，忌斥责、急躁和打断。

5. 问卷调查法

问卷调查法是由评价者根据评价目的向调查对象发放问卷，以广泛搜集学前儿童语言发展信息的一种方法。这种方法也适合于对学前儿童语言发展情况进行评价，其主要目的是向家长了解儿童在家庭环境中的语言发展情况。这种方法的优点是：效率高，可以在短时间内搜集大量信息。其缺点是：如果调查目的被家长误解，调查信息的真实性和准确性将会受到影响。

在使用问卷调查法时，应注意以下事项：①向家长做好宣传，建立信任，消除误解和顾虑。②问卷设计科学合理，指导语简明易懂，问题数量适中，表述明晰，便于家长理解并回答。③问卷设计的问题应全面、具体。④问题形式要恰当，回答方式应简便易行，以选择题为宜，便于回答和统计。⑤问卷发放应在正式场合进行。⑥做好问卷的甄别，注意发出问卷、回收问卷以及有效问卷的数量统计。

6. 现场实录法

现场实录法主要是利用现代化的录音、录像设备及多媒体技术，现场摄录学前儿童语言教育活动及学前儿童语言发展评价信息的一种方法。其优点是：信息真实生动，直观可靠，可以反复再现，便于评价者反复观察、分析与研究，信息丰富、全面。其缺点是：需要设备、资金等投入。

使用现场实录法应注意的事项：①开始录音或录像时，应让被实录对象处于自然状态，开始前应先与实录对象交流，进行"热身暖场"，当实录对象进入正常状态时再开始。②妥善保管音像资料。可以用计算机或移动存储设备做好备份资料的保管。物化的资料要做标签，数字化的信息要做好分类以便检索。

总之，学前语言教育评价的方法有许多，各有优点和缺点，幼教工作者及教育行政部门和科研部门在使用时，应综合各种方法，取长补短，使教育评价的结果科学客观、真实可靠，为教育行政部门的决策提供可靠的信息，真正达到为提高学前儿童语言教育质量服务的目的。

案例评析

故事活动：你好（小班）

活动背景

为满足刚入园小班幼儿的交往需要，使幼儿掌握日常生活中最基本的礼仪礼貌，根据这一时期幼儿的年龄特点，选用童话故事《你好》作为教学内容。色彩丰富的阅读材料、活泼可爱的动物角色、不断重复的对话内容，都可以激发幼儿模仿的兴趣，使小班幼儿在不知不觉中学会文明用语和语言交往技巧。

活动目标

（1）学会与小朋友们友好交往，礼貌待人。

（2）学会与他人交往时的礼貌用语"你好"；学说短句"你好，一起玩吧"。

（3）能分辨不同情境下不同动物的语言特点和语气、语调变化以及所表达的心情。

活动准备

（1）小河马、小猪、小老鼠、小鳄鱼的动物手偶各一个，怪物头罩一个。

（2）有小河、秋千、滑梯的背景挂图。

活动过程

1. 介绍故事角色及其声音，设置悬念，激发幼儿听故事的兴趣

教师以生动形象的声音依次模仿故事中小动物的声音说"你好"，引导幼儿猜测声音的来源和说话时的心情。教师运用体态语和手偶依次介绍故事里的角色。

小河马正在玩，听见有个小动物说："你好，一起玩吧。"小河马就和他一起玩了。一会儿，又有小动物同样也说了"你好"，他们却吓得撒腿就跑，不敢和他玩，这是为什么呢？

2. 出示挂图，讲述故事

交代场景和故事题目，运用手偶绘声绘色地讲述故事，并适时引导幼儿学说短句"你好，一起玩吧"。

（1）小河马正在玩，听到一个声音传过来："你好。"小朋友猜猜这是谁的声音呢？他为什么要说"你好"呢？

（2）原来这是小猪的声音，他说"你好"是想和小河马玩。小河马听到小猪说"你好"，就和小猪一起玩了。小朋友们想和别人玩的时候该怎么说呢？（小朋友学说短句"你好！我是×××，一起玩吧"。）

（3）小河马和小猪一起荡秋千的时候，又听见有人说"你好"，小朋友猜猜又是谁呢？他为什么也要说"你好"呢？

（4）这是小老鼠的声音，他说"你好"是想和小河马、小猪他们一起玩。小朋友们想和别人玩的时候应该说什么呢？（引导小朋友回忆新学的短句。）

（5）小河马、小猪、小老鼠一起玩滑梯的时候，又听见有人奇怪地说"你好"。这是谁的声音呢？这是小鳄鱼的声音。小鳄鱼说这是妖怪在说"你好"。他们三个听了小鳄鱼的话撒腿就跑。小鳄鱼摘下怪物头套伤心地说："等一下，等一下，是我说的'你好'，我是真的想要和你们一起玩，明天我要好好地说'你好'！"

（6）小河马他们为什么要跑呢？小鳄鱼为什么会伤心呢？小朋友们要和别的小朋友一起玩，应该怎么说呀？应该好好地说"你好"。（引导幼儿复习短句。）第二天，小鳄鱼好好地和小河马他们说："你好，一起玩吧。"于是，小鳄鱼和小河马、小猪、小老鼠一起快乐地玩了起来。

3. 教师结合故事提出问题，引导幼儿深入理解故事，学说短句

（1）小河马在玩的时候遇见了谁？

（2）小河马为什么愿意和他们一起玩呢？

（3）小河马他们为什么没和小鳄鱼一起玩呢？后来为什么又在一起玩了呢？

（4）在生活中，如果你想和小朋友们玩，你应该怎么说呢？

4. 教师组织小朋友玩游戏："找朋友"

老师和小朋友们围坐成一个圆圈，集体唱儿歌《找朋友》："找啊找啊找朋友，找到一个好朋友。"幼儿两两相对，微笑念白"你好，我是×××，一起玩吧！"然后继续唱："敬个礼呀，握握手，你是我的好朋友。再见！"

活动延伸

将本次活动延伸至表演角，小朋友们可以利用头饰或手偶分角色表演《你好》。

活动评析

1. 对活动的设计与组织的评价

对教学材料的选择恰当，分析到位。《你好》这个故事的主题单一明确，情节简单有趣，内容十分适合刚入园的小班幼儿。

活动设计科学有趣。活动实施过程中，调控及时，组织方式恰当灵活。在第一部分，教师没有直接讲故事，而是通过设疑将主题词"你好"先提出来，引导幼儿对故事内容产生兴趣。在第二部分，背景挂图上的秋千和滑梯让幼儿对故事充满期待。教师和幼儿共同猜测故事的进程，更激发了幼儿参与活动的热情。在第三部分，教师富有启发性的、联系实际的提问，启发幼儿积极思维，使幼儿对故事的理解更加深入，从而进一步实现本次活动的认知目标、情感目标和能力目标。最后的游戏环节既增强了活动的趣味性，也加深了幼儿对主题短句的理解，具有很强的应用性，使幼儿明确了这个短句使用的语言环境。

改进建议：教师应在活动中完整地播放或讲述一遍故事，使幼儿对故事有一个完整的印象。

2. 对教师的评价

教师自身的语言素质较高。在整个活动中，教师以老师、小动物、孩子们的大朋友

等多重身份出现。讲故事时，陈述性语言和故事中角色语言的区别明显，同时，还注意到了不同动物的体态语和口语特点。教师模仿不同动物的声音，配合出示不同手偶，提高了幼儿的辨音能力，使幼儿对不同音色、不同语调的语音充满了兴趣。参加游戏时，教师能融入游戏，注意观察小朋友的表现并以游戏的口吻带动个别儿童参与或纠正儿童的发音问题。教师提问设计非常具有启发性和中心性。教师整节课都是以送小朋友粘贴画作为奖励，应增加一些口头鼓励，如鼓励性的小儿歌等，使鼓励方式多样化，这样更能激发小朋友参与活动的积极性。

3. 对幼儿学习效果的评价及教育建议

通过一对一的提问测试，当天出勤的全班12个小朋友都知道了和新朋友打招呼的方式，而且除了个别的小朋友以外，都能够用眼睛看着对方、欢快地大声说："你好！我是×××，一起玩吧。"其中有一个新来的小朋友不敢看测试老师的眼睛，另一个小朋友声音很小而且是断断续续地说出新学的短句，需要老师和保育员多加关注，以加强交往能力和口语响度方面锻炼。

附：故事

你好！

"你好！"小河马正在玩，听见有人说"你好"。河马说："谁说的'你好'？"小猪出来说："是我，一起玩吧？"于是小河马和小猪一起玩了起来。"你好！"他们一起荡秋千的时候，又听见有人说"你好"。小猪和小河马又说："谁说的'你好'？"小老鼠钻出来说："是我，一起玩吧？"小河马和小猪、小老鼠一起玩了起来。在他们一起玩滑梯时，又有人说"你好"。三个人一起说："谁呀？谁说的'你好'呀？是谁？"小鳄鱼吓人地说："说'你好'的是妖怪，一起玩吧？"小河马、小猪、小老鼠听见了，一边说着："呜哇——我怕呀！"一边撒腿就跑了。小鳄鱼出来了，说："等一下，等一下，是我说的'你好'啊！你们别走呀！"鳄鱼伤心地说："我真的很想和你们一起玩，明天我要好好地和你们说'你好'。"第二天，小鳄鱼对小河马、小老鼠、小猪好好地说了声"你好"，四个人高高兴兴地一起玩了起来。

[资料来源：北京市迪慧新幼儿园，郭宏、李洋]

实践活动

项目一　结合生活实例谈谈学前儿童语言教育的意义

目标

（1）明确学前儿童语言教育的意义。

（2）树立正确的学前儿童语言教育观念。

内容与要求

在学习学前儿童语言教育的意义、观念和目标之后，对照原有认识，写一篇作文。题目自拟，文体不限。要求：围绕中心，写出真情实感。

项目二　观察记录学前儿童语言发展的特点并进行比较

目标

（1）了解各年龄班儿童语言发展的特点。
（2）掌握写观察记录和观察日记的方法。
（3）增强观察学前儿童语言发展现象的职业敏感度。

内容与要求

通过观看视频了解学前儿童的语言发展特点并写成观察记录或观察日记。如条件允许，可以到幼儿园实地进行见习，从托班儿童的语言发展、小班儿童的语音发展、中班儿童的语汇发展、大班儿童句子的发展、学前班儿童的口语表达等五个方面中任选一个方面，进行观察并记录，分析其语言发展特点及个体差异。

项目三　观摩学前儿童语言教育活动

目标

（1）能够从年龄特征、活动类型两个维度分析语言教育活动目标确定的适合程度。
（2）能够对活动方法、活动准备、活动过程和活动效果进行初步评析。

内容与要求

去幼儿园或利用播放视频资料观摩学前儿童语言教育活动课，观察记录活动的全过程，重点观摩活动过程中导课、结课以及活动的组织形式和环节的过渡，学习教师对教学方法的运用。结合本单元所学知识，谈谈如果你是那位教师，你将采用何种方式设计并组织教学活动。

举行一场辩论赛

目标

（1）进一步明确学前儿童语言教育的意义。

（2）树立正确的学前儿童语言教育观念。

（3）提高运用所学理论知识分析社会现象的能力。

内容与要求

将全班同学分为正、反两方以及评判组三个小组，举行一场辩论赛，辩题参考：

（1）"不必进行学前儿童语言教育，树大自然直"。

（2）"只要对儿童进行语言教育就比不教育强"。

要求小组要发扬团队精神，合理地进行分工合作。如，资料组通过图书、网络等各种方式收集资料；辩手组深入分析，反复演练；评判组要深入解析辩题。

单元二 学前儿童谈话活动

通过对本单元的学习，应该能够：
● 了解幼儿园谈话活动的特点和语言教育目标。
● 掌握在幼儿园日常交谈活动中教师的指导方法。
● 掌握幼儿园集体谈话活动的组织方法。
● 设计并组织实施幼儿园谈话活动。

基础理论

　　语言在宏观上有社会文化功能，即一种语言代表了一种文化；在微观上有结构功能，即语言是理性的组织工具；在中观上则体现为交流沟通功能，即语言是表达交流的工具。而社会文化功能和结构功能都是通过交流沟通来实现的。谈话是人们运用语言与他人交流的最为基本的方式。人并不是生来就会谈话的，谈话需要参与者具有共同的有关语言表述的认识、态度、情感和能力，并且在运用语言表达时遵守共同的交谈规则。

　　近年来，随着全语言教育观念的出现，尤其是随着对儿童语言运用能力研究的深入，幼儿园谈话活动的重要性逐步被学前教育者认识到，培养幼儿的交谈能力对幼儿的语言发展有着重要的价值。幼儿园谈话活动可以培养儿童乐意与人交谈，提高倾听、理解和表达能力，对幼儿的语言和社会性发展有着不可替代的、积极的促进作用。

幼儿需要在日常生活中运用口语表达自己的想法、感受以及与人交往。如，和他人打招呼，发问或答问，征求他人的意见，转述他人话语，叙述某件事情，游戏中扮演角色等。幼儿在语言发展过程中，通过学习逐步获得了各种口头语言能力。表述、交流是幼儿语言学习和语言发展的主要表现。乐意用语言表达，能够正确地表述，能较好地进行个人独白，并能够与他人对话交流，初步形成乐于表达、准确表述的语言能力，是幼儿口语表述、交流能力发展的基本要求。

当幼儿进入幼儿园的时候，虽然已经具有了一定的语言表达能力，但是与他人交谈的能力和水平显然还是处于初步发展的阶段。

一　幼儿园谈话活动的特点

幼儿园谈话活动是教师启发引导幼儿围绕一定话题、以交谈为主要形式展开的语言教育活动。在良好的语言环境中，谈话活动可以帮助幼儿学习倾听他人谈话，学习与他人交流的方式、规则，培养人际交往能力。

（一）话题的中心性和趣味性

选择一个适宜的话题是谈话活动非常关键的前提。教师在谈话前要提出一个明确的话题，并引导幼儿围绕中心话题展开交谈，有趣的话题可以使幼儿对谈话活动保持很高的热情和参与程度。

（二）谈话环境的宽松性和民主性

在开展谈话活动过程中，幼儿可以围绕话题中心自由地发表意见和看法，对不了解的事情也想追根究底。如果谈话环境气氛紧张，幼儿心情压抑，幼儿交流的愿望和热情就会受到限制，那么对于再有趣的话题，幼儿也不会想说、敢说、喜欢说，也不会对老师和同伴的交谈积极地去应答。因此，谈话环境的宽松性和民主性是幼儿园谈话活动的重要特点。

（三）谈话方式的互动性和启发性

谈话方式的互动性和启发性是谈话活动非常突出的特征，谈话活动强调在活动中运用交谈的方式与他人进行交流。在谈话过程中，教师及时启发，幼儿积极思考应答，幼儿互相引导和模仿，思路开阔，师幼互动，幼幼互动，多样的表达方式，欢愉的交谈氛围，使幼儿乐意与人交谈，真正从内心感受到交谈的乐趣。

谈话活动是语言教育的一种特殊方式，与幼儿园的其他语言教育活动相比，在形式、内容、方法以及实施途径等方面，具有鲜明的自身特征。

值得注意的一点是，虽然幼儿园各种类型的教育活动之间是相互渗透、密切联系的，但幼儿园谈话活动与科学活动中的总结性谈话有明显区别。其中最明显的区别在于活动目的和内容不同。谈话活动侧重于培养幼儿的语言能力，虽然谈话内容会涉及幼儿的生活经验，但这只是为了激发幼儿表达和交流的兴趣，培养表达能力。而总结性谈话的目的在于帮助幼儿巩固对有关科学内容的认识。

二　幼儿园谈话活动的目标

幼儿园谈话活动的目标包括以下三个方面：

（一）幼儿有与人交谈的愿望，乐于在集体面前表达自己的想法，体验用语言表达自己想法的快乐

幼儿语言的发展与他们对运用语言的情感态度相联系，要让幼儿想说、敢说、喜欢说、有机会说，就要创设令人愉悦的语言交往环境，使幼儿在没有压力的情境中学习说话。教师在设计和组织活动时，应特别注意激发幼儿说话的欲望，树立他们说话的信心，使幼儿不仅想说并且喜欢说，在运用语言的过程中不断增强口语表达能力。

1. 激发幼儿"想说"的欲望

观察幼儿的活动，倾听他们的谈话，教师就能发现引发幼儿说话的契机，继而根据幼儿说话的需要，创设激发幼儿说话的情境。如：教师与幼儿以及幼儿与幼儿之间相互问好、打招呼或个别交谈，分小组谈论某个话题或各自讲述自己的见闻，提供游戏材料或道具让幼儿扮演游戏角色进行对话，请幼儿转达教师的口信或口令，要求幼儿互相指导学具的操作或手工劳作等。当幼儿置身于这些活动的情境之中，有了"需要"，就会自然而然地开口说话了。

有趣的晨间谈话

在晨间谈话中，拟定一些幼儿感兴趣的开放性题目引发幼儿讨论：

如果你是园长，你最想做的事情是什么？

假如我们的房子会飞，你希望它飞到哪里去？

有人送给你三个苹果，但你每只手只能拿一个，你怎样把这三个苹果带回家？

回家的路上，忽然下起了大雨，你该怎么办？

如果让你选择，你希望六一儿童节该怎么过？

你一个人在家里，突然肚子疼，你该怎么办？

幼儿对生活充满了好奇，生活中有许多的事物、见闻会引发他们的兴趣和探究的愿望，特别是中、大班的孩子，求知欲望特别强烈。以上这些晨间谈话的内容能激发幼儿交流的兴趣，引发他们的想象。

2. 帮助幼儿树立"喜欢说"的信心

绝大多数孩子都是愿意表达的，但在幼儿园的环境里，或因为得不到老师的关注，或因为胆怯，有些孩子表现出不愿意交流的态度。帮助幼儿树立开口说话的信心，首先，要在各种各样的环境里给幼儿提供说话的机会；其次，应像称赞幼儿搭积木或画画一样，对他们说话的表现给予及时的肯定和称赞，比如教师对幼儿说："你的声音像小铃铛一样好听，老师很喜欢听你说话。"但在幼儿说话时，要避免因"教育"的目的打断幼

儿的话，刻板地要求其"说完整"、"发音正确"等等，这样做会使幼儿因受到挫折而失去说话的信心。幼儿的语言处于发展之中，其发展存在个体差异，教师应尊重幼儿语言发展的规律，尊重幼儿的差异，遵循"流畅先于正确的原则"，以接纳的态度允许幼儿说得不对或不完整，相信幼儿通过对教师和同伴语言行为的模仿，且随着年龄的增长，会逐渐改正发音和语法方面的错误，获得语言能力的发展。

当幼儿语言表述不清或出现错误时，教师明智的做法是给予适当提示，或改用另一种说法提出内容相同的问题，引导幼儿寻找答案，帮助幼儿从获得成功的喜悦中树立说话的信心。对勇于回答问题但答案不完整或词不达意的幼儿，可根据其意思代为说明并加以补充，如"××说的意思是……"这样便避免了幼儿因不能正确回答问题而产生挫折感，使其"喜欢说"的信心得到保护，并学习到了正确的表达方式。

（二）幼儿能围绕主题，运用自己的有关生活经验，围绕中心有顺序地表达，会用多种方式大胆清楚地提出问题

首先，要求幼儿围绕中心话题谈话，充分表达个人见解。谈话往往有一个中心话题，参与谈话的任何一方都应该围绕中心话题交流个人想法。谈话可给予幼儿特别的机会，让幼儿在倾听他人谈话的基础上，围绕话题思考自己的想法，然后说出与主题有关的，适合于这一特定场合的话语。通过围绕中心话题交谈，不断地扩展谈话的范围，能使幼儿充分地表达自己的想法。

其次，鼓励幼儿大胆清楚地提出问题。在谈话的过程中，幼儿基于自己的生活经验和兴趣爱好，对所谈话题会有自己的想法和独特的感受。比如，在谈话活动"我喜爱的动物"中，不同的孩子会对动物的颜色、吃什么、叫声、有什么特别的本领、怎样保护动物等方面产生兴趣或有自己的想法，而这些方面不一定全是教师在设计活动时所预设的谈话内容。教师应鼓励幼儿大胆地提出自己的问题，鼓励幼儿表达自己独特的想法和感受，支持幼儿用各种方式去寻求问题的答案。

中班谈话活动：我喜爱的动物

教师提问：你对动物的哪些地方感兴趣？你想提出什么问题？

教师请幼儿当小老师提出自己的问题，师幼共同讨论。

幼儿提出了以下问题：

动物们喜欢吃什么？

动物们有什么本领？

谁是森林中的大王？

哪个动物最有趣？

你喜欢动画片里的哪些动物？

（三）幼儿能积极地倾听，学会运用语言进行交谈的基本规则，提高语言交往水平

倾听是指有意识地、专注地、认真地听，它是感知和理解语言的基础。倾听是幼儿

学习与他人交谈时一种不可或缺的行为能力，倾听是幼儿感知、理解语言的行为表现，是幼儿学习谈话的第一步。婴、幼儿学习语言就是从"听"开始的，要经过先听后说、先理解后表达的过程。只有懂得倾听、善于倾听，才能理解语言形式、语言内容和语言运用的方式；而只有理解语言才能与别人交流和沟通。

在幼儿园谈话活动中，应培养幼儿良好的倾听习惯，使幼儿能安静地倾听别人说话，知道认真倾听是尊重人的表现；能够有意识地、集中注意力地倾听，迅速、准确地掌握别人说话的内容，在倾听中理解。

通过谈话活动，教师可逐步帮助幼儿学习几种倾听技能。第一是有意识倾听技能，即有主动倾听他人谈话的愿望、态度和习惯。当他人说话时，能集中注意力耐心地倾听，从而去感知、接受他人谈话的信息。第二是辨析性倾听能力，即学习从仔细地倾听中分辨出不同的言语声音，感受说话人声音的不同特点、声音所表现出的不同情绪等。第三是理解性倾听能力，即能够在倾听时迅速地掌握别人所说的主要内容，把握一段话的关键信息，连接谈话上下文的意思，从而能够获得谈话的中心内容，交流自己的见解。

运用语言进行交谈的基本规则，是人们在社会交往过程中约定俗成的一些方式、方法。违背这些谈话的基本规则，就会干扰谈话的进行，对人际交往造成不利的影响。为了保证幼儿能正确地运用语言与人交流，使幼儿的"谈话"水平不断得到提高，幼儿就需要懂得语言交往的基本规则。这些基本规则主要有：轮流说话，安静地倾听别人说话，不随意打断别人说话，别人说话时不随便插嘴，能对别人的说话做出一定的反应，能用修补的方法延续谈话等。

三　幼儿的日常交谈

集体的谈话活动在幼儿园开展的时间并不多，而在幼儿的一日生活里，教师与幼儿，幼儿与幼儿有大量的机会进行交谈，这些交谈有时候是一种闲聊，有时候是围绕某个主题进行的交流。

（一）幼儿日常语言交流的意义

幼儿语言交流能产生多方面的意义。首先，日常语言交流能促进幼儿理解能力和表达能力的发展。语言交流能产生信息的理解和被理解，在语言的习得中发展认识。美国应用语言学家斯蒂芬·克拉申（Stephen Krashen）认为，交流中总有略高于听者现有语言技能水平的"可理解的语言输入"（comprehensive input），这是促进理解的关键，而幼儿间的自由对话，能帮助其扩大交流对象，学会发起对话的延展对话的方法，并养成良好的语言习惯，促进语言表达能力的发展。其次，语言交流能实现沟通，发展平等与信任。语言交流需要参与者具有共同的有关语言表述的认识、态度、情感与能力，并且在运用语言表达时遵守一定的交谈规则。交流是一种对话，是一种自由、平等、公正的沟通，谈话者互相尊重彼此的人格、观点和观念，能够形成充分的友谊感和信任。最后，语言交流能促进幼儿社会交往能力的发展。语言交流是交往的基本平台，语言交流技能是基本的交往技能。良好的语言交流能够对幼儿的社会交往能力发展起到积极的促进作用。

（二）教师在组织幼儿进行日常交谈时应注意的问题

1. 在日常生活中经常与幼儿交谈，提供幼儿自由交流的时间

在幼儿园一日生活的过渡环节或者区域活动时间里，孩子是相对自由的，他们总有许多话想跟老师或同伴交流，而这些时间是幼儿自主交流的最好时机。幼儿与教师的交流、幼儿之间的自由对话，能帮助幼儿扩大交流对象，学会发起对话的方法，并养成良好的语言习惯。教师可以在任何有空的时候跟幼儿交谈，包括幼儿早晨入园、中午午睡前后、自由游戏时间、离园前等。这种交谈可以是个别的，也可以是集体的。《纲要》指出："语言是在运用的过程中发展起来的。"对幼儿来说，这些"闲聊"的经验是非常宝贵的，在闲聊中孩子会逐渐学会如何运用语言，同时促进认知能力、思维能力的发展。

应允许幼儿在幼儿园一日生活的过渡环节中自由交谈，提供更多的师幼之间、幼儿之间充分交流的机会，让幼儿在平等、轻松的环境下畅所欲言，尽情地表达心中的各种感受，消除压抑、紧张、胆怯的心理，保持轻松愉快的情绪，促进幼儿语言能力和社会交往能力的发展。如在等待吃饭的过程中让幼儿轻声地与同伴交流；在午饭时，让幼儿说出各种餐具、主食、副食或蔬菜的名称；在餐后散步时，请幼儿观察幼儿园中的各种玩具，并请幼儿说出玩具的名称及自己最喜欢玩的玩具；在吃点心时，引导幼儿说出香喷喷的面包、五颜六色的八宝饭、甜甜的蛋糕等。

2. 以幼儿感兴趣的内容调动其交谈的兴趣

幼儿对生活充满了好奇，生活中有许多的事物、见闻会引发他们的兴趣和探究的愿望。教师可拟定一些幼儿感兴趣的开放性题目，在晨间或一日生活中的其他空余时间组织幼儿交流和讨论。有的幼儿园开展每月一个大话题、每个星期一个小话题的活动，值得借鉴。这些话题涉及季节、节日、情感、近期发生的大事等，而话题"认识小朋友"又被分解成"他叫什么名字"、"某某小朋友长得真可爱"、"某某小朋友的衣服干净又漂亮"、"谁是你的好朋友"四个小话题，每周选用其中一个谈论2~3次。

一般来说，以下内容是幼儿比较感兴趣的：询问幼儿在家的生活和学习情况；谈论正在做的游戏、正在玩的玩具；谈论来园途中的新发现；谈论假期发生的有意思的事情；谈论喜欢看的动画片、喜欢玩的东西、喜欢吃的食物；谈论自己的朋友和爸爸妈妈等。

以下这些谈话的主题都可以在日常生活中随机进行：假如我们的房子会飞，你希望它飞到哪里去？你一个人在家里，突然肚子疼，你该怎么办？晴天好还是雨天好？做人好还是做动物好？做男孩子好还是女孩子好？

在幼儿园还可以用访谈的形式开展交谈活动。孩子喜欢看电视，对电视节目中主持人手拿话筒采访嘉宾羡慕不已。很多孩子很想体验一下当主持人和小记者的感觉。无论是当主持人、小记者或是当被采访者，都能锻炼幼儿的胆量，提供在集体面前大胆表达和交流的机会。因此，在中、大班可以尝试以访谈的形式开展交流活动。比如，每次让一名或数名幼儿学当小记者，再由小记者邀请在场的小朋友作为被采访者，其他幼儿作为观众参加讨论。以孩子的"自我"作为访谈内容的起点，有的话题可以由教师引出，再经过幼儿的自由发挥和延伸；有的话题由孩子们发起，话题内容广泛而且富有童趣，

充满幼儿的智慧和爱心，涉及幼儿生活的方方面面。比如："爸爸老爱吸烟，怎么办"、"为什么妈妈老管这么紧"、"家里没伙伴怎么玩"、"'三八'妇女节我们能为妈妈做什么"、"乌龟过冬会不会饿死"、"小鱼在睡觉时闭上眼睛吗"。访谈不仅可以在幼儿园进行，也可以在家庭甚至社区进行；被采访者的对象可以是幼儿园的小朋友，也可以是爸爸妈妈或其他人。比如，设计"妈妈的童年跟我们一样吗"、"帮助了我们的人"、"大家喜欢吃什么糖"等访谈题目，让每个幼儿都尝试当小记者，采访身边的人。

延伸阅读

为幼儿创设情境交流语言

为给幼儿提供一个语言表达的机会，我园尝试以"每月一话题"的形式为幼儿创设了一个群体语言交流的情境，取得了较好的效果。

一、根据幼儿特点，确定大话题

我们根据幼儿园小、中、大三个班次幼儿的不同特点，每月制定一个大话题，各班次话题的内容和要求有所不同，原则上是选择与幼儿生活密切相关的话题，选择幼儿感兴趣的话题，选择幼儿对其已有生活经验并很容易进行迁移的话题，主要可归纳为：

1. 有关幼儿园日常生活用词的话题

这类话题适用于在小班进行，因为小班幼儿入园前在家与父母的交往中即使说半截子话、句子成分残缺的话或自己生造出来的话，家长只要能听懂也就很少去刻意纠正幼儿不规范的语言。如许多小班幼儿把"小便"说成"嘘嘘"；想添饭或要汤时说"老师吃完还吃"、"老师喝汤"。幼儿园是幼儿个体与群体交往的开始，幼儿一入园就要开始学习运用规范语言在集体中进行日常交往活动，所以幼儿园生活用语的使用是小班首选的话题，如，我们为小班第一学期制定了四个大话题："介绍你班上的几位老师"、"你认识小朋友吗"、"请求帮助用词"和"礼貌用语"。

2. 有关描述季节和节日的话题

这类话题适用于中班和大班，幼儿经过在园一至两年的语言基础训练，口语表达能力有了一定的发展，掌握了一定量的词汇，特别是形容词比较丰富，大多数幼儿能够抓住事情的主要特征按照一定的逻辑规律组织一段话。如我们在3月份为中班、大班幼儿设计了"我爱妈妈"，在5月份设计了"美丽的春天"，在6月份设计了"我们多幸福"，在9月和10月份设计了"丰收的秋季"等大话题。

3. 有关情感内容的话题

这类话题如"我爱我家"、"我心爱的小动物"、"谁来帮助他"等，在小班、中班、大班都可以进行。因为幼儿对这类能自由流露自己真实情感的话题有着浓厚的兴趣。

4. 有关近期发生的大事和随机教育的话题

这类话题很适合大班幼儿，因为大班幼儿已经对外界发生的事情比较关心，并且已具有一定的辨别能力。如我们为大班幼儿设计了"香港知多少"、"解放军叔叔抗洪事迹你知道吗"、"这样做对不对"等话题。

二、围绕大话题，精心设计小话题

因为大话题范围广、内容多、概括性强，往往使幼儿不知从何说起。所以，我们将每月的大话题分解成几个具体明确的小话题，使幼儿能围绕一个单一的小话题进行交谈。如我们把小班的大话题"认识小朋友"分解成"他叫什么名字"、"某某小朋友长得真可爱"、"某某小朋友的衣服干净又漂亮"、"谁是你的好朋友"四个小话题，每周选用其中一个谈论2~3次。我们把"秋季"这一大话题分解为"秋天的落叶"、"秋天的水果"、"秋天的蔬菜"、"秋天的庄稼"四个小话题，教师有目的地指导幼儿观察。丰富幼儿的词汇和感性认识是组织幼儿进行"每月一话题"活动的前提和基础。幼儿只有具备了有关话题的丰富的知识和词汇，他们才能在谈话中有话可说。如九月和十月正是金秋季节，在大自然中处处都能感受到秋的气息，于是我们组织大班幼儿进行秋游活动。孩子们到果园看果树，到田里捡玉米、拾稻穗，在树下收集落叶，这时教师不失时机地在讲解中说出"金灿灿的玉米"，"沉甸甸的稻穗笑弯了腰"，"大红枣像一颗颗红宝石"，"树叶落下来，飘呀飘呀，像蝴蝶在飞"等优美的词句。幼儿在教师的指导下观察才能仔细，对教师说出的优美词句感兴趣了，注意听了，才容易记住。有了以上的感性认识及教师的语言提示，幼儿聊起来才会语言生动。如在小话题"秋天的落叶"中，幼儿说出了"秋天到了，树叶慢慢变黄了，被风轻轻一吹，像小黄鱼一样在空中游来游去"；"秋天的树叶像小虫子一样从树枝上掉下来慢慢死去了"；"秋天来了，秋风吹呀吹呀，树叶干了，像雪花一样飘了下来"等语句。在小话题"秋天的水果"中，幼儿说出了"我最喜欢秋天的橘子，它的皮是橘黄色的。剥开皮，里面的橘肉还是橘黄色的，一瓣一瓣像一朵朵小花，闻起来一股清香，吃起来又甜又酸，馋得让人流口水"这样的语句。又如，在进行大话题"我们真幸福"之前，教师带领幼儿在大型玩具场游戏，这时教师边组织幼儿玩，边因势利导，启发幼儿注意感受在玩不同玩具时自己的心情，并发问："你从高高的滑梯上滑下来有什么感觉？""坐上旋转飞机，有什么感受？""荡船惊险吗？"此后在进行小话题"有趣的玩具场"时，幼儿们说出了"我最喜欢玩幼儿园玩具场的滑梯，从高高的滑梯上滑下来，就像瀑布从高山上流下来一样"；"飞机一旋转起来，我感觉就像去旅游，转遍全世界"等充满想象力和童趣的语言。在"每月一话题"活动中，教师要注意和幼儿保持一种亲切、自然、平等的关系，突出聊天的轻松气氛，不要给幼儿施加压力并注意调动全班幼儿参与的积极性。

［资料来源：刘新军，宋少红. 为幼儿创设情境交流语言. 宁夏教育，1999，(7-8) ］

3. 认真倾听并有效地挖掘幼儿想说的话

教师认真倾听幼儿的语言，会使幼儿感觉到自己被重视，从而会更加积极地表达。在与幼儿个别交谈时要蹲下来，看着孩子的眼睛；用简单的表情和动作配合语言，对他们的话做出回应。这样的亲切交流显然是符合孩子心理需要的。此外，教师还应通过与幼儿的平等交谈挖掘出幼儿想说的话，如多问一些"为什么"询问原因，多问"你觉得是什么样子"、"你喜欢什么"、"你是怎么想的"，引导幼儿充分表达自己的思想和意愿。即使幼儿说话不清楚，表达不准确，都不应当指责，而应积极引导孩子把话说清楚。

乐乐四岁多了，是一个内向的、不爱说话的孩子，说话时表达不清楚。乐乐的鞋带松了，他指着鞋子对老师说："嗯——嗯。"

老师问："乐乐，你有什么事吗?"乐乐答："鞋带。"

老师说："如果乐乐说'请老师帮我系一下鞋带'，我就听懂了。"

乐乐说："请老师帮我系一下鞋带。"老师说："乐乐，你说得真好!"

4. 教师的语言要有良好的示范作用

孩子的语言是在倾听成人的语言、模仿成人的语言中得到发展的。教师规范的用词造句，标准、清晰悦耳的语音，生动优美的词句，抑扬起伏的语音、语调，都会对幼儿的语言表达产生重要的影响。

延伸阅读

幼儿之间交流缺失的现状分析与对策

幼儿之间的交流在幼儿园的教育活动中，有着十分重要的作用。幼儿之间的交流有利于与同伴分享经验、传递信息、沟通情感，在交流中相互启迪，建构知识，发展语言表达能力、思维能力及人际交往能力等。然而，在幼儿园的教育活动中，幼儿除了与老师的交流外，幼儿之间的交流仍很缺乏（尤其是农村幼儿园），因而影响了幼儿园交流的教育功能。那么，到底是什么原因导致教育活动中幼儿间相互交流的缺失? 如何帮助幼儿喜欢交流、善于交流呢?

现象：幼儿只"喜欢"与老师交流。

在教育活动中，幼儿有什么发现只想告诉老师，完成的作品只想拿给老师看，经常出现多个幼儿争着与老师交流的现象，令老师应接不暇。此时的老师虽然也要求幼儿相互之间进行交流，但幼儿却依然故我,老师深感无奈。

原因分析：老师的指导方向及其本身所具有的权威性，直接影响着幼儿的态度与行为，导致幼儿只喜欢与老师交流。一是老师的语言误导了幼儿。我们经常听到老师在操作前对幼儿提出这样的要求："有什么发现等会儿告诉老师"，"做好了拿给老师看"。等到多个幼儿同时想与老师交流时，老师才忙于提示幼儿相互交流，这种补救式的引导对于已产生"思维定势"(认准了要告诉老师)的幼儿已不起作用。二是老师的评价误导了幼儿。在教学活动中，老师常常是针对幼儿自身作一些笼统的表扬，如"××小朋友做得真快"、"××小朋友真棒"等，而且这种表扬常常是面向全体幼儿进行的，这给被表扬的幼儿带来了荣耀感，这种荣耀感使幼儿更趋向与老师交流而不喜欢与同伴交流。可见，幼儿所谓的"喜欢"与老师交流，其目的在于得到老师这一权威者的关注、肯定与表扬。这种表面的、带有"功利性"的交流难免使交流的内容显得枯燥、空泛，而失去交流的实际效用。

方法改进：改变语言导向。即变"告诉老师"为"告诉小朋友或老师"，有意识引导幼儿相互交流。改变评价方式，变针对幼儿自身的评价为行为的评价，如"这种做法很有趣，还有别的方法吗"，"原来你是这样想的"等，让幼儿感受乐趣和产生动力的是活动本身而不是老师，幼儿的所思所想、所作所为不再依赖于老师。当幼儿所关注的是活动本身而不是老师，幼儿就会显现出有主见的个性,也会交流分享自己的探索和发现。

在集体中，很多幼儿只想讲不想听。就讲与听而言，幼儿不愿意听。当某个幼儿在讲述的时候，其他幼儿注意力不集中，心态浮躁，难以静下心来倾听，出现违规行为。有的幼儿则是不想讲也不想听，自由交流时更多地是无所事事，在活动中很少与同伴主动交流。

原因分析：一是教师对幼儿的交流表现为低度关注。集中交流时,老师的目光常常游离于表达者之外，不是提醒其他幼儿注意听讲，就是想着如何完成自己的教学任务或下一环节如何组织等。教师对幼儿交流的低度关注，在一定程度上影响了幼儿良好的倾听意识与倾听习惯的养成。二是教师提出的问题笼统、枯燥。在幼儿操作中和操作后，老师常要求幼儿说"做了什么，是怎么做的"、"发现了什么"。这种枯燥、笼统且模式化的问题，导致幼儿不喜欢讲或不懂得讲，从而影响表达的效果。三是教师对交流产生认识偏差。老师把交流局限于语言的交流，认为只有用语言表达出来才说明幼儿有交流，把交流当成发展幼儿语言的硬任务。如活动中老师不停地发问或要求幼儿相互交流，本意是要更好地引导幼儿学习，殊不知却给幼儿的思维与操作造成很大的干扰，让幼儿感到交流是一种负担，从而影响了交流的兴致和交流的效果。四是交流流于形式。集中交流时，常常是老师问、幼儿答，而且往往是在问题提出后，老师就急于表明自己的观点，或急于进入下一环节，幼儿想说的欲望和机会没能得到满足，这种流于形式的交流不仅影响了说的质量，也影响了听的质量。五是缺乏交流的环境，参与交流的幼儿缺少类似的探究经历与经验。

方法改进：

1. 榜样示范,创设积极交流的氛围

老师通过自己专注地、饶有兴致地倾听幼儿的交流，能使幼儿感受到老师愿意倾听他们每一个人的想法，并在潜移默化中受到熏陶与感染。在榜样示范的基础上引导幼儿关注、倾听同伴的想法与做法，能够为同伴的进步而高兴喝彩；帮助幼儿意识到专心听讲不仅是对他人的尊重，而且可以作为自我发展的一种资源，让幼儿在实践中体验交流的重要和有趣。

2. 具体的、有针对性的引导

老师宜借助幼儿在操作探索中所获得的经验，对幼儿的交流作具体的、有针对性的引导，提出有利于幼儿表达、交流自己探索发现的问题，引发幼儿进一步思考与探索。在幼儿的实际体验和感受中，有针对性地引导其相互交流，不仅使幼儿有话可讲，还可以使幼儿从中发现问题，进而解决问题，这才是交流的意义所在。

3. 提供充分思考、表达的机会与时间

老师在提出问题后应留给幼儿足够的思考与交流的时间，并尽量保证每个幼儿都有机会参与交流。可采用集中交流与自由交流相结合的办法，同时提出有利于引发幼儿讨论、交流的问题，让幼儿在交流与争议中分享经验、启迪思维，既面向全体又关注个别，使每个幼儿都有思考、表达与交流的机会。

4. 积极为幼儿创设相互交流的环境

首先要注重让幼儿在真实的、具体的情景中交流。幼儿年龄小，形象思维占优势，他们的交流需要具体直观的凭借物。因此，老师应提供更多的机会让幼儿在真实的、具体的情景中（即在观察、操作的过程中）自由交流，引发幼儿交流与争议。此外，对于幼儿操作探索、技术设计的成果，在集中交流时老师宜创造条件让幼儿面向这些成果进行交流，借助具体的凭借物唤醒幼儿表达、交流的欲望，丰富表达、交流的内容。其次要创设有利于交流的环境。根据需要灵活采用交流的形式，提倡小组式的交流。小组交流不仅人数少、空间距离短，便于幼儿相互交流，而且通过小组成员的自由组合，让有共同关注点、兴趣点的幼儿围坐在一起进行交流，有利于每个幼儿畅谈自己的感受、体验和发现。

5. 重新认识交流的目的与方式

明确交流的方式不仅有口头语言，还有体态语等。对于不善言表的幼儿，或幼儿遇到难以用语言进行表达的一些想法与做法，老师不宜强求幼儿用语言交流，应支持、鼓励幼儿借助非言语方式进行交流，如眼神、动作、作品等，做到有针对性地、灵活地引导幼儿运用不同的方式进行交流。明确交流的目的在于分享经验、沟通情感，是幼儿内在需要的一种互动式的交流。认识交流重在自然渗透，重在创设有利于幼儿交流的氛围，唤醒幼儿交流的需要，让幼儿有感而发，让幼儿与同伴以及与老师的交流在自然、轻松、愉悦的氛围中进行，逐步使幼儿喜欢交流，进而善于交流，促使幼儿获得更好的发展。

［资料来源：洪素云．幼儿之间交流缺失的现状分析与对策．教育导刊，2007（1）］

四　幼儿园集体谈话活动

幼儿园集体谈话活动，主要是指教师围绕幼儿感兴趣的话题，运用生动有趣的方式，引导幼儿围绕主题进行交谈的集体教育活动。和日常交谈相比，幼儿园集体谈话活动是以集体教学活动的形式进行的，话题集中，谈话的进程往往在教师控制之下，交流的形式既包括教师和幼儿的交流，又包括幼儿之间的交流。

（一）幼儿园集体谈话活动话题的选择

在幼儿园集体谈话活动中，要让幼儿有兴趣参与谈话并且在活动中能有效地交谈，话题的选择是非常重要的。选择的话题应该有以下特点：

1. 有趣的，有一定新鲜感的——幼儿愿意说

有趣的话题是那些幼儿特别关心的事物，比如玩的、吃的、有意思的事物等。诸如"我喜爱的玩具"、"我爱动画"、"好吃的糖果"、"好吃的饼干"、"可爱的动物"等。有趣的话题也常常与幼儿近期生活中共同关心的事物或事件有关。比如，由观看北京奥运会开幕式引发的谈话"我喜爱的体育运动"，母亲节或父亲节前后进行的谈话话题"我的妈

妈"或"我的爸爸"等。而那些反复提起和讨论的话题，一般难以引起幼儿强烈的兴趣和交谈的愿望。

2. 幼儿熟悉的，有一定经验基础的——幼儿有话可说

幼儿对所谈的主题具备一定的生活经验，有对于主题基本的看法和态度，在谈话活动中才会有话可说。幼儿愿意表达，有话可说，才能形成交流和讨论的氛围，保证谈话能轻松愉快地进行下去。

另外，选择话题时也应考虑到幼儿的年龄特点。小班的谈话活动主题一般是关于具体的实物，比如玩的、吃的；中班的谈话活动主题可增加关于人物的内容，比如"我的爸爸"、"我的妈妈"、"我的朋友"；大班可增加描述现象的内容，比如"我长大了"、"我的心愿"等。

（二）幼儿园集体谈话活动的设计与组织

1. 创设谈话情境，激发幼儿交谈的兴趣

通过一定的情境，启发幼儿对话题中有关经验的联想，激发幼儿参与谈话的兴趣。创设谈话情境主要有以下两种方式：

（1）以实物、直观教具创设情境

教师可利用活动角布置、墙饰、实物、图片、表演等，向幼儿提供与谈话主题有关的可视形象，激发幼儿交谈的兴趣，调动幼儿关于主题的生活经验。例如，在谈话活动"好吃的糖果"开始的时候，教师布置一个糖果展览，带着幼儿参观糖果展览，调动幼儿的生活经验，激发幼儿想谈的欲望；在谈话活动"好看的动画片"开始的时候，教师出示一些动画人物的幻灯片，让幼儿猜猜他们的名字，激发幼儿对动画人物的兴趣；在谈话活动"多彩的服装"活动开始的时候，教师让部分幼儿或全体幼儿穿上自己喜欢的衣服在音乐声中进行服装表演。

（2）以语言创设情境

教师通过自己生动的语言，描述一种情境，或通过提一些问题来唤起幼儿的记忆，调动他们的经验，以便幼儿顺利地进入谈话之中。

中班谈话活动：我的妈妈

教师用语言创设谈话情境：每个人都有自己的妈妈，每个妈妈都不一样。妈妈有哪些地方不一样呢？比如，有的孩子的妈妈是长头发，有的孩子的妈妈是短头发；有的孩子的妈妈是教师，有的孩子的妈妈是护士，还有的孩子的妈妈是医生；有的孩子的妈妈喜欢逛街，有的孩子的妈妈喜欢美食，还有的孩子的妈妈喜欢织毛衣。我们都爱自己的妈妈。今天，老师就给小朋友们一个机会来说一说自己的妈妈，好吗？

创设情境的目的是为了在一种轻松愉快的氛围中激发幼儿的兴趣以利于谈话的顺利进行，教师既要利用谈话情境启发引导幼儿，又要尽快导入话题引发幼儿谈话。因此，在创设情境中教师应注意：一是要避免无关摆设，要紧扣中心话题；二是要避免过于热闹以致喧宾夺主，要简单、明了；三是时间不宜过长，3~5分钟即可。

2. 引导幼儿围绕话题交谈

（1）应为幼儿的交谈准备丰富的材料（实物、图片、多媒体动画等）

在幼儿园教育活动中，要糅合多种儿童发展因素，允许多种与儿童语言及其他方面发展有关的符号系统的参与，从而促进幼儿在外界环境的刺激和强化作用下积极地运用语言与人、事、物交往，在生动活泼的操作实践中动脑、动嘴、动手，成为主动探求的语言创造者。教育在于给幼儿创设学习情景，帮助幼儿在与情景中的人、事、物相互作用的过程中主动建构知识。因此，给幼儿提供适宜的材料并让幼儿操作材料在幼儿园语言活动中有重要意义。材料对于幼儿园谈话活动的组织有如下作用：引发幼儿的兴趣；调动幼儿的生活经验；激发幼儿大胆表达。在幼儿园集体谈话活动的组织中，教师应在准备材料上下工夫，通过提供充足的、适宜的材料，通过有层次性地呈现材料，不断调动幼儿已有的生活经验，使幼儿在与环境和材料的互动中积极地、愉快地运用语言交流。

教师在准备谈话活动材料时应注意以下两方面问题：

第一，材料要紧紧围绕目标，并体现层次性。

活动前，教师自己收集或师生共同收集许多与活动相关的材料，但教师应该对这些材料进行分析，哪些是为目标服务的，哪些和目标没有多大关系。教师应该勇于舍弃那些和目标没有太大关系的材料，使材料能够更好地为目标服务。另外，材料的呈现应该层层递进以突出活动的重点与难点，教师应弄明白材料出示的次序及原因。

大班谈话活动：多彩的服装

材料准备：

职业服装（图片或幻灯片）。

民族服装（图片或幻灯片）。

季节服装（实物或幻灯片）。

有特殊用途的服装（如太空服、模特表演服装、雨衣等，用幻灯片）。

有图案、有意思的服装（幻灯片）。

用皱纹纸或其他废旧材料自制的服装。

第二，材料应从幼儿的经验和兴趣点出发，激发幼儿表达和交流的愿望。

教师在给幼儿提供材料时应考虑幼儿的经验，需要了解幼儿知道什么、熟悉什么、喜欢什么、关注什么。

中班谈话活动：我爱动画

材料准备：若干幻灯片。

动画人物（猜名字）。

动画人物的一部分（猜名字）。

动画人物随身携带的一样东西（猜名字）。

　　动画内容（猜片名）。

　　动画音乐（猜片名）。

　　无声动画（配音）。

　　在以上实例中，动画片是幼儿喜爱、非常熟悉的电视节目，给幼儿提供大量的动画素材很容易调动幼儿学习的兴趣，引发他们表达的愿望。同时，由于每位幼儿具有的动画片经验不尽相同，老师分别从动画人物、动画内容和动画音乐等方面来提供材料，充分考虑到了幼儿的生活经验和兴趣点。这些材料的呈现将使幼儿的思维更活跃，表达和交流更充分，有助于提升他们的经验。因此，当教师逐一为幼儿提供幻灯片时，孩子们都能保持浓厚的兴趣。孩子们兴致勃勃地等待下一个将要出示的动画材料，他们兴奋地讨论着、交流着。这些动画人物（包括整体和部分）、随身携带的东西、动画音乐等都是幼儿熟悉的事物，对于熟悉的事物，幼儿就会有话可说；对于感兴趣的东西，幼儿才会愿意表达、乐于表达。

　　（2）运用不同的、生动有趣的方式和情境，增加幼儿动手操作的机会，激发幼儿交谈的兴趣

　　谈话是口头语言操作。但是，如果幼儿园谈话活动仅仅是孩子和老师的交谈或孩子和孩子的交谈，显然是不符合幼儿身心发展特点和幼儿园活动设计组织的要求的。呆板的、长时间的一问一答的谈话方式很乏味，幼儿兴趣不高，活动效果差。根据幼儿活动的特点，在谈话活动中适当增加一些其他方式的操作活动，让幼儿动静交替，将更有利于激发幼儿的兴趣，调动他们说话的积极性。因此，在各种谈话活动中，教师均可根据话题的内容，适当增加幼儿动手操作的机会。

　　第一，通过"看"（图片、实物、多媒体、表演等）和"听"，激发幼儿"谈"的兴趣。

　　如在中班谈话活动"我爱动画"里，就可以通过让幼儿看动画人物的图片，听动画片中的音乐，引起幼儿对"我爱动画"主题的谈话兴趣。

　　第二，通过让幼儿亲身体验激发幼儿谈话的兴趣（参与表演、探索）。

　　如在大班谈话活动"多彩的服装"中，让幼儿穿上自己喜欢的服装在音乐声中表演；在大班谈话活动"我们的鞋子"中，让幼儿脱下自己的鞋，换穿别人的鞋，体验鞋的大小、款式的不同；在谈话活动"我长大了"中，可以事先布置一间探索屋让幼儿去量身高、体重等，感受自己生长的变化；在谈话活动"我的爸爸"中事先设计一些爸爸的画像，比如，开心的爸爸、爱睡的爸爸、贪吃的爸爸、生气的爸爸、爱运动的爸爸、力气大的爸爸等，将这些画像贴在黑板上，然后让幼儿将星星贴在相应的爸爸画像下面，统计哪个爸爸得的星星最多，最后讨论：为什么爸爸那么爱睡？爸爸喜欢哪些运动？而在中、大班幼儿园谈话活动"我们的手指"中，可以设计的幼儿体验操作活动有：玩手指游戏，玩手印，观察指纹，欣赏和模仿手语，讨论并欣赏幻灯——手可以做一些什么特别的事情？那么幻灯片显示我们的手指还可以跳孔雀舞、指挥交通、做裁判的手势、剪纸和做拉面等。

　　第三，通过边吃边谈、边玩边谈增强谈话的趣味性。

　　例如，在"好吃的糖果"谈话活动中，教师让幼儿选择自己喜欢吃的糖果，边吃边

谈论以下这些内容：糖果的包装纸、糖果的形状、糖果的颜色、糖果的味道等。边吃边谈会使幼儿对谈话更加有兴趣。又如，在"我喜爱的玩具"谈话活动中，教师让幼儿两两结伴，边向同伴演示自己所带来的玩具，边介绍玩具的玩法。

3. 拓展谈话范围，深层次地引导幼儿围绕话题交谈

在幼儿园集体谈话活动的设计和组织中，教师应重点思考：围绕话题可以引导幼儿从哪些方面来交谈，先谈什么，后谈什么。一般来说，教师引导幼儿拓展谈话的范围可以遵循以下顺序：对话题对象的描述和基本态度—为什么会有这种态度—对话题对象的独特感受。先从幼儿生活经验中最熟悉的谈起，如，见过什么，吃过什么，玩过什么；再过渡到发表自己的看法，谈论自己的感受，丰富拓展经验，如，喜欢什么，不喜欢什么，你觉得应该怎样，还有哪些特别的地方等。也就是说，要先调动幼儿关于话题的生活经验，然后再利用材料丰富和拓展幼儿关于话题的视野。

幼儿园谈话活动拓展谈话范围应注意以下三个方面：

第一，应从幼儿的兴趣和生活经验出发，层层深入地拓展提问。

围绕主题设计的提问应该是幼儿感兴趣的、有一定生活经验的，这样幼儿才会愿意说，有话可说。比如，大班谈话活动"我们的手指"，围绕"手"可以做的特别的、有意思的事情去拓展提问，幼儿会很感兴趣，就会积极表达。

第二，拓展的谈话内容应更丰富，注意丰富和拓展幼儿的经验。

谈话活动的谈话范围不能只局限于幼儿已知的生活经验里，应该通过各种方式向幼儿展现关于谈话主题的一些有意思的东西，即丰富和拓展幼儿的生活经验。如在谈话活动"多彩的服装"中，在谈过了服装的颜色、男女服装的不同、季节服装的不同等方面后，教师给幼儿提供以下服装的幻灯片来丰富和拓展幼儿的生活经验：职业服装，民族服装，有特殊用途的服装，有图案、有意思的服装。当那些有特点的服装一一展现在孩子们的面前时，他们觉得很有意思，欢呼雀跃。通过幻灯片展现这些服装，能激发幼儿的好奇心，引导幼儿关注服装中那些新奇的东西。氛围热烈的谈话讨论，能加深幼儿对谈话内容的了解，丰富和拓展幼儿的生活经验，从而激发幼儿对周围生活的关注，建立积极的生活态度和情感。

中大班谈话活动：可爱的动物

设计的拓展提问：

认识哪些？

喜欢哪些？不喜欢哪些？为什么？（幻灯片）

动物的叫声、动作。（模仿）

动物喜欢吃什么？

哪些动物最有趣？（水里的、地上的、空中的）

哪些动画片里的动物最有趣？（动画片片段）

动物为我们做了一些什么？（幻灯片）

怎样保护动物？

第三，应在谈话活动中让幼儿提出问题，并根据幼儿提出的有价值的问题展开交流和讨论。

教师在集体谈话活动中预设很多提问，这些问题能保障谈话顺利进行。但是，幼儿对于谈话主题有哪些独特的感受，有哪些困惑，这是我们以往幼儿园谈话活动中经常忽略的。在幼儿园集体谈话活动中，教师应该给幼儿机会，让幼儿能提出关于主题的问题，并从中发现有价值的问题，引导幼儿围绕问题展开交流和讨论。在大班，教师可以尝试用辩论会的形式引导幼儿展开交流和讨论。

中班谈话活动：我的妈妈

在中班谈话活动"我的妈妈"的组织中，一个孩子提出："妈妈小时候跟我们一样有糖吃吗？"其他孩子有的说有，有的说没有。有的孩子说妈妈小时候很苦，没有零食吃，有的孩子则反驳说妈妈小时候过得也很好。于是，老师围绕妈妈的童年提出了三个问题：

1. 妈妈小时候有没有零食吃？
2. 妈妈小时候有没有去过游乐场？
3. 妈妈小时候是不是要什么就能买什么？

孩子们围绕这几个问题讨论得很热烈。在很多孩子表达过自己的看法后，老师代表妈妈回答了这几个问题。结束时，老师让孩子就这三个问题回家亲自问问自己的妈妈。

延伸阅读

幼儿辩论会初探

一、举行幼儿辩论会的可行性

由于幼儿的年龄特点，我们不可能举行严格意义上的辩论会。但从幼儿语言、思维发展的基础、智力发展的需要看，举行符合幼儿生理、心理发展规律的简单的辩论会还是可行的。

首先，从幼儿语言、思维发展看，皮亚杰在关于儿童的辩论语言发展的阐述中提到："对于儿童的辩论，可以分为两个阶段：第一个阶段包括相反的倾向与意见间的简单冲突，即初步的争吵和初步的辩论；第二阶段是辩论，在这种辩论中，说话者都讲出了他们各自不同观点。当儿童借助一个连接词（如既然、因为、于是等）把他的陈述和他认为有效的理由联系起来，因而鲜明地提出自己的观点的时候，这就是真正的辩论。"幼儿连贯语言和独白语言有了进一步的发展，明显地出现了抽象思维的萌芽，分析、综合、比较、概括等思维基本过程有初步的发展，虽然议论能力不强，但是仍然能进行初步的议论性讲述，能通过摆观点、讲事实来说明自己赞成什么或是反对什么。

其次，从幼儿智力发展需要看，真正的思想交流和讨论会使幼儿出现叙述解释、验证事实、解决矛盾和调整看法等变化。为他们营造一种民主、平等、宽松的心理氛围，让幼儿畅所欲言，各抒己见，在激烈的讨论中迸发思维的火花，从而解决"认知冲突"。

二、在幼儿园大班开展辩论活动的尝试

辩题：跟旅游团旅游好不好。

活动背景：班上这一段时间正在开展"旅行社"的活动，幼儿对活动很感兴趣，对旅行社职能、导游工作有了进一步的认识，许多幼儿也有与家长外出旅游的经历。

活动准备：在班上讨论："跟团旅游好不好？"让幼儿回家收集资料和观点，与家长讨论。

活动过程：（幼儿辩论会发言记录）

正方：

如果那个地方危险，导游会提醒你哪里可以去，哪里不能去。

不跟旅游团不知道景点的名字。导游会介绍这是什么东西，那是什么东西。可以去很多地方，参观很多景点。

跟旅游团出去买东西会便宜一点。

自己开车去不知道到哪里了，会迷路，跟旅游团就不会。

导游会帮忙买票，会便宜点，省钱。

走失了，看到游客所戴的旅行社的帽子一样，就知道是自己的团了。

导游会帮忙处理一些事情。如游客有时会晕车，这时导游会帮忙处理。

跟旅游团，导游可以介绍各个景点。

导游会帮我们订好旅馆和车票。

跟旅游团比较安全。

导游会提醒注意安全。

团体买票可以便宜点，不用为住宿操心。如果身上没有钱，导游会帮忙买门票。

导游可以帮忙订好时间、路线。

反方：

有些地方不安全，导游没有提醒。

旅游项目安排不好，游客不喜欢。导游选的地方可能不好玩，自己去就可以选好玩的地方。

跟旅游团，玩的时间限制太死。有一次导游要我们去划船，我不想去，可是又必须去，没办法！（举出事例证明。）

有时风景很好，时间不够。导游说要集中，我们却还想玩。跟旅游团游玩时间太少，不够玩。

自己去泡温泉可以泡很长时间，没有时间限制。

自助旅游随便想去什么地方，就去什么地方。

可以看书查资料，了解要去的那个地方的历史，如《十万个为什么》、《儿童百科全书》。

跟团旅游车上很挤。有一次跟团去漂流，导游中途就说不去了，我们很不开心，还跟他吵。导游说有新车，后来却来了一辆破车。

自己可以看安全警告牌。

大人忘了交费，小孩就没得去。

（园长加入。）有一次带孩子去北京，导游带我们参观故宫。故宫又大，又在装修，什么都没得看，小孩觉得没意思。后来我们改变行程，自己设计去了科技博物馆和军事博物馆，结果很开心。

［资料来源：郑伟如.幼儿辩论会初探.教育导刊，2006（11）］

案例评析

案例一　谈话活动：有趣的电视广告（大班）

活动目标

（1）能关注生活中有意思的东西，乐意与同伴分享自己的感受。

（2）能积极地倾听并能围绕话题大胆清楚地表达。

（3）了解广告信息能给人们的生活带来方便，也会给人们带来烦恼。

活动准备

（1）在教室里贴一些广告图片。

（2）在生活中，老师对幼儿喜欢的广告进行调查并有选择地录制。

（3）录音机、电视机。

活动过程

1. 导入部分

（1）师幼共同欣赏教室里的广告。教师提问：这些是什么？图片上说了什么呢？

（2）教师模拟表演一段电视广告，激发幼儿谈论广告的兴趣。

（3）教师提问：小朋友，你们平时听过、看过广告吗？你会说哪些广告词？

2. 师幼共同讨论所知道的电视广告

（1）观看广告片段。教师提问：这些广告分别介绍了什么产品？

（2）教师提问：你最喜欢电视中的哪个广告？为什么？

（3）教师用日常生活中的一段话和广告语分别描述一种食品，引导幼儿讨论：广告语和日常生活用语的不同之处，了解广告语具有简短、生动、有趣、概括的特点。

（4）集体交谈：你们知道广告有什么作用？为什么要做广告？

教师小结：广告的作用就是宣传自己，让大家都知道这个产品是做什么用的，使大家都来购买和消费。

3. 引导幼儿关心周围的广告，讨论广告给我们的生活带来什么样的影响

（1）引导幼儿讨论：除了电视上能看到广告以外，你还在什么地方看到过广告？

（2）出示幻灯片，介绍不同地方的广告：报纸上的、汽车上的、T恤衫上的、餐巾纸上的，引导幼儿发现生活中各种做广告的地方。

小结：报纸、杂志、广告牌、汽车、雨伞、雨衣、传单、T恤衫、餐巾纸等很多地方都有广告，广告时时刻刻存在于我们的生活之中。

（3）引导幼儿讨论：你觉得这些广告给我们的生活带来了什么好处？有什么坏处？

4. 介绍公益广告

（1）播放一段公益广告。教师提问：你觉得这段广告说的是什么？是在介绍商品吗？

（2）介绍公益广告。

（3）讨论：你还见过哪些公益广告？你能不能学一学？这些广告有什么作用？

5. 游戏：广告表演

请幼儿在自制的"电视机"里做广告表演。

［资料来源：长沙师范高等专科学校，郭咏梅设计］

活动评析

1. 活动选材分析

现代人的生活周围充斥着各种各样的广告。通过各种媒介，幼儿从小就接触到了很多的广告，对广告里生动有趣的形象和语言很感兴趣，乐于模仿，因此，"广告"这个谈话主题是幼儿熟悉的、感兴趣的。

2. 活动目标达成分析

本次活动目标主要有三点：一是能关注生活中有意思的东西并乐意与同伴分享自己的感受；二是能积极地倾听并能围绕话题大胆、清楚地表达；三是了解广告信息能给人们的生活带来方便，也会给人带来烦恼。教师在活动过程中，利用课件展示、集体交谈、讨论以及游戏等方式，让幼儿在看、听、说、演中了解了广告信息，并与同伴分享和交流了感受，圆满地达成了教育目标。

3. 活动材料与环境创设分析

活动中以电视广告片段和幻灯片为材料主线，形象直观地向幼儿展示了生活中各种各样的广告，符合幼儿的年龄特点，既能激发幼儿的兴趣又可以提高幼儿对广告的认识。

4. 活动组织形式和方法分析

该活动层次清晰，层层递进，组织方式生动有趣，灵活多样，游戏性强。教师营造了自由、宽松的语言交往环境，给幼儿提供了充足的表达和交流的机会。活动中注重丰富和拓展幼儿的生活经验，启发幼儿的思维。

5. 幼儿体验与发展分析

整个活动过程中幼儿能积极主动地参与，感受活动的乐趣。活动以课件展示的方式调动幼儿参与讨论的积极性，表演活动能激发幼儿参与的积极性，获得成功的情感体验。整个活动以幼儿为中心，在愉悦的气氛中，引导幼儿积极思考、大胆想象和讨论，培养了幼儿的语言表达能力。

案例二　谈话活动：伞（大班）

活动目标

（1）体验"妈妈的爱是伞"的美好情感。
（2）初步学会运用反思、预期、质疑、假设等策略进行语言学习。
（3）发挥想象，围绕话题大胆说出自己的见解。

活动准备

（1）各种各样的伞，多媒体课件。
（2）绘画材料：画笔，纸。

活动过程

1. 通过猜歌谜，引出话题"伞"

歌谜：沙沙沙沙，沙沙，下雨啦！街上开满五彩花，红黄蓝绿多美丽，每人一朵手中拿。请你猜一猜，这是什么花?

2. 布置"伞"的展览，引导幼儿自由交谈

（1）请幼儿观察活动室内的伞，找一把自己最喜欢的伞，并与同伴自由谈论伞的大小、颜色、图案、形状、结构等。

教师提问：你最喜欢哪把伞? 说说你的理由。

（2）引导幼儿谈论伞的用途。

教师提问：我们的祖先为什么要发明和创造伞呢?

3. 观看动画片《鼹鼠与伞》，引导幼儿围绕片中内容自由交谈

（1）观看动画片，理解片中内容。

教师：大自然中的小动物也特别喜欢受到伞的保护呢。

（2）引导幼儿围绕动画片的内容自主提出问题。

教师：我们看完动画片了，小朋友们有什么问题要考考老师?

（3）教师引导幼儿小结伞的保护功能。

4. 拓展谈话话题：妈妈的爱是伞

（1）观看妈妈为孩子撑伞的短片。

（2）幼儿讨论短片内容。

教师提问：小朋友搂着妈妈的脖子时会跟妈妈说什么呢?

（3）出示文字答案，引导幼儿围绕"妈妈的爱是伞"开展讨论。

教师提问：为什么说妈妈的爱是一把伞?

（4）引导幼儿结合生活经验说一说妈妈对自己的爱。

教师提问：请小朋友想一想，你的妈妈是怎么保护你、爱你的?

5. 引导幼儿通过绘画与语言相结合的方式表达对妈妈的爱

（1）引导幼儿讨论自己对妈妈的爱。

教师提问：妈妈这么爱我们，那小朋友有什么话想对妈妈说吗？

（2）幼儿操作绘画材料，表达对妈妈的爱。

教师：请你们把自己想对妈妈说的话画下来。

（3）欣赏幼儿的作品，引导幼儿进行讲述。

活动评析

1. 活动选材分析

此活动的选材来源于幼儿生活中的常用物品——伞，幼儿对此有丰富的生活经验，因而有利于幼儿在调动相关生活经验的基础上进行充分的表达，并且将"妈妈的爱"比作"伞"是大班幼儿可以理解和感受的。

2. 活动目标达成分析

环节设计紧扣活动目标，落实了幼儿的语言发展，重点体现了幼儿在语言交往中的语言策略习得以及情感的体验。

3. 活动材料与环境分析

谈话活动组织中，材料的提供与环境的创设是非常重要的。丰富的材料与环境不仅可以不断激发幼儿谈话的兴趣，而且其本身就是可供幼儿充分交谈的素材。此活动组织中，教师提供了伞的实物、视频以及绘画材料，给幼儿营造了一个自由、宽松且丰富多彩的语言交往环境，让幼儿既能乐意说，又能有话可说，发挥了材料的有效性。

4. 活动方式分析

此活动组织方式灵活多样，充分运用幼儿感兴趣的方式调动幼儿交谈的兴趣。如通过实物、视频材料，让幼儿在"看"（看展览、看动画片、看短片等）、"听"（倾听交谈对象说的话）、"说"（在各个环节都有幼儿说的机会）、"画"（将想对妈妈说的话画出来）等有趣的过程中，充分地进行语言表达与交流。

5. 幼儿的体验与发展分析

谈话活动不只是单一地让幼儿说，教师还应在活动中增加幼儿体验和操作的机会。在此活动的组织中，教师通过伞的展览、动画片的观赏以及绘画等环节，给幼儿提供自主参与、感受、表现并表达交流的机会，让幼儿在体验中获得了语言的发展与情感的陶冶。

［资料来源：长沙师范高等专科学校，宋苗境设计］

实践活动

项目一　观摩、评析幼儿园谈话活动

目标

（1）增进对幼儿园谈话活动具体组织、指导环节的了解。

（2）学习、观察记录幼儿教师是如何逐步完成活动的目标、组织及要求的，了解语言教育活动计划的格式。

（3）学会写见习活动笔记并评析活动，提高学生对所学理论知识的综合运用能力。

内容与要求

去幼儿园或利用教学活动课例观摩幼儿园各年龄班谈话活动各一堂课，观察记录活动的全过程，重点观摩活动的组织形式和环节的过渡，学习教师的指导语和教学方法的运用。

项目二　幼儿园谈话活动的设计

目标

（1）培养运用理论知识指导实践的能力。

（2）掌握学前儿童幼儿园谈话活动的组织形式和基本方法。

内容与要求

（1）任选一个幼儿园谈话活动的主题，设计一篇幼儿园谈话活动教案。教案应包括：选择话题的理由、活动目标、活动准备、活动过程。如该话题需要给幼儿提供材料，请制作相关的幻灯片。

（2）任选一个幼儿园谈话活动的话题，制作一个有关材料准备的课件。

（3）在以下集体谈话活动中，你觉得应该从哪些方面拓展谈话的范围？

①好吃的糖果（小班）；②我的鞋子（中班）；③我要上小学了（大班）。

项目三　幼儿园谈话活动的组织

目标

（1）学会制作与活动有关的准备材料。

（2）培养教学的实际组织与操作能力，为教育总实习作准备。

内容与要求

（1）在以下幼儿园谈话活动中，你准备怎样创设谈话活动的情境，引出话题？请你示范组织。

活动主题：① 我的爸爸；② 我长大了；③ 好吃的水果。

（2）任选一个谈话活动主题，准备教案和相关的教具，模拟组织活动。

拓展练习

将全班同学分成5个小组，每个小组通过问卷调查、家长访谈及与儿童直接交谈了解幼儿园小托班、大托班、小班、中班、大班以及学前班各年龄班儿童日常感兴趣的话题。要求：

（1）撰写调查报告，在班内交流。

（2）自选其中一个话题，谈一谈自己的谈话活动的设计思路。

单元 三　学前儿童文学活动

学习目标

通过对本单元的学习，应该能够：
- 了解学前儿童文学活动的特点、类型。
- 理解学前儿童文学活动的目标。
- 掌握学前儿童故事、诗歌及散文活动的设计与组织要点。
- 设计学前儿童文学活动方案并进行模拟教学。

基础理论

　　学前儿童文学活动是学前儿童语言教育活动的重要组成部分，它是以0~6岁儿童为对象，围绕学前儿童文学作品而开展的、适合学前儿童认知特点和接受能力的系列语言教育活动。学前儿童文学活动是幼儿喜闻乐见的学习活动，在成人的引导下，通过丰富多彩的学前儿童文学活动，激发幼儿欣赏文学作品的兴趣，提升幼儿的语言感受能力和审美能力，激发幼儿的表达热情，培养幼儿的倾听习惯和倾听能力，使幼儿能用恰当的语言和表达方式与他人交流沟通，为幼儿提供全面的语言学习机会，进而促进幼儿语言的全面发展。因此，学前儿童文学活动有着巨大的教育价值。

一　学前儿童文学活动的特点

（一）围绕文学作品开展系列活动

　　学前儿童文学活动是围绕文学作品开展的系列活动，通过系列活动可以帮助儿童加深对文学作品的理解。学前儿童文学活动侧重于对儿童审美能力、文学理解能力、想象力方面的培养，是一个包含理解美、欣赏美、表现美以及表达自己对文学作品的理解和想象的多层次的系列活动，因此，文学作品的学习并非是通过一次活动而完成的。例如，欣赏童话故事《漂亮的颜色》活动选用的故事运用拟人化的手法和优美的语言向幼儿展示了一个色彩缤纷的大千世界，活动配合童话的主旨展开。活动一，通过观察小实验"会变化的颜色"，引导幼儿发现色彩是会变的；活动二，经验讲述"我认识的颜色"，鼓励幼儿用流畅的语言表述自己喜欢的颜色；活动三，欣赏童话故事《漂亮的颜色》，教师启发提问，帮助幼儿理解童话故事的内容，并通过欣赏多媒体课件"多姿多彩的世界"，引导幼儿感受色彩斑斓的大千世界。在延伸活动中采用了"滚动的色彩"活动及歌曲欣赏活动"调皮的色彩宝宝"。通过这一系列活动让幼儿领略了各种颜色的魅力，培养了幼儿对美的感受力及文学素养，并给予幼儿想象和创造的空间，让幼儿尽情地说，从而促进了幼儿语言能力的全面发展。

（二）提供多种与文学作品相互作用的途径

　　幼儿发展是通过个体与外界环境交互作用而建构起来的，并且需要通过幼儿自身的操作活动与外界环境进行交互作用。因此，学前儿童文学活动中，应当着重引导幼儿与文学作品进行积极的交互作用。在这一过程中，通过操作途径让幼儿获得亲身体验，即调动幼儿的视觉、听觉、触觉等多种感官参与到活动中，使幼儿在动口、动手、动脑、动眼、动耳等多种途径的学习中获得对作品的理解、认识和感受。如在小班儿歌活动"虫虫飞"的组织中，教师布置四个场景，让全体幼儿扮演小虫虫，模仿虫虫飞的动作。在游戏情境中，使幼儿自然而然地、饶有兴趣地理解和朗读儿歌。

虫　虫　飞

虫虫虫虫飞飞飞，
飞到草地喝露水。
虫虫虫虫飞飞飞，
飞到花园踢踢腿。
虫虫虫虫飞飞飞，
飞到天空排成队。
虫虫虫虫飞飞飞，
飞到树上睡一睡。

（三）整合相关领域的学习内容

学前儿童文学活动从文学作品教学出发，整合其他领域相关内容，渗透于生活、游戏及其他教育活动中。强调语言知识、语言技能、语言运用的整体性，更有助于幼儿对作品的感知和理解，促进幼儿多元智能的发展。如在故事《雪孩子》的教学中融合科学教育的内容"水的三态"，让幼儿全面细致地理解作品的内容。教师可从语言表达的内容入手，让幼儿根据生活的需要进行学习，更贴近幼儿的生活。

二　学前儿童文学活动的目标

学前儿童文学活动通过让幼儿感知大量优秀的儿童文学作品，培养幼儿对文学作品的兴趣、提高审美能力；通过对故事、诗歌、散文等文学作品的感受，激发幼儿文学创作的兴趣，使幼儿喜欢仿编和创编活动；通过文学作品的熏陶，满足幼儿多方面的精神需求。学前儿童文学活动的目标的制定应该与本班幼儿的实际水平和发展特点相适应，并且结合具体活动的教材，对于情感态度、操作技能、认知目标应分清主次和先后。学前儿童文学活动的目标包括以下几方面：

（一）使幼儿学会欣赏文学作品，感受文学语言美、情感美、形式美

学前儿童文学活动是通过欣赏文学作品来学习语言的教育活动类型。文学作品的题材和体裁多样，语言具有丰富性和多样性的特点，幼儿通过体验文学作品语言与日常生活语言的不同，来感受文学作品的语言美，培养他们对艺术语言的敏感性。在日常生活和集体教学中，教师应该经常给幼儿朗读优秀的儿童文学作品，使幼儿在倾听的过程中充分感受到语言的丰富与优美，体验文学作品中人物的真善美，欣赏文学作品中优美的词句。

（二）让幼儿学习准确、生动、优美的文学语言表达，扩展词汇量和句型量

学前儿童文学活动可以使幼儿积累文学语言，提高语言感受能力，准确、生动、优美的文学语言使幼儿丰富了语汇，同时还丰富了表达句型。文学活动使幼儿运用不同的词语和句型表达自己对文学作品的理解和感受。例如，大班故事《野猫的城市》中有这样的描述："动物们围着小野猫七嘴八舌，问长问短。"五岁多的孩子原来可能没有听过"七嘴八舌"、"问长问短"这两个词语，但在故事的具体情境中，经过教师的引导，幼儿能迅速地掌握这两个词语的意思。

姜姜老师在讲故事《小铃铛》时，引导小朋友学会了"圆溜溜"、"亮晶晶"等优美的形容词，然后启发提问。

老师：小花狗为什么想戴小铃铛呢？

幼儿：小铃铛圆溜溜，多好玩！

老师：小白兔为什么想戴小铃铛呢？

幼儿：小铃铛亮晶晶，多好看！

老师：小山羊为什么想戴小铃铛呢？

幼儿：小铃铛会叮铃叮铃响，多好听！

老师：我们就可以这样说："因为小铃铛圆溜溜多好玩，所以小花狗想戴一下。"那谁还会用"因为……所以……"说一句话呢？

幼儿：因为小铃铛亮晶晶多好看，所以小白兔想戴一下。

幼儿：因为小铃铛会叮铃响，所以小山羊想戴一下。

老师：用"因为……所以……"还可以说说生活中的事，比如："因为我爱画画，所以我给妈妈画了张贺年卡"。谁还会用"因为……所以……"说说呢？

幼儿：因为我爱吃饺子，所以我妈妈最会包饺子。

幼儿：因为我自己会系纽扣，所以我姥姥说我手可巧了。

老师：小花猫为什么不给小花狗、小山羊、小白兔戴小铃铛呢？

幼儿：因为怕他会弄丢了，弄坏了，弄脏了。

老师又问："你们喜欢这只小花猫吗？为什么？"小朋友们几乎是异口同声地说："不喜欢！""因为她太小气，太抠门，所以不喜欢！"这节课，小朋友不仅懂得了有好东西要和小朋友一起分享，也掌握了好几个优美的形容词，还学会用"因为……所以……"练习合成句子呢。

[资料来源：姜晓燕.学前儿童语言与数学教育活动指导（语言教育指导分册）.哈尔滨：黑龙江科学技术出版社，2007]

（三）培养幼儿善于倾听的技能

在幼儿语言的发展过程中，学习做一个乐于听并善于听的人，是幼儿运用语言进行交往的重要方面。幼儿园文学作品教学的第一步就是幼儿积极主动地倾听作品，是与幼儿的"听"紧密联系在一起的，它为幼儿提供了有意识的、评析性的、欣赏性的倾听机会，在实践中培养了幼儿的倾听技能。

（四）鼓励幼儿创造性地运用语言，提高幼儿灵活运用语言的能力

幼儿的语言是在与人和环境的交互作用中创造性地习得的。幼儿在倾听文学作品的过程中，学会理解文学作品的情节内容或画面的情节，理解和掌握了一些词汇、句子和语言句式。在此基础上，结合文学作品提供的语言信息，教师应鼓励幼儿进行创造性想象，在文学作品原有的基础上进行扩展想象，并学会用自己的语言表达经验和认识，大胆续编故事、仿编诗歌或自编诗句，学会用语言或非语言的表现方式表达自己对文学作品的理解，创造性地运用语言、动作、绘画等形式，积极主动地表达对作品的理解。

三 学前儿童文学活动的类型

学前儿童文学活动主要包括童话、生活故事、诗歌和散文活动。

1. 童话活动

婴幼儿童话是有着浓厚幻想色彩的虚构的故事，也是儿童文学最基本最重要的题材

之一。如蔡鸿森创作的《三只想生病的小狗》是一篇结构简单而生活气息浓厚的童话，整篇童话生动地描写了小狗的可爱、淘气、任性、无知，抒发了纯真美好的感情。冰子创作的童话《没有牙齿的大老虎》情节有趣，贴近儿童日常生活，易于理解和领会。《小蝌蚪找妈妈》通过生动的情节让儿童了解青蛙的生活习性及外形特征。

2. 生活故事活动

生活故事取材于社会现实生活，以叙述事件为主，反映幼儿熟悉的生活，向幼儿讲述经过提炼概括或虚构的人物和事件，贴近幼儿的生活。例如《圆圆和方方》可以让幼儿了解生活中圆形物体和方形物体的特性；《珍珍唱歌》让幼儿敢于表现自我，培养良好的心态。

3. 诗歌和散文活动

学前儿童的诗歌包括儿歌、儿童诗、绕口令、谜语以及浅显易懂的古诗。

儿歌和儿童诗都源于"童谣"。儿歌朗朗上口，趣味性强，能增添幼儿的生活情趣，陶冶幼儿的性情，开启幼儿的心智，促进其语言的发展。儿童诗是适合幼儿听赏诵读的自由体短诗，它注重情感的抒发、意境的创造和表达的含蓄。如，儿童诗《摇篮》："蓝天是摇篮，摇着星宝宝，白云轻轻飘，星宝宝睡着了。大海是摇篮，摇着鱼宝宝，浪花轻轻翻，鱼宝宝睡着了……"这首诗想象奇特，形象逼真，符合幼儿的思维，有利于培养幼儿的创造力及想象力。

绕口令是利用一些读音相近的字词形成的语音拗口的儿歌，结构巧妙，短小活泼，幽默风趣，深受幼儿的喜爱。绕口令能够提高幼儿的思维敏捷性，训练幼儿的口语发音能力，如绕口令《高高山上一条藤》（绕口令原文：高高山上一条藤，藤条头上挂铜铃，风吹藤动铜铃动，风定藤停铜铃停），主要训练幼儿发准藤、铜铃、停等几个字的语音。

谜语以歌谣的形式作为谜面，猜谜语是富有游戏趣味的文化活动，有助于幼儿认识事物，提高分辨能力及联想能力。古诗《咏鹅》、《春晓》、《悯农》内容浅显易懂，便于幼儿理解。

婴幼儿散文以记叙真人真事、真情实景为主要内容，真实地抒发作者的心灵感受和生命体验，情感真挚，意境优美，是便于幼儿吟唱的诗歌体的文学作品。如，楼飞甫的散文《春雨的色彩》就是非常好的散文活动教材。婴幼儿散文的欣赏对象主要是幼儿园中、大班儿童。

春雨的色彩

春雨，像春姑娘纺出的线，没完没了地下到地上，沙沙沙，沙沙沙……

一群小鸟在屋檐下躲雨，他们在争论一个有趣的话题：春雨到底是什么颜色的？

小白鸽说："春雨是无色的。你们接几滴瞧瞧吧。"

小燕子说："不对，春雨是绿色的。你们瞧！春雨落到地上，草地绿了！春雨淋在柳树上，柳枝绿了……"

麻雀说："不不！春雨是红色的。你们瞧！春雨洒在桃树上，桃花红了！春雨滴在杏树上，杏花儿红了……"

小黄莺说："不对，不对，春雨是黄色的。不是吗？它落在油菜地里，油菜花黄了；它落在蒲公英上，蒲公英的花也黄了……"

春雨听了大家的争论，下得更欢了，沙沙沙，沙沙沙……他好像在说：亲爱的小鸟们，你们的话都对，但都没说全面。我本是无色的，但能给春天的大地带来万紫千红……

〔资料来源：高格禔.幼儿文学实用教程.北京：高等教育出版社，2006〕

四　学前儿童文学活动的设计与组织

学前儿童文学活动的开展首先应依据《纲要》中语言领域的目标，从学前儿童的发展水平出发，遵循学前儿童的年龄特点，选取具有趣味性、教育性、艺术性的文学作品作为教育教学内容，设计完整的教育教学活动方案，确保活动的顺利开展和实施。学前儿童文学活动的设计与组织具体包括以下三个层面：

（一）引导幼儿通过多种方式感知文学作品

以文学作品为学习内容的文学活动，首先要让幼儿感知作品，这是学习任何一个文学作品不可缺少的重要环节。根据作品的难易程度，教师可采用不同的方式组织教学，如，有感情地朗诵或讲述文学作品，或者运用多媒体手段完整演示文学作品，或者使用挂图，或者配以桌面教具，或结合情境表演，辅助进行作品的教学。引导幼儿欣赏文学作品，使幼儿对文学作品有一个整体印象，然后再通过多种角度的提问，帮助幼儿初步理解文学作品内容。

1. 导入活动的方式

导入活动的目的是吸引幼儿注意，激发他们的学习兴趣、了解幼儿原有经验，为学习新知识做准备。它在整个教学活动中非常重要，不可或缺，有着渲染气氛、吸引注意力、渗透主题的作用。在文学作品教学中，教师通常可以采用以下方式导入：

方式一：提问导入。结合幼儿的生活经验和文学作品的具体内容，提出几个幼儿感兴趣的问题，引导幼儿讨论，从而激发幼儿欣赏文学作品的兴趣。例如，中班诗歌活动"伞"的导入语：（出示小伞）"小朋友，这是什么呀？它有什么用呢？下雨的时候，你们都有自己的伞，可是小动物们怎么办呢？想一想，它们会用什么当伞呢？"

方式二：观察图片导入。教师出示故事或诗歌图片让儿童观察，也可利用幻灯片，让幼儿分析对比不同的画面，感知、理解内容，进一步激发幼儿欣赏文学作品的兴趣。例如，中班诗歌活动"家"的导入：教师出示一幅背景图，图上有蓝天、大树、小溪、花朵等，让幼儿观察图上有什么，再进一步思考有哪些动物朋友会喜欢这个地方？

方式三：游戏导入。教师可以结合玩教具，以生动有趣的游戏导入活动。游戏能够充分调动幼儿的积极性，使幼儿处于愉悦的情绪中，有利于进一步倾听、理解文学作品。例如，小班儿歌活动"拍皮球"，教师可先让幼儿玩皮球，感知皮球的特性，体验拍皮球的快乐，进而理解诗歌的内容。

导入活动像戏剧的"序幕"，应从幼儿的兴趣出发，吸引幼儿的注意力，激发幼儿参与文学活动的兴趣。因此，教师在组织教学活动时，要精心设计导入，用较短的时间来吸引幼儿的兴趣，鼓励幼儿参与活动，使幼儿以良好的状态投入学习活动中去。但是，导入活动只是整个文学作品活动的一个环节，时间安排以不超过3分钟为宜，切忌喧宾夺主。

2. 提问的设计

在幼儿倾听完文学作品后，教师可以运用提问的方式组织儿童讨论，帮助幼儿理解文学作品的语言、情节、人物形象和情感。依据提问的指向，教师的提问可以分为以下几种类型：

（1）针对幼儿生活经验的提问

教师依据幼儿已有的生活和知识经验进行的提问，幼儿经过理解、记忆、归纳、分析，最后进行回答，从而提高幼儿的思维想象能力和语言运用能力。例如，学习散文《冬爷爷的大扇子》时的提问：冬天是什么样的？你喜欢在冬天做什么？教师可采用假设性提问，引导幼儿进行感知、理解和想象，并与作品展开全方位的相互作用。

（2）针对作品情节的提问

这类提问多以描述性提问为主，引导幼儿回忆文学作品的情节，关注作品的发生与发展。教师可以通过分层次、有针对性的细节提问来启发幼儿把问题展开，进而培养幼儿完整讲述作品的能力。如学习故事《学本领》时的提问：画眉鸟的窝是什么样的？像什么？它漂亮吗？

（3）针对作品主题情感的提问

这类提问便于幼儿从整体上把握作品的思想内容，对于不同的年龄阶段应有不同的侧重，如，小班可以运用操作性的经验或自我中心的方式回答；中、大班可以运用情境或非情境的、比较客观的、具有社会意义的方式回答。如，在作品活动"红灯和绿灯"中，教师可提问：故事中的红灯和绿灯哪一个认为自己更受人们的尊敬？为什么？红灯的观点是什么？当只有绿灯工作时路面会出现怎样的状况？再如，在作品活动"大象和小樱桃"中，可以提问幼儿：你最喜欢谁？为什么？如果是你，你会怎样做？

（4）针对作品中语言的提问

文学语言的学习是文学欣赏活动重要的活动目标之一。此类提问可以让儿童理解语句的构造，丰富幼儿的词汇。教师可在活动中让幼儿把作品中自己喜欢的词找出来并进行造句。如作品《金色的房子》中有"红的墙，绿的窗，金色的屋顶亮堂堂"这样优美的语言，可以让幼儿在学说语句的过程中理解词汇的含义，并用语言描述生活中还有什么是亮堂堂的。

教师在课堂上对于提问方式的运用，直接影响幼儿参与活动的积极性以及理解文学作品的效果。因此，教师应把握作品的主线，有侧重点地提问。教师在提问的时候还应特别注意用"开放式提问"（即没有固定答案，幼儿可以根据自己的理解和思考来回答）引发幼儿对作品的思考，进而进行完整的表述。例如，"你觉得他用的这个办法好不好？为什么？""如果是你，你会怎么做？""你喜欢他吗？"

3. 文学活动中教学材料的运用

在幼儿园文学活动的各个环节里，根据活动内容的需要，很多环节里都要运用到操作材料。文学活动的环境和材料与活动的目标、内容有着必然的联系。在活动中为幼儿创设适宜的活动环境能够引发幼儿的主动学习，在活动过程中提供丰富多样的操作材料能够充分地激发幼儿的兴趣，使幼儿体验参与文学活动的乐趣，并运用操作材料愉快地表达。所以，应注重文学活动中操作材料的运用，为幼儿的情感交流以及幼儿之间的情感沟通创设机会和条件，具体包括以下几个方面：

第一，文学活动中材料的选择与设计应该体现文学教育活动目标，并与教育活动内容相适应。例如，在文学活动"龟兔赛跑"中，教师可以选择故事中有代表性的情节，绘画成图片，加深幼儿视觉上的刺激，帮助幼儿理解故事内容。又如，在文学活动"乌鸦喝水"中教师可为幼儿准备容器、水和不同的填充材料，让幼儿在操作的过程中进行对比，通过亲身体验明白其中的奥秘。

第二，文学活动中材料的选择与设计要适合幼儿的实际需要和能力。所选择的材料不仅要安全无毒、无副作用，而且要易于幼儿操作，另外材料的大小要适中。在实际教学中，教师也可利用身边的材料，制作形象生动、色彩鲜艳的教学辅助教具及图片。

第三，文学活动中的材料或道具要适合于文学活动的展开，并能在活动中得到充分利用。如提供的材料和道具应有一定的艺术性和表现性，能够在数量上和质量上有所保证，从而提高幼儿动手操作的能力和参与活动的积极性。

第四，在文学活动材料的选择与设计方面，应最大限度地开发和利用身边的资源，就地取材，如可运用一些废旧的材料，通过教师的引导使材料与幼儿产生交互作用。

（二）引导幼儿通过操作体验、理解文学作品，迁移经验

教师依据文学作品的内容让幼儿进行文学作品讲述、作品表演、模仿作品形象及游戏等，通过亲身体验的过程，进一步理解文学作品的内容和主题思想；通过绘画、歌曲、舞蹈等方式，帮助幼儿迁移生活经验，借助幼儿原有的生活经验，使幼儿真正理解作品内容。

幼儿的操作体验活动应是一个包含感受美、理解美、表现美以及表达自己对文学作品的理解和想象的多层次的系列活动。由于文学作品呈现的是书面的语言信息，幼儿需要通过聆听、诵读、阅读图画，观看动画等方式接受理解文学作品所传递出的信息，因此，教师应引导幼儿积极地与文学作品发生交互作用，通过多种操作途径让幼儿得到发展，将书面语言信息转化为口头语言信息，让幼儿真正理解文学作品中承载的丰富有趣的信息。如，以诗歌为中心开展欣赏、朗读、表演、绘画、音乐活动。教师以音乐为背景，与游戏、情景表演相结合，同时根据文学作品的内容，通过美术作品和儿童美术表现的方式表达出对文学作品的感受和理解，使幼儿进一步理解作品、深入体验作品。

朗诵和表演是儿童进一步感受儿童文学语言美以及节奏和韵律，并用语言和身体动作大胆去表达和表现的过程。儿童文学作品中鲜活而有趣的角色是儿童爱模仿的对象，因此，表演是幼儿园文学活动中频率最高、幼儿喜欢程度较高的一种活动方式，虽然其语言简单、重复、动作零碎，儿童却乐此不疲。教师可引导幼儿进行分角色朗诵和表演，体会作品的内涵。例如，故事活动"小蝌蚪找妈妈"可让幼儿观察小蝌蚪演变成青蛙的过程，在理解故事的基础上复述、表演故事《小蝌蚪找妈妈》。大班幼儿进行全文复

述，中班幼儿进行细节复述，小班幼儿进行句子复述；配乐朗诵，童话剧表演，用肢体语言表现作品，从而提高幼儿的口语表达能力。

此外，教师还可以让幼儿根据故事的情节进行故事绘画活动，拓展认知。如《云彩与风儿》是一篇既有童趣又优美的散文诗，它从幼儿的视角出发去观察周围的事物，让幼儿感受云彩神奇的变化，体验散文的优美。在教学活动中，教师首先从幼儿记录的图表开始，让幼儿分享记录，感知风的特性；其次，让幼儿欣赏作品《云彩与风儿》，感知风吹云彩的变化；接着进行吹画活动，将语言和美术较好地融合在一起，既满足了幼儿的兴趣，又与文学作品本身所包含的内容特性融合在一起，让幼儿有了想象和表达的空间。

（三）引导幼儿围绕文学作品进行创造性语言表述

在幼儿对文学作品学习、理解和体验的基础上，教师可为幼儿提供创编机会，拓展幼儿的想象，引导幼儿运用语言表达自己的想象，挖掘幼儿语言的潜力。在这一层次的活动中，教师可以让幼儿续编故事，也可以让幼儿仿编诗歌和散文，还可以让幼儿围绕作品内容进行想象讲述。例如大班文学活动"小猴的出租车"可以围绕"小猴的出租车"还会到一些什么地方，遇到谁，发生一些什么有趣的事情，让幼儿续编故事。

总之，学前儿童文学活动既包括教师主动的引导和教学的方法，也包括幼儿主动的探索和操作的方法。教师在实施中应注意以下几个问题：首先，学前儿童文学活动的选材内容应与儿童文学教育目标相一致，符合幼儿的认知发展水平，活动内容的选择要具有趣味性、审美性和艺术性，使幼儿在美的陶冶中获得教育和发展；其次，教师可以适当地采用集体活动、小组活动以及个别活动等多种形式，在活动过程中充分体现因材施教；再次，活动方法的选择要顾及幼儿的年龄特点和水平，体现幼儿的自主性和主体性，并与活动的目标和内容相适应，同时要注意动静交替；最后，创设与内容相适应的环境，关注操作材料的运用，形成幼儿与环境之间的互动，促进幼儿全方位的发展。

此外，教师要有效利用一日生活的各个环节，进行日常生活中的文学欣赏。在日常生活中，可以利用晨间谈话、自由活动、区域活动、离园活动及午睡前的时间，引导幼儿积极参与听觉欣赏活动，让幼儿倾听教师朗诵文学作品（诗歌、散文、故事），或边欣赏故事录音边阅读图书，让幼儿在反复倾听中不断体验和品味作品，在感受音乐美、语言美、画面美的过程中培养审美情趣，激发幼儿的想象力。

五　几种特殊形式的文学活动的设计与组织

创编活动是在幼儿通过对作品的认识、理解的基础上，进行迁移、再造的活动。儿童文学作品创编大致可以分为三种类型：扩编和续编，仿编，独立完整编构。让幼儿创造性地开展文学活动，使作品与幼儿的各种经验有机的结合，能够有效地提高幼儿的想象力及分析事物的能力，体验到成功的喜悦。创编活动应贯彻从理解到表达的原则，服从文学教育活动的整体要求。如在仿编诗歌的过程中，教师引导幼儿懂得不同的内容可通过同一种语言结构表达出来，鼓励幼儿大胆想象，表达丰富的思想内容。

(一) 诗歌、散文仿编活动的设计与组织

仿编活动是幼儿在欣赏、理解文学作品内容及构成的基础上的一种创造性的学习活动。幼儿在欣赏文学活动的基础上，感知、理解作品中一句话或一段话的结构特点，调动自己的生活经验，想象构思出新的内容，以借用原作品的结构，通过替代一个词或几个词甚至是几个句子的方式完成仿编活动。例如，在学习和理解了诗歌《家》后，幼儿根据自己的生活经验大胆想象"还有哪些地方是谁的家"，编出"深深的地下是石油的家，宽宽的马路是汽车的家，蓝色的大海是船儿的家"等。幼儿在仿编的过程中体会到创造性地运用语言的快乐，并从自己仿编的句子中获得成功感，大大地增强了学习语言的信心。

幼儿园诗歌、散文仿编活动的组织具体步骤如下：

1. 做好仿编活动前的准备工作

幼儿要熟悉和理解所仿照的作品，认识仿编作品的内容和形式，还要有一定的知识经验，具有一定的想象力和语言表达能力。

2. 组织幼儿进行讨论和示范

教师要引导幼儿讨论仿编中比较关键的问题。例如，在仿编《家》（蓝蓝的天空是白云的家，绿绿的大树是小鸟的家，宽宽的小河是鱼儿的家，红红的花朵是蝴蝶的家）时，教师可引导幼儿讨论：为什么大树是小鸟的家呢？大树除了是小鸟的家，还可以是谁的家呢？在引导幼儿讨论完后，教师可以进行示范仿编，例如，教师可以编出"绿绿的大树是毛毛虫的家"。

3. 启发幼儿想象仿编

幼儿的想象仿编需要借助于一些形象直观的教具，例如图片、幻灯片或者实物。例如，仿编《家》时，教师运用幻灯片分别向幼儿展示大海、草地、田野等图片，引导幼儿观察想象：这些地方可能是谁的家呢？当幼儿熟悉了仿编的格式后，教师应鼓励幼儿脱离图片自由联想仿编。

4. 教师对幼儿仿编的内容进行串联和总结

教师在幼儿仿编时，应认真记下幼儿仿编的内容，以便在仿编结束时进行串联和总结。教师可以引导幼儿朗读自己仿编的诗歌，也可以将幼儿仿编的内容加在原诗歌的后面。

需要教师注意的是，不同年龄班诗歌、散文仿编的重点会有所不同。小班仿编活动的重点是要求幼儿在原有画面的基础上更换某一个词汇，通过换词来体现文学作品画面的变化。中班仿编活动的重点是要求幼儿通过换一个词汇而构成句子的变化。大班仿编活动的重点是要求幼儿对原来的文学作品的结构进行部分变动，也可以根据幼儿已有的知识经验仅向幼儿提供一个开头作为仿编的线索，引导幼儿自己独立完成文学作品的仿编活动。大班幼儿的仿编在结构上的限制相对少一些，允许幼儿大胆想象进行再创造。仿编完成后，教师与幼儿进行整理、理解新的作品。

(二) 故事创编活动的设计与组织

故事创编是在理解故事、积累相关知识经验的基础上，尝试运用语言编出符合结构规则的故事的一种活动。故事创编是一种创造性的语言活动，有利于训练幼儿创新

思维能力，发挥幼儿想象的空间。幼儿进行故事创编活动需要具备两个必要条件：一是经验和语言准备；二是创编动机。教师可根据幼儿感兴趣的事确立题目或主题，引导幼儿进行创编，并及时把握幼儿的构思和灵感，因势利导，进行故事创编的活动。在故事创编活动中，教师要注意创设宽松愉悦的氛围，启发幼儿大胆想象，鼓励幼儿积极讲述。幼儿编构故事需要具有一定的生活经验，而且有较强的语言表达能力。因此，不同年龄班的故事创编有不同的要求。小班可编故事结局，中班编构高潮或结局部分，大班进行完整故事的创编。在创编故事活动中，教师要把握以下几方面指导要点：

① 教师应帮助幼儿理解故事作品的构成要素，让幼儿了解一个完整故事的构成要素，包括故事的时间、地点、人物、情节等。

② 丰富幼儿的知识与经验。教师要鼓励幼儿多观察周围的事物，了解一些粗浅的自然科学现象，如，人与自然的关系，动植物与自然的关系。通过这些直接经验和间接经验的积累，为幼儿创编故事提供内容上的准备。

③ 丰富幼儿的词汇，提高其语言表达能力。教师应创设一些情景让幼儿运用词汇说一句或一段话；另外，引导幼儿学习一些故事、童话中优美的词汇、句式，并感受、理解故事作品的语言表达方式。采用替代的方式，增强幼儿对句式的理解和认知。

④ 在创编活动中应该注重故事的教育性和启发性。

（三）猜谜、编谜活动的设计与组织

猜谜和编谜是启迪幼儿智慧的趣味游戏，通过猜谜、编谜活动可以巩固幼儿的社会认知，提高幼儿的思维敏捷性及概括能力。因此，此类教学活动应在幼儿具有一定的生活经验以及分析事物的能力的基础上进行。由于小班幼儿的认知能力有限，因此编谜、猜谜适合在中、大班进行。幼儿猜谜活动的谜面浅显易懂，谜底多为幼儿生活中常见的事物。如，谜面：上边毛，下边毛，中间一粒黑葡萄；谜底：眼睛。再如，谜面：耳朵大大像扇子，鼻子弯弯像钩子，腿儿粗粗像柱子，尾巴细细像绳子；谜底：大象。

1. 猜谜活动的组织

（1）教师应创设情景，引发幼儿兴趣

教师可以利用实物、动作、语言游戏等，引发幼儿参与的兴趣。

（2）教师介绍谜语的构成并示范讲解猜谜的方法

教师通过讲解，使幼儿知道谜语是由谜面和谜底两部分构成，幼儿将谜面的每一句进行分析、理解，找出其特征并进行综合判断。教师可结合图片、幻灯片等，引导幼儿观察谜面事物的特征。比如，教师出示大象的图片，让幼儿观察其耳朵、鼻子、腿、尾巴等部分，描述其特征。

（3）教师引导幼儿猜谜

首先，教师朗读谜面，幼儿倾听；其次，教师引导幼儿逐字逐句进行分析，引发幼儿思考、判断和讨论；最后，出示谜底，师生进行验证。教师可利用实物或图片进行对照，分析谜面。

（4）幼儿识记谜语歌，理解、记忆谜语儿歌内容

2. 编谜语活动的组织与指导

编谜语需要幼儿具有猜谜的生活知识经验，因此，编谜语一般在猜谜活动的基础上进行。中、大班幼儿思维十分活跃，已具备初步的抽象思维，有十分强烈的探索欲望和表现欲，进行编谜活动能够促进幼儿语言概括和逻辑思维能力的发展。编谜活动的组织一般包括以下环节：

（1）教师引导幼儿认识谜语的特点，了解谜语的基本结构（由谜面和谜底构成）

（2）教师示范编谜语

教师向幼儿说明编谜语的要求，让幼儿明确编谜的规则，通过示范，让幼儿明白编谜可从事物的本质特征入手，如形状、颜色、用途、生活习性等，要求编出的谜面语言工整，短小精炼。

（3）幼儿创编谜语

教师进行启发式提问，引导幼儿编谜，并进行指导，帮助修改。

（4）整理谜面，幼儿背诵自编谜语

大班谜语活动：猜猜我是谁

活动目标

（1）喜欢猜谜，体验猜谜成功的喜悦。

（2）学习猜谜语，会按谜面表述的特征猜出谜语。

（3）喜欢动物，能了解常见动物的特点。

活动准备

（1）有关动物的谜语。

（2）幼儿已有猜谜语的经验，并知道1~2个有关动物的谜语。

活动过程

1. 以动物朋友来做客的情境引发猜谜兴趣

（1）学猜公鸡的谜语。

教师说谜面：头戴红红帽，身穿花花衣，尾巴高高翘，叫人早早起。

（2）幼儿猜谜，并说出理由。

（3）教师出示公鸡的图片，与幼儿共同分析谜面，边说谜面边看图，帮助幼儿理解。

2. 猜猜、说说

（1）教师出谜语，幼儿学猜、学说。

（2）幼儿相互猜谜语，表扬猜对的幼儿。

3. 幼儿自选动物卡片进行谜语创编

教师进行指导，整理谜面。

活动延伸

联系生活，引导幼儿观察物体特征，进行谜语创编活动。

［资料来源：月亮船教育资源网 http://www.moonedu.com］

（四）绕口令活动的设计与组织

绕口令结构巧妙，短小活泼，语言直白，生动有趣，深受幼儿的喜爱。幼儿进行绕口令的语言游戏，可以训练幼儿口齿清晰、辨音咬字准确，提高幼儿的口语表达能力，使幼儿说话敏捷，发音准确。在进行绕口令教学时，教师应根据各年龄班幼儿发音特点和本班幼儿的发音实际水平，来选择难易不同、练习不同发音内容的绕口令。小班重点练习正确发音；中、大班可进行平、翘舌及前、后鼻音的绕口令练习，加强语速训练，训练快速反应能力。

绕口令活动的具体教学步骤如下：

① 创设情景，展示绕口令的内容。

教师可利用多媒体、教具演示等手段展示情境，加深幼儿对内容的理解。

② 教师示范朗诵绕口令，让幼儿有一个完整的认知。教师应注意读准相似音，吐字咬字清晰。

③ 教师引导幼儿理解绕口令。可通过讲解、分析、归纳等多种手段帮助幼儿理解绕口令。

④ 幼儿学习朗诵绕口令。

教师可以采用多种形式的朗读，如分句朗读、小组朗读、幼儿跟读等，加深幼儿的记忆。教师及时纠正幼儿不正确的发音，使幼儿掌握发音的正确方法。

⑤ 绕口令比赛，训练幼儿快速发音的能力。

绕口令活动的指导要点：

① 教师应熟练掌握绕口令的内容。

② 教师示范朗诵时应用正常的语速，读准相似音。注重纠正幼儿的发音，帮助幼儿纠正唇、齿、舌、喉等发音部位和口型，掌握发音的技巧。

③ 教师可以通过形象生动的情境帮助幼儿感知、理解绕口令的内容，加深幼儿对绕口令的理解，记忆绕口令的内容。

大班绕口令活动：鸡吃米

活动目标

（1）能够正确理解绕口令的内容并学习朗诵，掌握词语"鸡"、"米"、"奇"、"李"、"气"、"嘻"、"起"的发音。

（2）懂得正确使用礼貌用语，知道不应随意损坏别人物品。

活动准备

操作木偶一套，与绕口令内容相关的指偶每人一套。

活动过程

1. 教师用木偶进行表演，通过提问帮助幼儿理解绕口令的内容

（1）教师出示人物、动物，逐一介绍并读准发音。

（2）木偶表演。边表演边朗诵绕口令。

（3）提问：齐家地上有什么？李家的小鸡干什么？齐小喜生气了，他是怎样做的？李小丽说了什么齐小喜就不生气了？

2. 幼儿再次观看木偶表演

3. 幼儿每人一套指偶，边念绕口令边操作指偶表演

教师引导幼儿进一步理解绕口令，着重训练相似音，纠正幼儿发音。

4. 比赛：看谁念得又准又快

5. 主题讨论

齐小喜和李小丽为什么没有打架？请幼儿结合身边的例子作讲述。

活动延伸

教师和幼儿将绕口令编成音乐游戏一起玩。

活动拓展

（1）把绕口令编成故事讲给幼儿听。

（2）在活动区提供多种图文并茂的绕口令供幼儿阅读。

（3）表演游戏。利用自选活动时间请幼儿学讲礼貌用语，看谁说得最多。

附：绕口令

鸡　吃　米

齐家晒了一盆米。

李家的鸡吃了齐家的米。

齐小喜一生气，

要去打李家的鸡。

李小丽忙把鸡关起，

连说："对不起！对不起！"

齐小喜听了笑嘻嘻，

忙说："没关系，没关系。"

［资料来源：袁爱玲.幼儿园全语言活动设计与实施指导（中班）.南京：南京师范大学出版社，2008］

延伸阅读

对话式儿童文学作品教学初探

儿童文学作品教学是通过欣赏文学作品来学习语言的一种活动，是对儿童进行语言教育的重要内容，通常包括儿童诗歌、童话、生活故事、儿童散文等几个方面的学习。反思实践中的儿童文学作品教学，笔者发现存在着诸多令我们无法回避和否认的问题。概括起来主要有：一是"教师传授、儿童接受"的现象相当严重。表现在教师作为传授者，闻道在先，术业专攻，对儿童而言是"先知先觉者"，儿童则成了被动地接受知识的容器，师说生听、师问生答几成定律，即使是在一些让儿童讨论的"场景"中，其内容、方式也大都是由教师框定的，出现了儿童主动"说"的缺失，课堂的高度集权使儿童无法获取主体地位，所以这种文学作品教学实际上就是教学内容的授受活动。二是出现了文学作品中心主义的倾向。表现在课堂中，教师仅仅关注文学作品的主题，关注作品所要向儿童传达的德育价值，因此，主题诠释成为文学作品教学中一个至为重要的环节，甚至可以说是教学的必然归宿。于是，许多教师在"主题诠释"上投放了大量的时间和精力，表现为认识尺度上过分求同，漠视了儿童理解作品的个性差异，忽略了作品所蕴含的丰富内涵。上述两种情况存在着一个共同的特点，即对话的渠道被堵塞了，包括师生之间、生生之间和师生与儿童文学作品之间三个方面，使儿童文学作品的教学活动缺乏互动，实际上是忽视了"人"的教育，我们可以说这是一种"传话式的文学作品教学"，这与新《纲要》中语言教育的内容是不相符的。鉴于此，笔者尝试着提出了对话式儿童文学作品教学这一新的教学模式。

一、什么是对话式儿童文学作品教学

（一）什么是对话

什么是对话？用苏联思想家巴赫金的话说，"是同意或反对的关系，肯定与补充的关系，问和答的关系"。他认为："对话性是具有同等价值的不同意识之间相互作用的特殊形式"，"对话是人的存在方式"，"存在就意味着进行对话的交往。对话结束之时也就是一切终结之日。因此，实际上对话不可能、也不应该结束。"如果从哲学的角度来看，对话就是对话者双方相互理解的过程，是一个自我认识、自我反思的过程，也是人类和平共处的基本方式。当然，这里所讲的对话，绝不是我们平常意义上的说话，也不限于纯粹的言语形式，而是师生基于相互尊重、信任和平等的立场，通过言谈和倾听而进行双向沟通、共同学习的方式。在这种对话里，如哲学家马丁所强调的，是"从一个开放心灵者看到另一个开放心灵者之话语"，是师生双方精神敞开的互动交流，是一种"我—你"关系，而非"我—他"关系。正因为如此，通过对话教学，儿童不仅获得了活的知识，更重要的是获得了对话理性，并在启发式的、探索式的对话中获得了主体性的发展，是"以人为本"的充分体现，是新形势下所倡导的一种学习理念。

（二）儿童文学作品教学是一种对话活动

被誉为"拉丁美洲的杜威"的世界著名巴西教育家保罗·弗莱雷在《被压迫者教育学》一书中指出，教育具有对话性，教学即对话，对话是一种创造活动。文学作品的教学面对的是广泛而深邃的言语世界，其目的就是要提高儿童的语言能力，这一特点决定了文学作品教学必须是一种"沟通"，是一种"对话"，儿童学习文学作品的过程就是与文章作者"对话"的过程，是师生互动、合作的教学。因此，笔者认为，对话性儿童文学作品教学是指教师、儿童、文本在平等地位上产生的一种以提高儿童语言为本体，以文本言语为中介而展开的认知、情感、精神领域的多向交流，包括师与生、生与生、师与文、生与文之间的互动，最终促使儿童产生个性化的感悟，积淀语感，促进言语和精神的同构共生，达到对儿童进行教育的动态过程。

对话性儿童文学作品教学实际上是教师、儿童、作者（文本）三方耦合的信息系统，因此，与之相应的理想教学模式必然是教师、儿童、作者（文本）的三维互动。也就是说，包括三个方面：(1) 师幼对话：指的是儿童与教师间展开的有关文学作品的交流，是师生在平等、自由的氛围中进行情感的交流、精神的融通、境界的提升，实现自我的精神超越。(2) 儿童与儿童间的对话：教学过程中儿童与儿童之间的交流，通常包括同桌的交流、小组间的交流和全班交流等几种对话模式。在对话性儿童文学作品中，教师真正彻底地摒弃了自己唱主角、几个优秀儿童当配角、大多数儿童当群众演员甚至当听众的状况，让所有儿童动起来。(3) 儿童与文学作品之间的对话：儿童与文学作品之间的对话多是以多媒体为中介的。因为计算机能够对各种类型的信息进行集成处理，将文本、数字、图形、视频、动画、声响融为一体，多媒体的运用符合儿童思维的具体形象性的特点，通过生动的画面，能够帮助儿童进一步理解文学作品的内涵。

二、对话式儿童文学作品教学的操作策略

（一）营造一种亲切的对话氛围，为对话式文学作品教学提供服务

有学者强调，要建立起平等"对话"的师生关系，就必须化解师生之间、生生之间森严的壁垒，因为对话的现代意义绝不仅仅是狭隘的语言交流，而是师生双方各自向对方敞开心灵和彼此接纳。对话性儿童文学作品教学是儿童、教师、文本之间互动对话的过程，是教师与儿童、儿童与儿童、儿童与文本之间是一种民主、平等的双向交流关系，教师与儿童的态度都必须是真诚的，这也是开展对话式儿童文学作品的一个前提。怎样做到这一点？多元智能理论指出，每个人的智慧类型不一样，他们的思考方式、学习需要、学习优势、学习风格也不一样，也就是说，每个人的具体学习方式是不同的。因此，教师要放下高高在上的架子，与儿童平等对话，尊重每一个儿童的独特个性和具体情况，尊重儿童的独特感受和体验，为每一个儿童富有个性的发展创造空间。

（二）帮助儿童深入文本，最大限度地实现主体的自由表现

儿童文学作品，不受时空限制，极为形象地描述事物的演变过程和事物之间的关系。儿童学习文学作品活动主要是依靠个体的知识储备、情感体验、社会阅历来完成的，其本身又是一种个性化的行为，它带有个体浓重的思想倾向。文本的意义是儿童在学习过程中自行发现、自行建构起来的，往往是仁者见仁，智者见智。英国教育家洛克

说："每一个人的心灵都像他们的脸一样各不相同。正是他们无时无刻地表现自己的个性，才使得今天这个世界如此多彩。"正所谓"有一千个读者，就有一千个哈姆雷特"。应该注意的是，儿童有着与成人不同的看待周围世界的方式，有着自己独特的思考问题的方法，有着一个属于他们自己的完整的世界，成人虽无法置身于其中，但却应更好地了解和保护好这个世界，而不是把自己的意志强加于这个世界，绝不能取代儿童在文学作品中的感受和主体地位。

因此，在对话式儿童文学作品教学中，教师应努力理解儿童的想法与感受，及时支持鼓励儿童大胆探索与表达。不仅要注重生生间的互动、合作、交流、分享，同时也要以儿童的自读、自讲、自演、自悟为重点，让他们用讲述、绘画、表演等方式表达自己的感受；激发儿童能够全神贯注地去体验文本，通过对话去理解文本、发展文本。至于结论，最好像苏格拉底所说的那样，让儿童自己去体悟，自己去表现，教师绝不要包办代替。

（三）为儿童的独立思考创造条件，进而达到"创造性学习"的良好境界

苏霍姆林斯基说："在儿童的脑力劳动中，摆在第一的并不是背书，不是记住别人的思想，而是让学生本人进行思考，也就是说，进行生动地创造。"儿童文学作品教学的过程是教师通过教学活动，促进儿童走进文本，通过自己的思维活动，与文本产生碰撞、整合、内化，然后走出文本的过程，进而实现"创造性学习"的良好境界。体现对话式儿童文学作品中的创新，需要教师多角度多元化地解读文章的主题。要有挑剔的、批判的眼光，有大胆尝试、标新立异的精神，鼓励儿童善于求异思维，突破定势思维的束缚，允许儿童独树一帜，允许儿童出错，儿童只要言之有理即可，切不可用一个标准去随意扼杀儿童的创造力，而应激励他们求知的欲望，这样使每一节课都成为儿童施展才华的舞台、展示才能的天地。

儿童文学作品教学是一种对话，一种交流。有人断言，新世纪的教育是关爱儿童生命发展、弘扬儿童灵性的教育。新时期的儿童文学作品，应当为儿童创设放飞灵性翅膀的机会。教师应该为儿童的对话交流提供服务，为对话营造一种合适的氛围，为对话内容的由浅入深提供一个个的话题，激发儿童对话的积极性，切实体现出儿童是学习的主人的理念。

［资料来源：张文娟.对话式文学作品教学初探.教育导刊，2004(6)］

案例评析

案例一　仿编儿歌活动：谁吹的泡泡（小班）

活动目标

（1）学习儿歌，感知事物之间的简单联系。

（2）尝试仿编儿歌，体验说儿歌的快乐。

活动准备

卡片若干（月亮、星星、雨点、母鸡、鸡蛋、苹果、树叶、蝌蚪、青蛙、瓜子、车轮卡片等），歌曲《吹泡泡》。

活动过程

1. 听音乐，激发幼儿的活动兴趣

（1）让幼儿听歌曲《吹泡泡》，并做律动表演。

（2）教师提问：泡泡是什么样子的？

（3）引导幼儿认识不同的泡泡。

2. 出示图片引发幼儿思考

（1）出示星星图片，提问：这是什么泡泡？（星星泡泡。）星星是谁吹出来的泡泡？（星星是月亮吹出的泡泡。）

（2）依次出示雨点、鸡蛋、苹果卡片，提问：这是什么泡泡？是谁吹出来的？为什么？

（3）教师依次将卡片有序地粘贴在黑板上，引导幼儿朗诵儿歌：

星星是月亮吹出的泡泡，雨点是乌云吹出的泡泡，苹果是苹果树吹出的泡泡，鸡蛋是母鸡吹出的泡泡。

3. 启发幼儿仿编儿歌

（1）引导幼儿自由选择"泡泡"卡片。

教师：小朋友们的周围还有许多的泡泡，请你自己找一个喜欢的泡泡，跟小伙伴说说自己找到了什么样的泡泡。

（2）请幼儿讲讲这些泡泡是谁吹出来的。

例如：蝌蚪是青蛙吹出的泡泡，树叶是大树吹出的泡泡。

（3）游戏：看谁找得又对又快。

教师将青蛙、大树、向日葵、汽车的卡片分别放置在地上画好的圆圈内，幼儿取相应的"泡泡"卡片，进行配对游戏。

（4）请各组讲一讲自己的泡泡是谁吹出来的。

（5）引导幼儿整理仿编的儿歌：

蝌蚪是青蛙吹出的泡泡，树叶是大树吹出的泡泡，车轮是汽车吹出的泡泡，瓜子是向日葵吹出的泡泡。

4. 活动结束

播放歌曲《吹泡泡》。

活动延伸

启发幼儿在生活中继续寻找有联系的事物，丰富儿歌的内容。

［资料来源：何桂香.成长在路上—幼儿园新教师必读.北京：农村读物出版社，2009］

活动评析

1. 活动选材分析

这是一个诗歌仿编活动。教师以幼儿生活中幼儿感兴趣的游戏活动——吹泡泡为切入点，选取了一首意境优美、句式工整的儿歌，这首儿歌巧妙地运用比喻从而赋予儿童想象的空间。

2. 活动目标达成分析

幼儿在理解的基础上进行仿编，从感受作品入手。教师鼓励幼儿大胆地运用语言进行表达，满足幼儿想象、创造的需要。

3. 活动材料与环境创设分析

教师借助了形象直观的图片，符合幼儿的年龄特点，既能激发幼儿的兴趣又可以帮助幼儿提高对事物相互关系的认识和理解。

4. 活动组织形式和方法分析

整个活动以幼儿为中心，在愉悦的气氛中，引导幼儿积极思考、大胆想象和讨论，培养了幼儿的语言表达能力。活动通过找一找、想一想、说一说、做一做的游戏形式，引导幼儿在理解、体验儿歌的同时，尝试儿歌仿编。整个活动过程是一种初步迁移、转移能力的培养，符合小班幼儿的年龄特点。活动给每个幼儿提供了表现和表达的机会，激发了幼儿想象能力的发展。

5. 儿童体验与发展分析

在整个活动过程中，幼儿在教师的引导下，积极参与活动，感受活动的乐趣。教师在宽松的氛围下引导儿童主动探究活动，孩子们在活动中始终积极主动地在探索、发现和学习。

案例二　故事创编活动：有趣的西瓜皮（大班）

活动目标

（1）以西瓜皮为基础，大胆想象，丰富联想，并通过添画表现西瓜皮的主要特征。

（2）积极参与创编活动，用连贯的语言大胆表达自己的想法。

（3）体验创作的快乐，学习与同伴相互合作。

活动准备

（1）半个西瓜皮（实物），半个西瓜皮的图片，画笔若干（人手一份）。

（2）小动物卡片，1张大的画有几块西瓜皮的背景图，4张小的画有几块西瓜皮的背景图，1张西瓜皮变秋千的图画，泡沫板。

活动过程

1. 引导幼儿对西瓜皮进行初步想象

教师出示半个西瓜皮，问幼儿：今天老师带来了什么？

教师：你觉得这半个西瓜皮看上去像什么？翻过来又像什么？

2. 对西瓜皮进行想象并添画，鼓励幼儿大胆表述自己所创作的内容

（1）教师出示西瓜皮变秋千的图画。

教师提问：谁会在秋千上面玩呢？最后，教师把这幅图编成两句话：西瓜皮，变秋千，松鼠荡来荡去真有趣！

（2）给每个小朋友发一张西瓜皮的图片，请大家在上面进行想象添画，然后讲述：西瓜皮，变什么？谁用它来做什么？

（3）请小朋友讲一讲西瓜皮变成什么了？如西瓜皮变帽子，小兔戴在头顶上遮太阳；西瓜皮变雨伞，下雨时小狗用它来挡雨。

（4）出示大背景图，教师示范编故事。

有一群小动物到草地上玩，发现地上扔了许多西瓜皮。小动物们想：西瓜皮扔了多可惜呀！小狗捡了个西瓜皮说："让我来做个跷跷板吧！"它到树林里找来一块木板，放在西瓜皮上，做成了一个跷跷板。小狗和小兔一起玩，翘呀翘，玩得真开心！

（5）给每组幼儿发一张小背景图、若干小动物图片，引导幼儿再次对西瓜皮展开想象，小组合作创编《有趣的西瓜皮》故事。

3. 结束活动

出示背景图，每组推荐一名幼儿讲故事，教师对幼儿所编的故事给予肯定和评价，并鼓励幼儿尝试自由地创编讲述。

活动延伸

将材料投放在语言区，鼓励幼儿继续对西瓜皮展开想象，自由地创编讲述。

［资料来源：小精灵儿童网 http://new.060s.com］

活动评析

1. 活动选材分析

活动选材以幼儿的生活常见事物——西瓜皮为载体，主题是幼儿熟悉的，富有趣味。故事创编主题留给幼儿发挥想象的空间。

2. 活动目标达成分析

本次活动的目标从三个维度进行设定。活动整合了艺术领域的内容。借助西瓜皮引导幼儿进行联想，并通过添画表示联想物的主要特征，引导幼儿进行创造性想象，拓展幼儿的经验和想象，有利于幼儿创新思维的发展。幼儿主动参与创编活动，用连贯的语言大胆地表达自己的想法，使语言表达能力得到了发展。

3. 活动材料与环境创设分析

西瓜皮在生活中随处可见，教师将生活废弃物变为儿童可操作的活动教具，在一定程度上培养提升了幼儿的环保意识。利用图片添画，更加直观地向儿童展示了西瓜皮的多功能性，为儿童创设了有意义的背景材料，帮助幼儿创编故事。

4. 活动组织形式和方法分析

活动设计由易到难，循序渐进，层次清晰。教师为每个幼儿提供了参与的机会，通

过操作、提问、示范、讲解等教学途径，提供了自由、宽松的语言交往环境，让儿童充分想象，大胆讲述。合作探究式学习让儿童积极主动、情绪愉快地参与创编。

5. 儿童体验与发展分析

整个活动过程中幼儿能积极主动地参与，充分体验到了创造学习的乐趣，发展了逻辑思维能力，培养了语言表达能力。

案例三　谜语创编活动：我来编，你来猜（大班）

活动目标

（1）认识动物的外形、生活习性、用途等，概括动物的特征，创编谜面。
（2）培养概括能力和逻辑思维能力。

活动准备

钟表、长颈鹿、青蛙、袋鼠、公鸡等动物的模型玩具。

活动过程

1. 导入
今天，老师带来很多条谜语，你们想不想表现一下你们猜谜本领，看看谁最聪明。
2. 基本部分
（1）猜谜：
大眼睛，阔嘴巴，咕呱咕呱爱说话，捉虫能手就是它。（青蛙）
有只动物真稀奇，长得像架起重机，够树梢，不费力，吃着嫩叶甜如蜜。（长颈鹿）
有个妈妈真奇怪，身上带个大口袋，不放萝卜不放菜，里面放着小乖乖。（袋鼠）
（2）请幼儿说一说猜谜思路：你们猜得真是又快又对！真的是猜谜的高手！你们到底是怎样猜的？说说你的猜谜方法。
（3）教师示范讲解编谜：
教师：猜谜语真好玩，而且可以让我们变得更聪明。所以，不如我们自己学会编谜语，编出各种各样的谜语，不仅可以做游戏，还可以考一考爸爸妈妈，好不好？
教师介绍编谜要领：猜谜时，别人说出来的是谜面，让你猜的是谜底。编谜就是用打比方的方法说出一种事物的特点，但是千万不能说出这种事物的名称。谜面的特点是：句子要短、整齐、押韵，像说顺口溜一样，像唱一首歌。
以青蛙为例分析谜面特征。
（4）儿童尝试编谜（公鸡）。
先出示公鸡的模型玩具。请幼儿回忆公鸡的特征，允许其考虑一分钟再回答，汇集综合所有答案，进行集体创编。问幼儿：公鸡长得什么样？有什么本领？
（5）继续创编，巩固练习。
教师：其实编谜语一点也不难，你们创编的谜语就很棒。只要你用简练的话说出事物的特点，说得顺口一些，就是谜语。

然后，教师出示黑公鸡、母鸡玩具，请幼儿创编。

（6）分组教学，展开竞赛。

将幼儿分为五组，出示五个图片或玩具，请幼儿创编谜语。此环节可以长，也可以短，视活动时间而定。评出结果，表扬幼儿。

3. 结束部分

总结幼儿今天的表现，肯定成绩，鼓励幼儿积极大胆与别人交流。

延伸活动

延伸至科学领域，了解小动物们的外貌特点、主要食物以及生活习性。

［资料来源：中国幼儿教育网http：//www.jy135.com，略有改动］

活动评析

1. 活动选材分析

选材以幼儿喜欢的动物青蛙、长颈鹿和袋鼠入手进行猜谜活动，然后又选择公鸡作为编谜对象，四者都是幼儿熟悉且喜欢的动物，易引起小朋友的参与兴趣。

2. 活动目标达成分析

本次活动目标从认知和能力两个维度进行设置，有利于发展幼儿的创造想象和创新思维。

3. 活动材料与环境创设分析

钟表、长颈鹿、青蛙、袋鼠、公鸡等模型玩具或图片，在生活中随处可见，便于引发幼儿相关的经验，并拓展幼儿的思维和想象。

4. 活动组织形式和方法分析

活动开始时以幼儿感兴趣的语言激发幼儿的猜谜兴趣，然后又利用幼儿的特殊心理——与大人比赛，激发幼儿编谜语的兴趣。在活动过程中通过讲解使幼儿明白谜语的结构和特点，便于幼儿语言操作创编谜语。

5. 儿童体验与发展分析

在整个活动过程中幼儿能积极主动地参与，充分体验到了创编的乐趣，发展了逻辑思维能力，培养了语言表达能力。

实践活动

项目一　观摩、评析幼儿园文学活动

目标

（1）加深对文学作品活动具体组织指导环节的理解。

（2）学习和吸取幼儿园教师的教学经验和教学技巧。观察并记录幼儿教师是如何逐步完成活动的目标、组织及要求的，了解语言教育活动计划的格式。

（3）学会记录活动笔记并评析活动，提高对所学理论知识的综合运用能力。

内容与要求

观摩幼儿园大、中、小班儿童文学活动，记录活动的全过程，重点观摩活动的组织形式和环节的过渡，学习教师的指导语和教学方法的运用，并利用所学的理论知识对每节活动进行评析。

项目二　分析幼儿园文学活动

目标

阅读分析日本童话作家新美南吉《去年的树》的故事内容，依据幼儿的认知特点制定不同层次的故事提问。

去 年 的 树

在一个绿色的树林里，一只小鸟和一棵大树交上了朋友。小鸟每天唱好听的歌曲给大树听，大树呢，随风摇摆着枝叶，用好听的沙沙声给小鸟伴奏。他们每天这样生活在一起，感到又幸福又快乐。

日子一天天过去，天气越来越冷，冬天就要来了，小鸟要飞到温暖的南方去了。大树说："再见了！亲爱的小鸟，等到明年，你一定要回来，再来唱歌给我听！"小鸟对大树说："再见了！亲爱的大树！等到明年，我一定会回来，再来唱好听的歌给你！"说完，小鸟就飞走了。大树看着小鸟飞走了，树枝随风摇摆着，沙沙响，沙沙响……

日子一天天过去了，天气一天天暖和起来了，春天又来了。小鸟从南方飞回来，飞到树林里，来找自己的好朋友。咦？大树怎么不见了呢？只剩下一个树桩留在那，树桩旁的小草，随风摇摆着，沙沙响，沙沙响……

小鸟问树桩："去年立在这里的那棵大树呢？"树桩说："大树嘛！被伐木工人砍倒，送到山谷里去了。"

小鸟飞到山谷里，去找它的好朋友。咦？大树怎么不见了呢？只有切木头的机器在那工作，沙沙响，沙沙响……

小鸟问工厂的大门："大门大门，从树林里运来的大树呢？"大门回答说："大树嘛，被切成细条做成火柴，送到村子里卖掉了。"

小鸟飞向村子，去找它的好朋友。咦？大树怎么不见了呢？只有一个小女孩坐在那，小女孩的头发随风摇摆着，沙沙响，沙沙响……

小鸟问小女孩："从山谷里运来的火柴呢？"小女孩回答说："火柴已经用完了，但是火柴点亮的灯火，还在这盏灯里亮着呢！"

小鸟看了看灯火，清了清嗓子，唱起了它去年给大树唱过的歌。歌声是那么清脆，那么动人。那歌声，飞过村子，飘过山谷，传到了树林里，沙沙响，沙沙响……

[资料来源：高格禔.幼儿文学实用教程.北京：高等教育出版社，2006]

内容与要求

（1）分析故事《去年的树》的特点，确定这个故事适合哪个年龄班教学。
（2）设计出引导幼儿理解故事的提问。

项目三　幼儿园文学活动设计与组织

目标

（1）培养运用理论知识指导实践的能力。
（2）掌握学前儿童幼儿园文学活动的组织形式和基本方法。
（3）培养教学的实际组织与操作能力，为教学总实习作准备。

内容与要求

（1）以小组为单位交流讨论，分别设计一篇幼儿园故事、诗歌及散文活动教案。教案应包括：选择内容的理由、活动目标、活动准备、活动过程。如该话题需要给幼儿提供材料，请制作相关的幻灯片。
（2）制作此活动所需要的教具及课件。
（3）开展模拟教学，学生进行评析。

拓展练习

请从幼儿的生活经验出发，根据不同年龄阶段幼儿的特点，自选主题和内容，设计一次文学作品整合课程教学活动。要求：
（1）写出课程设计构思。
（2）选取课程设计中的片段，在班中组织实施模拟教学。

单元四 学前儿童讲述活动

学习目标

通过对本单元的学习，应该能够：

● 了解学前儿童讲述活动的基本特征及类型。

● 理解各种类型的学前儿童讲述活动的特点。

● 掌握各种类型的学前儿童讲述活动的组织与指导方法。

● 设计学前儿童讲述活动方案并进行试教。

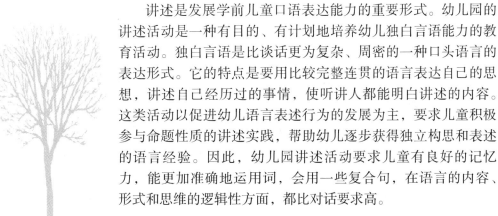

基础理论

讲述是发展学前儿童口语表达能力的重要形式。幼儿园的讲述活动是一种有目的、有计划地培养幼儿独白言语能力的教育活动。独白言语是比谈话更为复杂、周密的一种口头语言的表达形式。它的特点是要用比较完整连贯的语言表达自己的思想，讲述自己经历过的事情，使听讲人都能明白讲述的内容。这类活动以促进幼儿语言表述行为的发展为主，要求儿童积极参与命题性质的讲述实践，帮助幼儿逐步获得独立构思和表述的语言经验。因此，幼儿园讲述活动要求儿童有良好的记忆力，能更加准确地运用词，会用一些复合句，在语言的内容、形式和思维的逻辑性方面，都比对话要求高。

一　学前儿童讲述活动的特点

学前儿童讲述活动与谈话活动都是儿童说话的场合，但二者的活动目的、活动对象、活动形式等都有较为明显的不同。讲述活动以培养幼儿独立构思和表述一定内容的语言能力为基本目的，以促进幼儿语言表述能力的发展为主。讲述活动具有以下四个特征：

(一) 讲述活动有一定的凭借物

成人对一件事或一个物体的描述，可以凭借当时的实物、情景进行，也可以凭借记忆进行。由于幼儿的生活经验贫乏，头脑中积累的表象经验不足，因此，他们在讲述时不能像成人一样凭借记忆在大脑中顺利地组织语言，准确地表述内容。这就需要教师给幼儿提供一定的素材，将讲述的中心和内容确定下来，让幼儿围绕这个素材，按照一定的顺序，有目的、有条理地进行讲述，使讲述具有明显的指向性。这个素材就是讲述的凭借物，包括教师为幼儿开展讲述活动而准备的或幼儿参与准备的图片、实物、玩具、情景或幻灯片、多媒体课件等。教师通过提供讲述活动的凭借物，给幼儿划定讲述的中心内容，使他们的讲述语言具有明显的指向性。例如，教师提供图片，让小班幼儿讲述"谁是最懂礼貌的客人"，通过对三张图片的观察及教师的引导，幼儿可以根据图片所展示的内容，用短句来叙述小动物们准备怎样进小兔的房间。可以说，在讲述活动中，一定的凭借物往往是幼儿讲述的客体，对幼儿的讲述起着重要的作用。

幼儿的讲述需要一定的凭借物，这是幼儿园讲述活动的独特之处。凭借物在讲述活动中的出现，主要是基于两个方面的需要：

第一，学前儿童学习讲述的需要。学前儿童缺乏生活经验，大脑中积累的关于客观事物的表象不足，他们的思维带有具体形象性，长时记忆的能力也有限，很难完全凭借记忆进行连贯的讲述，因此，儿童的讲述需要有一定的凭借物。

第二，幼儿园讲述活动是一种集体参与的活动，无论这个活动有多少人参与，幼儿都要在集体面前进行讲述。因此，教师组织的讲述活动需要有一种集体的指向，要求幼儿就相同的内容进行构思并表述个人的见解，讲述活动的凭借物就为幼儿确定了讲述的中心内容。

(二) 着重锻炼幼儿的独白语言

幼儿园讲述活动是提高学前儿童语言交际能力的一种重要形式，幼儿要学习的讲述是一种独白语言。独白语言不是自言自语，而是在一定情境影响下对某件事情进行表达的一种言语方式。学前期儿童的独白语言更多地表现为复述、讲故事等。讲述与谈话不同的是：幼儿在谈话活动中的语言交流是双向或是多向的，交谈的对象是明确的，交谈的话语是简洁的且上下连贯紧扣的；而在讲述活动中，幼儿的语言交流对象是不明确的，可以是讲给一个人听，也可以是讲给多人听，说的话语相对较长，句子成分比较完整，而且每段话是相对独立，各成章节。讲述活动的独白是要求幼儿独自完成一段完整话语的过程，即幼儿凭借所提供的材料和相关的语境，经过自己大脑的独立构思，组建语言，按照自己的理解将所见所闻进行加工、整理，然后选用恰当的词句连贯而有条理地叙述出来。

如，小班看图讲述"谁是最懂礼貌的客人"，教师依次提出一组问题，让幼儿依据图片思考：图上有哪些小动物？它们要干什么去？小猫准备怎样进房间？小羊准备怎样进房间？小鸭准备怎样进房间？最后谁想出了什么办法进了房间？怎样做才是有礼貌的好孩子呢？帮助幼儿确定先说什么，后说什么，让幼儿按照图片顺序，在集体面前清楚地讲述出来，因此，对讲述语言的要求比对谈话语言的要求高。讲述语言是建立在一般交谈的语言基础之上的，它要求幼儿独自构思与独自表达对某一内容的完整认识。讲述活动是培养、锻炼幼儿独白语言的特别途径，它有别于其他各类语言教育活动，有着存在的独特价值。

（三）讲述活动的语境较为正式

语言是表达思想、传递信息的交际工具，语言的表达要受到具体情境的支配，不同情境下所使用的语言不同。与其他语言教育活动相比，幼儿园讲述活动为幼儿提供的是一种学习和运用比较正式的语言的场合，幼儿要使用组织较为严密、比较正规的语言来表达自己对人、事、物的认识，在讲述时不能东拉西扯，随意性太大。所谓正式的语境，就是要求幼儿根据讲述的凭借物，经过较完善的构思，从头到尾说出一段完整的话。讲述中的遣词造句要具有正确性和准确性，讲述的语言要合乎语法规则。

如，同样是谈论与秋天有关的内容，在谈话活动中幼儿可以随意地谈论"我看到树叶变黄了，小草也变黄了，天有点冷了"，而在讲述活动中，幼儿则应根据图片内容说"秋天来了，树叶开始变黄了，微风一吹，有的树叶纷纷落下……"。因此，讲述活动必须根据语言环境的要求，针对具体的言语凭借物的实际，组织口语表达的内容和方式，运用正规的语言风格说话，这是讲述活动的一个重要特点。

（四）培养儿童的多种能力

由于幼儿园讲述活动是在幼儿的生活经验范围内，围绕一个主题，要求幼儿用比较完整、连贯的语言表达思想、叙述事物的一种教学活动，所以它对培养幼儿的多种能力也具有重要影响。

1. 促进幼儿认知能力的发展

学前儿童在利用凭借物讲述时，必须先认识所要讲的凭借物，清楚所要讲的事物的名称、形状、材质、用途等基本特征，清楚讲述的顺序（如时间、地点、人物、事件等），在大脑中用准确的词汇对其进行概括，从而使自己的讲述可以给听的人一个完整、清晰的印象。在这个过程中，不仅可以使幼儿直接认识事物，还能使幼儿间接地、概括地认识不能直接感知的事物，从而提高幼儿的语言概括能力，促进幼儿认知能力的发展。

2. 培养幼儿的口语表达能力

《纲要》对语言领域的目标定义为："能清楚地说出自己想说的事"，其目的就是要培养幼儿的讲述能力，鼓励幼儿用流畅的语言表达出自己的意愿。

在讲述活动中，幼儿需要独立构思讲述的内容、顺序、重点，考虑怎样让别人理解自己的话等。例如，在中班讲述活动"我最喜欢的季节"中，幼儿讲述前需要思考讲述哪一个季节，先讲什么，再讲什么，重点讲述喜欢这个季节的原因，用什么句子来描述这个季节等。因此，讲述活动能够帮助幼儿掌握讲述的方法，使幼儿连贯、完整、清楚地讲述某一事物，说出自己想说的事。在这个过程中，幼儿的语言表达能力逐步得到发展。

3. 发展幼儿的思维力和想象力

讲述活动中，幼儿需要观察和分析事物的特征、事件发生的原因和顺序，领会人物在不同状态下的思想感情。如在看图讲述时，图片中的人物、事物之间都有一定的因果关系或者存在前后顺序，幼儿要经过一定的分析、推理、判断，才能认识自己所要讲述的内容，然后组织语言连贯地表述出来。此外，在看图讲述中，幼儿要对画面以外的事情展开丰富联想，这也有助于培养幼儿的想象力和创造性思维能力。

二 学前儿童讲述活动的目标

（一）培养幼儿的感知和理解能力

幼儿不仅需要学会表达自己的思想和想法，也要学会按照主题要求去构思和说话。这就需要幼儿懂得积极地感知和理解"要求说"的内容，讲述活动就是提高这方面能力的良好途径。

讲述活动要求幼儿不仅要听懂指示，还要观察讲述对象——凭借物，然后通过运用多种思维形式的活动，得出一定的认识，并通过同伴之间的相互交流进一步扩大和丰富对讲述对象的认识，因此，这个过程对幼儿感知、理解能力的发展就起到了极大的促进作用。例如，中班讲述活动"我带来一把美丽的扇子"，教师请幼儿分别展示自己带来的扇子，让幼儿观察扇子的外形、结构、扇面的材质、颜色、扇把的材质等，然后让幼儿分组观察、交流自己的扇子的特点、用处以及不同形状扇子的使用方法。在这个相互交流的过程中，幼儿从不同角度加深了对扇子的感知和理解。

（二）培养幼儿独立构思与清楚、完整表达的能力

讲述活动为幼儿提供了独立构思和清楚、完整表述的机会，幼儿在教师的引导下，按照一定的问题有目的、有顺序地去思考。例如，大班讲述活动"我的家"，幼儿就必须独立思考：我家的地址，主要家庭成员的姓名、工作单位、爱好，我为什么爱我的家等，然后将这些构思完整、清楚地在集体面前表述出来。因此，这种有中心、有顺序、有重点的讲述活动提高了幼儿在集体场合自然、大方地讲话的能力，提高了幼儿正确使用语言内容和形式的水平。

（三）培养幼儿语言交流的信息调节能力

幼儿园讲述活动，不仅要培养幼儿独立构思和表述的能力，还要求幼儿在活动中要善于倾听别人的讲述是否与自己相同，是否与讲述内容一致，要求幼儿根据材料和环境

的变化来调节语言表达方式，以保证交流信息的清晰度。例如，大班生活经验讲述活动"夸夸我的好妈妈"，由于每个孩子的妈妈的外貌、衣着、职业、行为等特征各不相同，因而在讲述时幼儿就需要注意倾听别人的讲述，在别人讲述的基础上不断调节自己的信息，抓住自己妈妈的主要特征来进行讲述。这样通过幼儿相互之间运用不同的语言交流信息，帮助幼儿成为积极的语言运用者，使他们可以觉察自己所说的话是否有遗漏以及信息被接受的状态，并能按要求进行修补，从而培养幼儿根据听者所发出的反馈而及时调整交流内容和方式的能力。

（四）培养幼儿积极的情感态度

除了上述目标之外，幼儿园讲述活动还可以培养幼儿积极的情感态度和社会行为，这对于提高其社会化水平具有重要的意义。在大班生活经验讲述活动"夸夸我的好妈妈"中，幼儿向同伴描述自己妈妈的优点，一方面表达出自己对妈妈的热爱之情，另一方面也知道了该如何回报妈妈的爱。在中班讲述活动"我最喜欢的季节"中，孩子们用自己的语言描述自己喜欢的季节，有助于培养幼儿积极的生活态度。

三　学前儿童讲述活动的类型

在讲述活动中使用什么凭借物，实质上也是运用什么教育手段的问题。依据凭借物的特点可以将学前儿童讲述活动分为看图讲述、生活经验讲述、情境讲述、续编故事、排图讲述、构图讲述、写信等活动类型。幼儿园常用的讲述形式有看图讲述、构图讲述、情境讲述、生活经验讲述和续编故事等。

延伸阅读

学前儿童讲述活动各年龄阶段具体目标（小、中、大班）

小班：
（1）乐意运用各种感官，按照要求去感知讲述内容；
（2）能基本理解内容简单、特征鲜明的实物、图片和情景；
（3）愿意在集体面前讲述，能准确说出讲述内容的主要特征或事件；
（4）能安静地听他人讲述，并用眼睛注视讲述者。
中班：
（1）养成先仔细观察，后言语讲述的习惯；
（2）逐步学会理解图片和情景中展示的事件顺序；
（3）能主动地在集体面前完整讲述且声音响亮，学习按照一定的顺序讲述实物、图片和情景的内容；

（4）能积极地倾听他人的讲述内容，发现异同，并从中学习好的讲述方法。

大班：

（1）通过观察，理解图片、情景中蕴涵的主要人物关系和思想感情倾向；

（2）能有重点地讲述实物、图片和情景，突出讲述的画面；

（3）在集体面前自然、大方地讲话；

（4）讲述时语言表达连贯、流畅，且用词、用句较为准确。

[资料来源：选自人力资源和社会保障部教材办公室组编的《幼儿语言教育活动设计与指导》，2009年版]

（一）看图讲述

看图讲述是指幼儿在教师的启发和引导下观察图片、理解图意，并运用恰当的语句完整、流畅地表述图意的教学活动。讲述活动中使用的单幅画或连环画是通过色彩和线条来反映客观现实的，它所反映的内容来源于幼儿的实际生活，具有鲜明的直观性。这种图片形象生动，色彩鲜艳，情节简单，能引起幼儿的共鸣，符合幼儿具体形象思维和想象发展的特点，是幼儿所喜爱的艺术形式。在这类活动中，教师提供的图片，可以是印刷品，也可以是教师自己绘画制作的图片；可以是供边讲边勾画的半成品图片，也可以是幼儿画成的图片。看图讲述的凭借物都是静止的具象画面（即具体事物、写实形象），在指导幼儿讲述时，需要帮助他们联想静止的画面之外的活动的形象和连接的情节，讲出事物的发展和因果关系，从而有力地促进幼儿观察、思维和口语的发展。

比如中班看图（图4-1）讲述"我是乖宝宝"，教师应指导幼儿观察图片中的宝宝给爷爷奶奶做了哪些事，为什么说他们是乖宝宝，你在家应该怎么做等，教育孩子要尊敬和爱戴长辈。

图4-1　我是乖宝宝

延伸阅读

大象救兔子（大班）

活动目标

1．懂得在遇到困难的紧急时刻要动脑筋想办法。

2．了解看图讲述活动的特点，学习新词"猛扑"、"撒开"、"飞快"。

3．能够按照一定的顺序观察图片并用完整而连贯的句子讲述图意。

活动准备

图片三幅，音频课件（课前录好表演小兔、大象及老虎的音乐）。

活动过程

导语，激发小朋友的学习兴趣和参与看图片讲故事的愿望。

1．出示图一，启发提问

（1）从图片上看，这是在什么地方？图上都有谁？

（2）三只小兔子在树林里干什么？突然发生了什么事？

（3）老虎是怎样向小兔扑过去的？（学习新词"猛扑"、）

（4）三只小兔又是怎么做的？（学习新词"撒开"、"飞快"）

小结：刚才，我们看了图片，知道图片里说了些什么。现在让我们学习看着这一张图片，编出故事的开头。就这张图片来说，我们可以先从小兔子，也可以先从大象，还可以先从老虎编起。现在老师请大家听音乐，听听，这是谁出来了。故事就可以从它开始编起。

2．听音乐，编出故事的开头

（1）听音乐——小兔。提问：

听，这是谁来了？你们怎么知道它是小兔？谁会先从小兔编起？（讲述前教师注意提示：一天，三只小兔到什么地方去，干什么？突然，它听到了什么？又看到了什么？大象心里是怎么想的？又是怎么做的？）

（2）听音乐——大象。提问：

听，这又是谁来了？你们怎么知道它是大象？谁会先从大象编起？（讲述前教师注意提示：一天，大象来到什么地方？正在干什么？突然，它听到了什么？又看到了什么？大象心里是怎么想的？又是怎么行动的？）

小结：刚才，我们学会了观察这一张图片，用连贯完整的语言编出不同的故事开头，有的从小兔编起，有的从大象编起，还有的从老虎编起，大家编得很好。现在，我们来看看，这故事后来又发生了什么事？

3．出示图二、图三，启发提问

后来，大象想出了什么办法救小兔的，又是怎么对待老虎的？谁能用完整连贯的语言把两幅图片的事情连起来说一说？（讲述前教师注意提示：大象怎么帮小兔过河的？它的样子像什么？）

4．请小朋友结合图一、二、三完整地讲述故事

（讲述前注意用小朋友能理解的方式设计提问，以便让其讲清故事起因、经过和结果。）

5．请小朋友为图片取名

活动延伸

延伸至表演角，让小朋友分别扮演不同的角色，把故事表演出来。

[资料来源：王君琦等.幼儿语言教学法.北京：人民教育出版社，1987（选入时有改动）]

（二）生活经验讲述

生活经验讲述是指幼儿在教师的启发和引导下利用凭借物，围绕一个主题流畅、完整地讲述生活经验的教学活动。这种讲述活动的重要作用在于，它不仅能训练幼儿按照主题要求完整、连贯地讲话的能力，还可以激发幼儿的观察热情和认真对待生活的态度，有利于培养幼儿积极的生活态度和良好的性格，形成良好的社会行为。

生活经验讲述有一定的难度。这种讲述需要幼儿有较为丰富的生活经验，然后根据自己的理解，对自己的经历进行思考、加工，最后用恰当的词句将其完整、连贯地讲述出来，这对幼儿思维的抽象概括能力要求较高，所以比较适合中、大班幼儿。

比如大班生活经验讲述"走进菜市场"，通过带孩子到幼儿园附近的菜市场进行实地参观，使幼儿知道菜市场里有各种蔬菜、水果和其他商品，让幼儿观察成人通过买卖进行交往的方法和过程，由此帮助幼儿积累相关的生活经验，同时让幼儿在菜市场用1元钱购买自己喜欢的菜，体验买菜的过程（图4-2），这样，课堂上就可以鼓励幼儿将买菜的过程和体验用恰当的语言讲述出来。

图4-2　走进菜市场

（三）情境讲述

情境讲述是指幼儿在教师的启发和引导下观看情境表演并完整、流畅地讲述情境表演内容的教学活动。

情境讲述主要依靠情境表演。情境表演是由教师或幼儿扮演角色来现场表演一系列动作，在此过程中发展情节，从而表现连续性的事件。情境表演包括真人表演、木偶表演以及真人与木偶共同表演。此外，放录像展示一段情境事件，也属于情境表演，因为这种方式也体现出"角色表演"和"连续活动"的特点，也在向幼儿展示可供讲述的内容。情境表演包括场景、人物、情节，表演过程中有动作、表情，有时还有对话，使幼儿看得见，听得着，摸得到，富有强烈的直观性，让幼儿处在真实的活动内容之中，有利于幼儿理解情节，能诱发幼儿的观察兴趣和讲述愿望，深受幼儿的喜爱，在小、中、大班都可以开展。

比如小班情境讲述"爸爸妈妈真爱我"。教师先请孩子观看大班幼儿表演的情景剧"爸爸妈妈真爱我"，然后提出问题：这是什么地方？有谁？发生了一件什么事？剧中的小东突然怎么了？他的爸爸妈妈在做什么？引导小班幼儿把剧中的内容用语言表述出来，并进一步引导幼儿关心、热爱自己的爸爸妈妈。

（四）续编故事

续编故事是一种有利于培养幼儿创造思维能力和创造想象能力的讲述活动。是指教师先把故事发生的地点、时间、主要人物和部分情节告诉幼儿，故事的转折部分或其他关键部分（比如故事的中间或结尾）由幼儿根据自己的理解把它编成完整的一种教育活动。续编故事也有一定的难度。教师虽然给幼儿提供了一些已知条件，但续编的部分需要幼儿借助自己的知识和生活经验，对已知条件进行分析、整理，借助自己的思维与想象活动，合理地组织语言将故事补充完整。所以，这种讲述活动只适合在中、大班开展。

比如中班续编故事"憨象波波"，先让幼儿理解故事的开始情节，然后让幼儿根据已有部分编出故事的结尾。

附：故事

憨 象 波 波

一天，小灰鼠在大树旁生炉子，他拿了一把很大的扇子扇炉子。炉子直冒烟，不见火。小灰鼠使劲地扇啊扇，累得汗珠"吧嗒、吧嗒"往下落。小象波波看见了，说："小灰鼠，我来帮你扇。"小灰鼠高兴地说："谢谢你！"

波波接过扇子扇了起来。炉子还是不见火，烟却越来越浓、越来越大，熏得小灰鼠直揉眼睛，"波波，烟怎么越来越大了啊？"

波波更加使劲地扇，烟更浓更大了，熏的波波也受不了了。他着急起来，一边扭过头去揉眼睛，一边使出全身的力气，猛地扇了几下，"呼呼呼"，扇出一阵大风。啊呀，不好！小灰鼠和炉子都被扇了起来，小灰鼠四脚朝天，"哇哇"直叫！

波波扭过头来，咦！小灰鼠和炉子怎么都挂在大树上了？

（五）排图讲述

排图讲述是一种有利于培养幼儿创造思维能力的讲述活动，是指教师向幼儿提供若干单个物体（人物、动物、植物和生活用品等）图片，或者给幼儿提供带情节的单幅图画，启发幼儿根据自己的理解将上述材料组成有情节的画面，最后用完整、连贯的语言将其讲述出来的教育活动。

在排图讲述中，教师提供的物体图片是单个的，也是不按情节发展顺序排列的，每幅图具有相对的完整性，画与画之间又有一定的内在联系，并有多种排列的可能，而且这些内容必须是幼儿熟悉的。在讲述中要求幼儿根据自己的理解，将图片按生活逻辑排列好顺序，然后进行讲述。

比如大班的排图讲述"拔河比赛"，教师分别给幼儿呈现顺序被打乱了的四幅图片，让幼儿仔细观察每幅画面，描述画面内容，然后组织幼儿分组讨论，再让幼儿根据自己的理解重新排列图片，最后用连贯的语言将图片内容有序地讲出来。

（六）构图讲述

构图讲述是指教师不直接提供讲述的对象，而是向幼儿提供各种构图材料，让幼儿根据一定的主题自由构思，通过绘画、粘贴、拼凑等方式将材料组合成各种各样的画面，然后根据画面讲述故事情节或说出一段完整话的一种教育活动。用于讲述的构图材料包括不同几何形状的积塑片，用吹塑纸做的各种图像、卡片，磁铁教具，绘画材料等。构图讲述有多种类型，常见的有拼图讲述、绘画（或粘贴）讲述、选图讲述等。

拼图讲述是指教师为幼儿提供各种拼图材料（如雪花片、积塑积木、磁性教具、各种材料做成的形象、七巧板、立体图片等，其中还包括能构成背景的各种物体或背景图），让幼儿根据一定的主题自由构思，先拼出各种画面，再展开充分想象，鼓励幼儿用清楚、连贯的语言完整地表达出画面的意思，或编出一个完整的故事情节。

绘画（或粘贴）讲述是指教师让幼儿根据已有的感性材料以及自己的知识和经验，构思、绘制（或粘贴）出一幅或多幅具有一定情节内容的画面，然后用准确、连贯、生动的语言讲述出画面所表现的内容。绘画（或粘贴）讲述一般是用两个课时完成，第一课时用于绘画（或粘贴），第二课时用于讲述。幼儿讲述自己构思、绘画（或粘贴）出来的图画，因而参与活动的积极性较高。相比而言，绘图（或粘贴）讲述的难度较小，对提高幼儿的绘画、粘贴和讲述能力都有积极的作用。

选图讲述是指根据幼儿的知识和生活经验，引导幼儿认真观察教师事先准备好的若干单个物体的图样（不同形态的人物、小动物、花草树木或图片背景）或有情节的小图，让幼儿按照自己的构思，自行选择合适的图样，组成不同内容的画面，然后用准确、连贯的语言讲述画面内容，编出一段故事情节或一个完整的小故事。这对发展幼儿的想象力，活跃幼儿的思维，调动幼儿讲述的积极性具有很大作用。

上述构图讲述的不同形式有一个共同的特点，那就是将认识空间形式、美术构图和讲述训练融为一体。在平时的教育活动中，教师要从构图和讲述两个方面对幼儿进行一些必要的基本技能训练。例如，对幼儿进行绘画、拼图、粘贴等技能训练，进行复述、描述等训练，丰富幼儿的生活内容，丰富幼儿的词汇，培养幼儿的言语能力，使幼儿有话可说，有话想说，有话能说，为构图讲述奠定扎实的技能基础。

构图讲述是一种综合性的教学活动，其主要任务是发展幼儿的言语能力。在设计和组织教学的过程中，教师应始终把发展幼儿的讲述能力放在首要地位。幼儿的构图，只要线条简单、画面清楚、人物活动突出、布局一般合理就可以了，那些与故事情节无关的其他背景、物体等，可以省略。

（七）写信

写信是指在教师指导下幼儿讲述个人或集体生活中的事，由教师记录、整理后寄给收信人的一种教育活动。幼儿也可以用绘画的方式写信，表达自己的体验和希望。写信可以培养幼儿关心同伴、教师及其他所熟悉的人的情感，也可以使幼儿了解邮局工作人员劳动的意义。写信也是一种提高幼儿讲述技能的方法。

教幼儿写信，应在幼儿已经参观过邮局，并且对写信和寄信有了初步认识的基础上进行。写信时需要将口头语言转换成书面语言，因此，幼儿写信应具备一定的知识、经验和口语表达能力，要求比较高，比较适合大班幼儿。

比如在新年来临之际，可以组织大班幼儿用"图+文"的形式给自己的妈妈写信，表达自己的祝福和感恩之情（图4-3）。

图4-3　新年快乐

四　学前儿童讲述活动的设计与组织

学前儿童的讲述活动是幼儿语言教育活动的主要内容之一，在幼儿语言教育活动中发挥着不可替代的作用，它通过实物、图片、情景与现实生活密切联系，而且涉及科学、社会、健康、艺术等几大教育活动领域，并与它们密不可分，互相结合，互相促进，共同促进幼儿的全面发展。幼儿教师应该生动活泼地开展此类活动，采用丰富的教育形式，充分发展幼儿的语言表达能力。

幼儿教师掌握讲述活动的程序步骤是开展好此类活动的重要基础，也是幼儿教师应具备的基本技能。

（一）看图讲述的设计与组织

看图讲述之前的准备工作做得充分与否，直接关系到看图讲述活动的质量。因此，教师要做好充分的准备工作。

1. 选择图片

看图讲述所使用的凭借物主要是图片，图片内容对幼儿讲述能力的发展和讲述水平的提高具有直接的影响，因此在选择图片时应注意以下四方面要求：第一，选择主题健康、符合时代要求，有利于幼儿积极情感和社会性发展的内容。如小班的《这是你丢的吗》、中班的《窗外的垃圾》、大班的《明亮的玻璃窗》等都是内容较好的教材。第二，选择具有时代感、密切联系幼儿的生活实际、有助于丰富幼儿生活经验的内容。第三，选择有利于培养幼儿观察力、想象力和创造思维能力的内容。在教师的指导下，幼儿能用完整、连贯、有条理的语言进行讲述，发展幼儿的讲述能力。第四，不同的年龄班要选择不同的图片。由于年龄差异，适合不同年龄班幼儿的图片是不同的。为小班幼儿选择的图片画面要大，以单幅画为主，主题要单一，人物角色要少，角色的动作、表情要明显，画面的背景简单或没有背景，使幼儿易于观察画面的主要内容。为中班幼儿选择的图片主要是不超过4幅的连环画，画与画之间要有一定的情节联系，画面的主题要鲜明，情节较为复杂，要能反映人物的表情和动作，使幼儿能从图片中看出人物的内心活动。为大班幼儿选择的图片主要是连环画，最多不超过6幅，各画面的内容应有逻辑联系，能给幼儿提供更多的想象空间，帮助幼儿理解并讲述出画面中人物的主要关系。

2. 分析图片的内容

选择好图片后，教师要仔细观察和熟悉图片内容，并认真分析，思考如何帮助幼儿准确地把握图片大意。

（1）帮助幼儿理解图意

看图讲述需要幼儿在理解图意的基础上进行。教师在组织教学中，可以事先遮挡图片的某些部分，让幼儿观察画面，了解事件发生的时间、地点等信息。比如，在大班看图讲述活动"大象救兔子"中，教师可以先把第一幅图中的主要角色遮住，让幼儿观察事件发生的时间（树梢上面的天空中挂着一轮小小的弯月）；然后根据情节和角色的动态发展，引导幼儿想象角色、事物（人与人、人与事、人与环境）之间的关系，它们会说些什么话，想些什么事，它们的表情如何，动作是怎样的，为什么是这种表情和动作；最后在理解图意的基础上引导幼儿找出主题思想。

（2）找出重点图片和难点图片

在指导幼儿讲述时，教师应分析重点图片和难点图片。对于难点图片，要指导幼儿观察细节和发现图片之间的逻辑关系，明确讲述主题。对于重点图片，应引导幼儿抓住图片的主题和主要情节，帮助他们讲深、讲透。对于次要图片，要确定应该讲述的内容和可以一笔带过的内容，再根据主次关系给每张图片分配相应的讲述时间，以更好地突出重点。比如大班看图讲述"大象救兔子"，一共有三幅画，重点内容集中在后面两幅图。第二幅图讲的是兔子们被大灰狼追赶到了河边，无路可逃，而远处有一头大象。第三幅图讲的是大象用身体和鼻子当小桥，让兔子过了河，大灰狼气得嗷嗷大叫。教师应引导幼儿结合自己的生活经验，借助想象和推理完成对故事的理解。

（3）确定幼儿应该掌握的词句

在组织幼儿进行看图讲述时，教师还要确定幼儿应该掌握的词句，丰富幼儿的语言经验。因此，教师应事先分析讲述活动中幼儿可以掌握的词句，确定对幼儿语言表达的新要求。大班看图讲述"大象救兔子"中，兔子们被大灰狼追赶时的"惊慌失措"，大灰狼看到大象救了兔子们之后的"又气又急"等词汇就可以适时地教给幼儿。

3. 精心设计提问

看图讲述的关键是教师能采用启发提问的方式，引导幼儿积极思维，帮助幼儿理解图片，并学习使用恰当的词句表达图意。教师提问的质量将影响幼儿讲述的质量。因此，在分析完图意之后，教师应精心设计提问，并在活动计划中写明所提的问题，借助优质的提问引导幼儿的讲述。教师在设计提问时要考虑以下几方面：

（1）问题的中心性

设计的提问应突出图片的重点，能反映图片的关键环节或主要情节，与主题无关的问题应抛弃。有时应直接提出与主题有关的时间、地点、人物、环境等方面的问题，有时则可以提出与人物动作、神态等有关的问题。

（2）问题的顺序性

为了保证幼儿讲述的逻辑顺序，教师在设计问题时应根据图片所提供的线索确定问题的顺序。根据画面人物出现的先后顺序或事件发生的前后顺序来设计问题的顺序，可以帮助幼儿有序地观察，有助于提高幼儿观察图片的效果。教师设计的问题要按照从整体到个别、由近及远、先具体后抽象的原则排序，问题和问题之间要有必要的逻辑关系，前一问题应是后一问题的发展或延伸。

（3）问题的启发性

在组织幼儿看图讲述时，教师不要将答案直接抛给幼儿，而应通过启发性的问题，让幼儿自己在积极思维中找到问题的答案。所以，教师设计的问题应带有启发性，能充分调动幼儿积极思考，引导幼儿发现图片内容的内在联系，以确保幼儿讲述的质量。在提问中要尽量避免选择性的、带有暗示性的问题，如"是不是"、"对不对"等，这种问题不需要幼儿思考，不利于培养幼儿的思维能力和语言能力。

（4）问题的针对性

问题的设计应该考虑幼儿的年龄特点。小班幼儿的思维以直观行动思维为主，教师所提的问题应具体、明确，问题直指图片所反映的内容，便于幼儿看了图片就能回答。比如，图片上有谁之类的问题就很适合小班幼儿。中班幼儿的思维主要以具体形象思维为主，教师设计问题时应适当增加难度。比如，设计一些要求幼儿对图片内容进行描述的问题，如"这是什么样的"、"它们该怎样做"等，以帮助幼儿弄清楚图片中人物之间的关系。大班幼儿开始有了抽象逻辑思维的萌芽，教师可以设计一些概括性的问题。比如，"它们在想什么呢"、"为什么会这样呢"。还可以把几个问题连在一起提问，或者提出一些图片上没有直接反映出来但与图片内容有必然联系的问题，以此提高幼儿的思维能力。

（二）生活经验讲述的设计与组织

1. 预成讲述的话题

生活经验讲述离不开幼儿已有的生活经验。在组织讲述时，教师必须先了解幼儿的已有经验，然后给幼儿的讲述准备合适的话题，如"我最喜欢的玩具"、"我喜欢的图书"、"快乐的假期"、"我喜欢的妈妈"等。

同时，教师还应走进幼儿的生活，留意幼儿喜欢什么样的事物或话题，从而帮助幼儿生成讲述的话题。这种话题生成的方式更能激发幼儿的讲述兴趣，充分调动幼儿讲述的积极性和主动性。比如，幼儿经常谈论的动画片、喜欢玩的游戏、喜欢的表情等，都可以生成为幼儿讲述的话题。这就需要教师具有敏锐的观察力和收集信息的能力，能在幼儿的平时生活中随时发现幼儿感兴趣的话题，并能主动为幼儿的讲述做好各种准备。如，在幼儿谈论各种各样的汽车时，教师可以根据他们的兴趣点提供各种汽车图片、玩具和光盘资料等，帮助幼儿充分认识汽车，探索汽车的奥秘。然后，再组织"各种各样的汽车"的讲述活动。由于这一话题是幼儿所感兴趣的，因此，幼儿讲述的积极性很高，有助于促进幼儿语言表达能力的发展。

2. 确定讲述的主题

丰富的生活经验是幼儿讲述的基础，适合幼儿讲述的主题应是特定的、涉及的内容是有限的。因此，供幼儿讲述的主题应比较具体，如"我最喜欢的动物"、"我最喜欢的玩具"等。

生活经验讲述的主题必须是与幼儿的生活经验相联系的，必须是幼儿熟悉并有深刻印象的。幼儿感兴趣的主题才能触动他们的情感，才能让幼儿识记、保持和再现。参观游览、日常生活中的观察、教育活动、游戏、电影或电视等皆可成为幼儿积累丰富的生活素材的途径。生活素材越丰富、越完整，幼儿的讲述就越生动、形象。教师要通过观察、交谈等方式了解幼儿的生活范围，知道他们经历过什么事、喜欢做什么，及时根据幼儿的兴趣和关注点生成讲述的中心话题。

生活经验讲述的主题可以是教师建议、幼儿讨论或幼儿和教师共同协商的结果。一般要注意以下几方面：

① 选择幼儿熟悉的、日常生活中喜闻乐见的内容。

② 所选主题应具有新鲜感，能引起幼儿的兴趣，能调动幼儿参与讲述的积极性。

③ 要与幼儿在生活中共同关心的内容有关，能引发幼儿的共鸣和讲述的愿望，可以是幼儿共同经历过的事情或个人生活中有趣的事情。

④ 讲述的主题要具体。一般是围绕某些事、某个人、某项活动进行。如，"快乐的'六一'"、"我的妈妈"等。

3. 了解幼儿的讲述经验

学前儿童以形象记忆和形象思维为主，大脑中储备的知识和生活经验相对较少。所以，他们在讲述时不能完全凭借语词记忆来完成，还需要借助一定的凭借物和教师的引导，才能围绕确定的主题，有条理地进行讲述。

在讲述活动进行前，教师可以把题目告诉幼儿，让幼儿做好讲述的准备，并以平等的身份和幼儿进行各种形式的谈话，了解幼儿对所选主题的生活经验和词语积累情况以及对这一事物的看法和态度，并帮助幼儿选好要讲述的内容。同时要根据本班幼儿发展的不同水平，预约个别幼儿发言。如语言表达能力强或生活经验与众不同的幼儿可先预约；而语言能力较弱、胆小的幼儿，要给予指导和鼓励，帮助他们消除紧张感，建立自信心。但是，教师事先的了解和帮助必须是让幼儿讲自己的话，切不可教孩子背诵教师或家长代为准备的发言。

（三）情境讲述的设计与组织

情境讲述要求幼儿通过回忆情境表演中角色的动作、神态、语言等内容，按照表演的顺序来组织语言，用自己的话把表演讲述出来。所以，情境讲述对幼儿的有意注意、有意识记、有意想象等有目的的心理活动有积极的促进作用。

1. 活动的准备

（1）确定主题

情境表演的内容应符合幼儿的年龄特点，确定的主题应动作性较强、情节简单、具有直观性，使幼儿通过观看表演就能理解角色的动作、神态、对话和心理活动。给中、大班幼儿观看的情境表演中可以适当增加一些哑剧成分，让幼儿根据表演者的动作、神态和道具来理解情节意义，进行讲述。

（2）排练表演内容

确定好主题后，教师就可以组织幼儿进行排练。表演者可以是本班幼儿，也可以是高年级幼儿，还可以是教师。在排练中，应该重点关注角色的动作、神态和对话，因为表演的质量将影响讲述的成功与否。

（3）准备道具

幼儿以形象思维为主，所以情境表演时还离不开道具。为了增加情境表演的直观性，在组织表演前，教师应事先准备好表演所需的各种道具，包括场景布置、人物装扮等方面的道具，而且要力求使道具生动形象、引人入胜。如给"奶奶"戴一副自制的老花眼镜，给"爷爷"的嘴边贴一些棉花做的白胡子等。

（4）制订活动计划

完成上述准备工作后，教师还应制订一份活动计划，重点在设计提问。情境讲述的提问也应体现问题的中心性、启发性、顺序性和针对性。

2. 活动的展开

（1）引导幼儿感知、理解讲述对象

第一，介绍角色、场景，引起幼儿的兴趣。情境讲述开始时，教师用富有表情和吸引力的语言揭示内容，介绍场景、角色和主演者，以引起幼儿观察表演的兴趣，并提醒幼儿仔细观看表演者的表情、动作，记住表演内容，以便在观看后进行讲述。

第二，观看表演。为了使全体幼儿都能看清楚表演，表演者要面向全体，表演的进行速度适中。可以完整表演，也可以分段表演。教师还要根据表演的启发性提问，帮助幼儿理解表演内容。提问要有顺序，一般依次按地点、角色、事件及结果进行提问，也可以从角色的动作、对话及心理活动变化的角度提问，还可以从情节的发展方面提问。

（2）引导幼儿运用已有经验进行讲述

教师可以采用提问的方式引导幼儿围绕观察过的表演内容，运用已有讲述经验进行讲述。幼儿要根据观察到的动作和表演的顺序来组织讲述内容，这样的讲述既易于幼儿接受，又可以让幼儿的逻辑思维能力得到训练。

（3）帮助幼儿建立新的讲述经验

在上述环节中，幼儿进行了自由讲述。然后，教师可以根据幼儿讲述的情况，围绕表演情节再提出一些线索性问题，启发幼儿思考和想象，丰富并完善幼儿讲述的内容。教师也可以进行完整连贯的示范讲述，帮助幼儿建立新的讲述经验。

（4）帮助幼儿巩固和迁移新的讲述经验

在本环节中，教师可以变换情境表演中的角色、场景或角色的对话、动作、神态等，让幼儿重新观看新的表演，然后引导幼儿再用上述类似的讲述经验进行迁移讲述，从而提高幼儿思维的灵活性。如果幼儿的生活经验比较丰富，还可以让幼儿根据自己的理解自编自演，从而发展幼儿的讲述能力和表演能力。

（四）续编故事的设计与组织

续编故事活动的开展是为了锻炼幼儿的分析、推理等思维能力，想象力和编构故事的能力。续编故事不局限于让幼儿只编故事的结尾部分，还可以让幼儿分析、推理故事的前因后果或想象、补充事件过程中的任何缺失部分。

1. 活动的准备

续编故事的选材是很重要的，所选教材内容应是幼儿熟悉的、生动有趣的，并符合事物发展的一般逻辑。教师讲述的故事部分要交代清楚时间、地点、主要人物及事件，为幼儿多方面发展情节提供线索或埋下伏笔，使幼儿有充分想象的余地，使幼儿编出的情节各不相同。

2. 活动的展开

（1）引导幼儿感知、理解讲述对象

教师组织教学时，应首先让幼儿明白本次活动的目的是老师要和小朋友一起讲故事，老师先讲故事的一个部分，小朋友接着讲故事的剩余部分，以此激发幼儿续编故事的积极性。

教师在讲述故事的某个部分时，应注意将语速放慢，语言要清晰、连贯、生动、有感情，故事的关键部分应突出，以便给幼儿留下深刻的印象，为幼儿的续编故事埋下伏笔。

（2）引导幼儿运用已有经验进行讲述

在讲述过程中，为了引起幼儿的注意，教师可以在故事情节发展的重点部分中断讲述，插入一个有关联的问题，引发幼儿的思考，组织幼儿进行自由讲述。

（3）引导幼儿加入新的讲述经验

续编故事对幼儿思维能力和语言组织能力的要求较高，所以教师在活动中应加强指导。重点启发幼儿分析教师讲述部分提供的事件发生的线索，找到解决问题的方法，鼓励幼儿从多个角度续编故事，提高幼儿的独立思考能力和创新能力。在幼儿续编故事时，教师要成为忠实的听众，对幼儿的讲述表现出极大的兴趣，以此提高幼儿讲述的积极性。在幼儿讲述结束时，教师应及时做出评价，使幼儿明白哪些地方讲得好，哪些地方需要改进。

（4）帮助幼儿巩固和迁移新的讲述经验

针对本班幼儿续编故事的实际情况，教师可以鼓励讲得较好的幼儿将故事完整、连贯地讲一遍；对于续编故事不理想的幼儿，教师可以引导他们学习同伴讲述中的优点，教师可以将幼儿中讲述得好的故事完整地示范给幼儿，帮助他们巩固讲述经验。

（五）排图讲述的设计与组织

1. 图片的准备

教师为排图讲述活动给幼儿提供的图片，应当是幼儿在生活中可以接触到的内容。幼儿是根据自己的意愿排列图序的，所以每幅图应保持相对的完整性和独立性，而画与画之间还要有一定的内在联系，并有多种排列的可能，以便于发挥幼儿的自主性和创造力。

2. 活动的组织

（1）开始部分

在开始部分，教师可以通过设问、出示教具、出示图样等方式，激发幼儿参与讲述活动的兴趣和愿望，提出活动的任务和要求。比如，教师可以给幼儿出示一组打乱顺序的且有关联的图片，告诉幼儿可以根据自己的意愿自由排列组合图片，可以讲出一个和别人不一样的故事。

（2）基本部分

这一环节是活动计划的关键部分，指导的重点是让幼儿理解排图和讲述的要求以及相关问题的内容。通过提问，启发幼儿的想象与思维，帮助幼儿理解图片的角色动态和角色的心理活动。同时，鼓励幼儿从不同方面排列图片顺序，从多角度展开讲述，提高幼儿的推理能力和创新能力。

（3）结束部分

可以请排图讲述好的幼儿在班级中进行示范讲述，也可以由教师集中全体幼儿的讲述优点进行总结性讲述，帮助幼儿形成对该讲述的完整认识。

（六）构图讲述的设计与组织

构图讲述主要分为拼图讲述和绘画讲述，下面分别介绍这两种讲述活动的设计与指导。

1. 拼图讲述的设计与指导

拼图讲述需要幼儿先拼出画面，再根据画面进行讲述，所以教师在组织活动时应注意利用多种途径，引导幼儿关心周围事物，弄清楚各种事物之间的相互关系，丰富幼儿的生活经验。

教师应给每个幼儿准备相应的拼图材料。为了提高幼儿的讲述兴趣，教师可以让幼儿欣赏用雪花片、卡片等材料拼出的有趣画面，激发幼儿的拼摆兴趣，然后向幼儿交代拼图讲述的要求。在这个过程中，教师可以给幼儿进行示范（包括拼图和讲述的示范），帮助幼儿尽快掌握拼图讲述的要领，以利于幼儿后期的自由讲述。

在初次拼图讲述中，可以由教师给幼儿确定讲述主题，引导幼儿按照故事的模式进行讲述。当幼儿已学会按教师选定的主题编故事后，可以鼓励幼儿自由拼图，自选角色进行讲述，逐步提高幼儿拼图讲述的能力。

在拼图讲述中教师应注意发现讲述富有独特想象的幼儿，应及时对这些幼儿进行鼓励和赞赏，组织他们在班级中进行示范讲述，提高幼儿讲述的积极性。

2. 绘画讲述的设计与指导

在指导幼儿进行绘图讲述的过程中，教师首先借助观察、谈话等方法了解幼儿的兴趣和需要，根据幼儿的兴趣生成绘画讲述的主题，通过讨论活跃幼儿的想象，激发幼儿创造的愿望，启发幼儿独立思考绘画的内容，并提出要求。例如，确定了"我长大了做什么"的主题后，组织幼儿讨论：我们长大了想做什么？为什么？怎么做呢？然后教师提出要求：你们愿意把自己想做的事画成一幅画，再把它编成完整的一段话说出来吗？

绘画讲述的过程需要幼儿的自由创作，因此，教师必须了解幼儿绘画制作的想法，帮助幼儿调动原有经验，预想需要哪些材料，和幼儿一起讨论、共同准备相应的操作材料，然后以分组的方式投放材料，并吸引幼儿参与活动。

（七）写信的设计与组织

写信可以培养幼儿关心同伴、老师及其他熟悉的人们的情感，也可以使幼儿了解邮局工作人员劳动的意义。写信也是一种提高幼儿讲述技能的方法。

1. 活动的准备

在写信之前，应组织幼儿参观邮局，了解写信和寄信的基本知识。在此基础上指导幼儿选择收信人。收信人必须是幼儿熟悉、喜欢和怀念的个体或群体，这样更有利于调动幼儿的积极情绪，以保证幼儿写信时有话可说。为激发幼儿写信的主动性，教师可以事先和收信人联系，以求得收信人的回信。

2. 活动的展开

活动开始时可以利用多种形式激发幼儿写信的愿望，比如播放收信人的谈话录音等。

在第一次写信时，教师应先带幼儿认识写信的用具，懂得写信的格式。比如，知道信纸上应写清楚收信人的姓名、称谓和问候语，然后在正文部分写下自己想表达的内容，结束时要向收信人致敬，写上自己的名字和写信的时间等。

在组织幼儿写信时（特别是幼儿讲述、教师整理的信件），教师应给幼儿提出一些启发性问题，提醒他们讲话时注意条理性和完整性。教师在做记录时，应尽可能地保持幼儿讲述的原话。如果其中有很多词句是雷同的，可以指导幼儿进行比较分析，最终选择合适的语句来表达。

幼儿讲述结束后，教师应迅速整理好其所讲内容，并在全班幼儿面前有感情地朗读写好的信，让幼儿想象收信人收到这封信之后的感受，激起幼儿再一次写信的愿望。

如果幼儿是以绘画的方式写信，教师应指导幼儿先确定绘画主题，尽可能选择他们熟悉的、有意义的事件，然后确定要告知收信人的内容，再指导幼儿按写信格式用绘画方式表示出来。幼儿完成绘画后，教师可以请部分幼儿把自己的画面内容用完整、有条理的语言表达出来。

无论采用何种方式写信，在结束时都应让幼儿看到把信装入信封，在信封上写明收信人的地址、姓名和发信人的地址，贴上邮票等全过程。课后教师可以带领幼儿去附近的邮局把信寄出。

由于写信这种讲述形式对幼儿的生活经验和语言表达能力的要求较高，因此，这种教学形式比较适合大班幼儿。

延伸阅读

幼儿讲述活动与幼儿谈话活动的异同

讲述活动是以培养幼儿语言表达能力为主的活动，其目的在于让幼儿积极参与命题性质的讲述活动，帮助幼儿逐步获得独立构思和完整表述的语言能力。而"谈话活动"是引导幼儿在一定范围内运用语言与他人进行交流，在培养幼儿的倾听行为和表述行为方面具有重要的作用。

讲述活动的教育作用与谈话活动的教育作用大致相同，它们的不同之处在于以下几点：

1. 从活动目标上看，谈话活动注重幼儿运用语言与他人进行交流，而讲述活动则侧重幼儿清楚、连贯地表述某一事、某一物的能力。

2. 从活动内容上看，谈话活动往往围绕幼儿已有经验的话题进行交谈，而讲述活动则针对某一幼儿需认识的凭借物（如图片、玩具等）进行讲述。

3. 从幼儿的语言方式来看，同样是口头语言的表达，但谈话的语言却属于对话范畴，正如人们一般交谈那样，不需要使用正式场合下的规范严谨的语言，而是使用宽松自由、不拘形式的语言，以说明白自己的想法为主。而讲述是一种独白，要求使用类似正式场合下的语言，要求规范、清晰而有条理地表达相对完整的观点。

[资料来源：人力资源和社会保障部教材组.学前儿童语言教育活动设计与指导.北京：中国劳动社会保障出版社，2009]

案例一　看图讲述：喜羊羊与灰太狼（大班）

活动目标

（1）仔细观察，认真倾听他人讲述。

（2）学习按照时间、地点、人物、事件发生的先后顺序讲述画面内容。

（3）能运用新的讲述经验较完整、连贯地进行讲述。

活动准备

课件《喜羊羊与灰太狼》，录音笔，PowerPoint演示文稿，计算机，电视机，视频展台，背景图（每位幼儿一幅），笔，盘子，喜羊羊布偶一个。

活动过程

1. 观看动画片，激发幼儿兴趣（感知、理解讲述对象）

（1）教师出示喜羊羊布偶，激发幼儿的兴趣。

导入语："小朋友们，你们看这是谁呀？哦，你们都认识它。今天，喜羊羊带来了它最新的动画片，想看吗？哎呀，可是它带来的这个新动画片没有声音，所以大家一定要仔细看，待会儿告诉我，你们都看到了些什么？"

（2）观看课件，以提问的方式帮助幼儿理解故事内容。

观看课件片段一。提问："你们都看到了什么？"教师根据幼儿的回答，操作PowerPoint演示文稿依次呈现相应的画面，加深幼儿对课件中景、物、角色的印象。

观看课件片段二。提问："哎呀，发生了一件什么事情？"请幼儿描述小羊们被灰太狼困到水里后的心情和灰太狼抓到了小羊后的心情。

教师：请小朋友帮助喜羊羊想办法救出它的好伙伴，并用图画的方式将办法记录下来。

2. 幼儿自由讲述《喜羊羊和灰太狼》的故事（运用已有经验进行讲述）

教师：请小朋友们将刚才看到的动画片和自己想出的好办法编成小故事，自己来讲一讲吧。

3. 比较不同的讲述，发现新的讲述方法（引出新的讲述经验）

（1）分别请两位小朋友上台讲述故事并录音，进行比较，从而发现出新的讲述方法。

（2）师生共同提炼新的讲述经验，并用图示的形式将新的讲述方法标示出来。

教师：讲故事时，我们要讲清楚在什么时候，在什么地方，有什么人，发生了一件什么事，这样才能让别人听得清楚，听得明白。

4. 幼儿再次完整讲述《喜羊羊和灰太狼》的故事（运用新经验进行讲述）

（1）鼓励幼儿运用新的讲述经验进行讲述，并提出新的讲述要求：讲清楚时间、地点、人物、事件；讲的人要认真讲，听的人要仔细听，如果你觉得你的小伙伴还需要改进，可以给他提出好的建议。

（2）幼儿相互交流，自由结伴讲述。

（3）请个别幼儿完整、连贯地讲述故事。

（4）师生共同评价。

（5）完整地欣赏动画片，结束活动。

活动延伸

引导幼儿运用新经验，讲述故事《喜羊羊与灰太狼（二）》，进一步巩固和迁移新的讲述经验。

活动评析

1. 活动目标达成分析

《喜羊羊与灰太狼》是幼儿很喜欢看的动画片，所以教师通过出示喜羊羊布偶激发幼儿的兴趣，自然地进入到下一个目标的学习。本次活动的目的是培养幼儿完整讲述的能力。教师借助课件，以形象的方式将问题抛给幼儿，鼓励幼儿自由讲述，再通过录音、比较的方式，师生共同提炼新的讲述经验，教幼儿学习按照时间、地点、人物、事件发生的先后顺序，较完整、连贯地讲述画面内容。但是，需要特别注意的是：一定要处理好观看动画片和观察 PowerPoint 演示的图片的关系，应以后者为主，否则，就容易把看图讲述活动组织成情境讲述活动，就不能实现预定的活动目标。

2. 活动材料与环境创设分析

活动从教师向幼儿出示喜羊羊布偶开始。就激起了幼儿学习的兴趣。先让幼儿观看两段形象直观、符合幼儿年龄特点的视频课件，迅速引发了幼儿讲述的欲望。而幼儿人手一套的背景图可以让其将救伙伴的办法自由地表达出来。最后完整地欣赏动画片，达到了巩固练习和活跃气氛的目的。

3. 幼儿参与活动程度分析

整个活动过程体现了以幼儿为主体的教育理念。首先用幼儿喜欢的动画角色引起幼儿的兴趣，引发幼儿探究欲望，再通过引导观察图片—启发讲述图意　图画表达—续编故事情节这样的活动过程，满足了幼儿的求知欲望。整个活动，始终以各种形式调动幼儿的积极性，获得讲述经验。幼儿参与程度很高。

4. 活动延伸效应分析

幼儿在第一次的讲述中已经获得了一定的讲述经验，知道应该按照时间、地点、人物、事件发生的先后顺序，较完整、连贯地讲述画面内容，所以活动延伸内容的设计可以有效巩固和迁移幼儿新的讲述经验。

［资料来源：摘自中国学前教育网 http://www.preschool.net.cn］

案例二 生活经验讲述：我最喜欢的活动区（中班）

活动目标

（1）知道各个活动区的基本材料的功能和用处。

（2）能用完整、流利的语言讲述自己的想法。

（3）在争当管理员的活动中增强荣誉感和责任感。

活动准备

准备各个活动区管理员的标志，幼儿提前进入活动区游戏。

活动过程

1. 谈话导入

（1）你平时最喜欢的活动区是哪几个？为什么？请说说理由。

（2）你最喜欢活动区里面的什么？可以怎么玩？

2. 幼儿自由讨论

3. 请小朋友上台讲述，教师指导

重点指导幼儿用完整、流利的语言来表述。

4. 开展争当"小小活动区管理员"的活动

（1）将幼儿分组，喜欢同一个活动区的幼儿为同一组，每组进行评比。

（2）幼儿轮流发言，将自己为什么喜欢这个活动区，为什么想当这个活动区管理员，以及如何当的想法说一说。其他幼儿当裁判，谁说得最完整、最流利，就选谁当。

（3）幼儿轮流进行发言。

5. 评选管理员，幼儿举手表决

6. 当选人发言，谈谈自己以后将如何管理好自己的活动区

7. 幼儿对管理员进行提问，管理员解答

8. 教师总结

活动评析

1. 活动目标达成分析

本次活动既有认知方面的目标，也有情感态度方面的目标。教师通过谈话的方式引入活动主题，让幼儿自由讨论后上台表达自己对活动区的看法，锻炼了幼儿的讲述能力，然后，又通过争当"小小活动区管理员"的活动，还激发了幼儿的荣誉感和责任感，在同伴之间的互动中达到教育目标。

2. 活动材料与环境创设分析

教师在幼儿讲述之前先让孩子进入活动区游戏，使活动区成为幼儿的先行组织者，为后面的讲述做好了铺垫工作，同时所准备的各个活动区管理员的标志，让幼儿在讲述

中有身临其境的感觉，促使他们更具有角色意识，保证了活动的顺利开展。

3. 幼儿参与活动程度分析

由于活动区是幼儿天天接触的，也是幼儿喜欢的天地，加上教师在课前先让幼儿进入活动区游戏，所以，充分调动了幼儿参与活动的积极性，所提供的各个活动区管理员的标志也让幼儿充满了荣誉感和责任感，幼儿的参与度较高。

［资料来源：选自启蒙教育网http://www.babyqm.cn］

案例三　情境讲述：吃饭（小班）

活动目标

（1）有良好的进餐习惯，知道吃饭时要坐端正，手扶碗，专心地一口接一口地吃。

（2）会念儿歌《吃饭》。

活动准备

准备木偶兔子、木偶鸭子。

活动过程

1. 让幼儿观看情景表演并引导幼儿讨论

（1）观看情景表演一。

教师提问：你们看，我的两位小客人吃饭时的坐姿怎么样？（引导幼儿说小兔吃饭时坐得很端正。）

（2）观看情景表演二。

教师提问：谁把碗打翻了？为什么会翻？小兔是怎么样的？（引导幼儿说出一手拿勺，一手扶碗，就不会打翻了。）

（3）观看情景表演三。

教师提问：我们来看看，小兔、小鸭他们的桌面上怎么样？为什么小兔的桌面上干干净净，小鸭的桌面上很脏？

2. 小结

刚才你们看到小兔、小鸭是怎么样吃饭的，你们要学习谁呢？

3. 学习儿歌《吃饭》

（1）小兔吃饭吃得好是因为他照儿歌上的话去做的，你们想听听儿歌里说了些什么吗？老师朗诵儿歌。

（2）老师带幼儿一起念儿歌2～3遍。

活动评析

1. 活动目标达成分析

由于是才入园的小班孩子，所以本次活动的重点主要是让幼儿养成良好的进餐习惯，知道应该坐端正，手扶碗，专心地一口接一口地吃饭。教师在设计本次活动时，以三段情景表演引导幼儿讨论应该怎样吃饭，再通过教师以总结的方式，加强幼儿的印象。最后以儿歌的方式结束，既点明了主题，同时还活跃了气氛。

2. 活动材料与环境创设分析

由于本次活动是针对小班幼儿的，所以选用了简单、形象的木偶作为道具进行情景表演，让幼儿通过直观的方式理解情节内容，进行讲述，同时由于内容与幼儿的生活相联系，所以幼儿接受起来比较容易。

3. 幼儿参与活动程度分析

由于讲述内容是和幼儿的生活相联系的，所以情景表演中幼儿有一种比较真实的生活体验，参与的积极性也较高。

附：儿歌

吃　饭

吃饭时，坐端正，右手拿调羹，左手扶着碗。细细嚼，慢慢咽，不剩饭，不挑菜，自己吃饭真能干。

情境表演（一）

木偶小兔、小鸭到老师家来做客，敲门道：老师好！

老师：今天你们来做客，我准备了你们爱吃的饭菜请你们吃。（在小兔、小鸭面前各放一只碗和一把勺。）

小兔坐得端正，吃得认真；小鸭坐得不好，东张西望。

情境表演（二）

小兔、小鸭继续吃饭。小兔一手拿勺，一手扶碗，一口一口认真地吃；小鸭不扶碗，把碗弄翻了。

情境表演（三）

小兔、小鸭继续吃饭，小兔吃得很干净，而小鸭说：这个我不爱吃（还用手将这个食物抓出来）。

［资料来源：选自家庭医生健康网—育儿网 http://www.0514zx.com/yuer］

案例四　续编故事：小花园（大班）

活动目标

（1）仔细倾听故事并能感悟故事所表达的情感。

（2）知道老人劳动很辛苦，学习主动关心和帮助老人。

活动准备

（1）创设一个美丽的小花园场景，分别放些假月季花、茉莉花等。

（2）准备木偶（熊猫奶奶和小象）。

活动过程

1. 问题导入

（1）在听故事前呈现问题："熊猫奶奶在林子里新开辟了一块地，种了许多许多的花，是个很美丽的小花园，她每天辛苦地照顾这些花，但终于发生了一件事。到底发生了什么事呢？"运用这样的提问引起幼儿兴趣，让幼儿产生悬念，急切地想知道故事的内容，引发幼儿积极地思考。

（2）听故事的录音（前半段）。

"……她着急地想：我不在，花怎么办？它们一定会……"

2. 顺向设问

教师提问：熊猫奶奶的小花园里有些什么花？引导幼儿回忆故事内容，唤起幼儿要爱惜美丽的花。

（1）熊猫奶奶每天一大早干什么？她怎样照看这些美丽的花？

（2）熊猫奶奶突然生病了，为什么？（设想老人劳动很辛苦，知道由于老人年老体弱很容易生病，引发幼儿关心老人、尊敬老人的情感。）

那么熊猫奶奶的花怎么样了？（幼儿讨论，创造性地想象花有可能会出现的情况。）

3. 假定设问

（1）花园里的花儿长得很好，并没有渴死，那是因为小象在帮助熊猫奶奶。假如小象不去关心、帮助，会怎么样？这个问题主要是引起幼儿充分的讨论，去领悟老人劳动辛苦和主动关心老人是应予赞美的品德，为幼儿形成正确的道德价值观提供一些认识并引起幼儿情感的共鸣。

（2）如果你遇到了有困难的老人，你会怎样做？

4. 欣赏与更换角色形象

通过故事表演（教师和幼儿一起表演木偶）再现故事中美的场景、美的色彩、美的形象等，烘托小象主动关心老人、帮助老人的"爱心"与行动。

激发幼儿向小象学习，激发幼儿尊敬老人的情感。故事中的小象可根据幼儿的想象更换为其他可爱的动物形象。

活动评析

1. 活动目标达成分析

本次活动的目标有两个，一是仔细倾听故事并能感悟故事所表达的情感；二是知道老人劳动很辛苦，学习主动关心和帮助老人。教师通过讲述故事的开始部分，引发幼儿兴趣，让幼儿产生悬念，急切地想知道故事的内容，引发幼儿积极地思维。再通过多次顺向和假定设问，启发幼儿理解老人劳动的辛苦，激起幼儿关心老人、尊敬老人的情感。

2. 活动材料与环境创设分析

本次活动创设了一个美丽的小花园场景，让幼儿能身临其境地去感受和想象故事情节，熊猫和小象木偶的提供，更增加了故事的直观性。

3. 幼儿参与活动程度分析

由于活动采用的是多次顺向和假定设问的方式，充分激发了幼儿的探索欲望，调动了幼儿积极思维的主动性，让幼儿在思考中找到了问题的答案，激起幼儿关心老人、尊敬老人的情感。

附：故事

小 花 园

熊猫奶奶在林子里新开了一块地，种了许多许多的花儿，有红红的月季花、粉红的喇叭花，还有洁白的茉莉花，可漂亮了！

熊猫奶奶每天一大早就起来到林子里给花浇水，"哗，哗，哗，"又清又凉的水一勺一勺浇到地里头，土地喝足了水，花开得又鲜艳又漂亮。

有一天，熊猫奶奶突然生病住进了医院，在病床上，她着急地想："我不在，花怎么办？它们一定会渴死的！"

几天后，熊猫奶奶终于出院了，一出院就急急忙忙地去看她心爱的花，"咦？"熊猫奶奶吃惊地发现，地里的花全开了，比以前更美丽了。这是怎么回事？熊猫奶奶惊讶极了。忽然，她看见邻居小象拎着一桶水走了过来，只见小象放下水桶，把长长的鼻子放进桶里吸出桶中的水，然后，扬起鼻子，"哗"，清清的水像一根根银丝洒到了地里。原来是小象在帮她照顾着地里的花呀！她赶紧说："谢谢你呀！勤劳可爱的小象"。小象说："不用谢，这么好看的花，我们都该爱护它。"

［资料来源：选自中国学前教育网 http://www.preschool.net.cn］

案例五　拼图讲述：小动物的家（中班）

设计思路

幼儿以前已认识了不少的小动物，了解了一些关于小动物的生活习性，但这些知识都是零碎的，幼儿的语言表达缺乏完整性、连贯性。教师可以让幼儿动手拼图并把拼图内容讲述出来，使幼儿在做中玩，在玩中学，激发幼儿动口讲述的兴趣，这样，一方面可以使幼儿的语言表达得到训练，另一方面也可以使幼儿对已有知识加深了解，同时学到一些新的科学知识。

活动目标

（1）能结合背景图和已有生活经验拼出一幅有情节的画面，并能用一段完整、连贯的语句将画面的主要内容有顺序地表达出来；丰富词汇"美丽"、"静静的"、"可爱的"、"五颜六色"及使用"有的……有的……还有的……"等句式。

（2）能大胆地在集体或小组中讲述。

（3）学习评价他人的讲述。

（4）了解各种小动物的生活习性。

活动准备

（1）准备录音机、磁带、VCD机、电视机，大背景图2张、小背景图12张、立体动物图片若干。

（2）播放关于动物的科教片，让幼儿观察小动物的家是什么样子的。

活动过程

1. 开始部分

教师出示大背景图和小背景图，图上面有小河、森林、房子、花草树木等场景。教师引导幼儿有条理地观察，并说："美丽的大森林里，住着一些小动物。"教师告诉幼儿一放音乐，这些小动物就纷纷回家了，让小朋友跟着音乐想象，把这些小动物找出来放在背景图上。

教师播放音乐，乐曲中有轻快、活泼的乐段，也有恐怖的乐段，还有平稳、舒缓的乐段。幼儿每二人一组，根据想象将小动物放在自己面前的小背景图上。

教师提问：这些小动物的家在哪儿？家的旁边有什么？它们的邻居是谁？请小朋友自己先讲讲。

2. 中间部分

（1）幼儿分组讲述。

幼儿自由地讲述自己摆放的"小动物的家"，教师巡回指导，倾听幼儿的讲述，引导幼儿围绕着前面所提出的问题完整、连贯地讲述。

（2）引导幼儿学习新的讲述经验。

教师根据幼儿自由讲述的情况，有重点地示范讲述"小动物的家"。

教师应注意讲述的顺序，从背景图的上方开始讲，逐渐过渡到图的中间，最后讲图的下方。

教师讲述时应注意词汇的丰富性，如"有的动物生活在池塘里，有的动物生活在草丛里，还有的生活在大树上"。又如"小兔子住在美丽的小河边，那儿开着五颜六色的花朵。小兔子的邻居小鹦鹉住在高高的大树上，它每天都要准时将小兔子叫醒"。

（3）集中倾听讲述。

幼儿再次摆放动物并自由讲述，教师提醒幼儿运用新学的讲述经验。

每组请一名幼儿到集体前面讲述，并评议他们讲得出色的地方，鼓励其他幼儿向他们学习。

（4）巩固和再实践。

每组两名幼儿相互讲述，或两名幼儿合作讲述"小动物的家"。教师提醒幼儿讲述时要运用想象力，讲述的内容要与众不同，词汇更加丰富，句子更完整、连贯。

3. 结束部分

教师评议幼儿的活动情况，对有进步的幼儿给予表扬。

活动延伸

将背景图移至"娃娃家"，幼儿可以讲述"娃娃家"里的小动物，如小动物的家在什么地方? 也可以发挥想象, 自由讲述"美丽的大森林"以及如何保护小动物。

活动评析

1. 活动目标达成分析

本次活动主要有两个方面的内容, 一是引导幼儿结合背景图和已有生活经验拼出一幅有情节的画面, 二是能用一段完整、连贯的语句将画面的主要内容有顺序地表达出来。本次活动充分考虑了幼儿的年龄特点, 采用他们喜欢的拼图游戏的方式, 使幼儿在做中玩, 在玩中学, 激起幼儿动口讲述的兴趣, 从而达到对幼儿进行语言训练的目的。同时通过多种方式的讲述活动, 鼓励幼儿能在集体中大胆表达, 并初步学习对他人的讲述进行评价。结束部分还通过活动拓展的方式让幼儿的讲述能力得到巩固。

2. 活动材料与环境创设分析

本次活动准备的环境材料特别丰富, 不同特点的音乐使幼儿可以充分展开想象。幼儿将教师提供的立体动物图片摆放在相应的背景图上, 然后自由地讲述自己摆放的"小动物的家"。播放的动物科教片又让幼儿在活动中增加了相应的科学知识, 调动了他们活动的积极性。

3. 幼儿参与活动程度分析

由于拼图游戏本身就是幼儿非常感兴趣的, 加上又播放动物科教片, 所以幼儿参与活动的积极性很高, 活动体现了以幼儿为主体的教育理念。活动的拓展部分将背景图移至"娃娃家", 让孩子在平时也可以通过所喜欢的游戏进行相应的语言训练。

［资料来源: 选自中国学前教育网 http://www.preschool.net.cn］

案例六　排图讲述: 醉狐狸 (大班)

活动目标

(1) 对排图讲述活动有兴趣, 通过活动懂得"害人终害己"的道理。
(2) 能根据图片的内容思考故事情节发生的顺序并正确排列图片。
(3) 根据自己排列的图片, 有序、连贯地讲述故事内容。

活动准备

让幼儿了解什么是米酒; 准备供幼儿讲述用的图片。

活动过程

1. 提问导入

有一只狐狸醉了, 你们猜猜它是怎么醉的? 狐狸醉了以后又会发生什么事情呢?

2. 打乱图片顺序, 逐一出示图片, 引导幼儿观察并讲述

(1) 出示图一。提问: 这只狐狸手里拿的是什么? 你们猜猜它在干什么? 它为什么

要这么做?

在幼儿观察后,请2～3名幼儿讲述,教师进行简单的评价。

(2) 出示图四。提问:发生了什么事?狐狸是怎样被猎人逮住的?让幼儿充分想象,并与同伴说一说。

(3) 出示图二和图三。在幼儿观察后,请1～2个幼儿讲述狐狸到底是怎样被抓住的?是否与自己刚才的想法一致。

3. 幼儿分组自由排列图片,完整讲述

(1) 幼儿自由分组。

(2) 教师交代各小组的活动任务。

(3) 幼儿分组讨论讲述,教师参与其中,鼓励幼儿大胆想象。

(4) 每组派代表讲述故事,教师引导幼儿进行自评和互评。

4. 教师绘声绘色地讲述自己编排的故事,帮助幼儿引进新的讲述经验

5. 幼儿再次排列图片,自由讲述故事

活动评析

1. 活动目标达成分析

排图讲述的任务也是两个方面,一是先将教师打乱了的图片按自己的理解排成有序的图片,二是根据自己排好的图片进行讲述。对于大班幼儿而言,将被打乱了的图片排序对他们是一种挑战,而且他们也很喜欢这种挑战,大班幼儿会克服困难以达成本次活动的目标。

2. 活动材料与环境创设分析

排图讲述需要相应的图片,本次活动给幼儿提供了四张绘有不同内容的图片。教师打乱图片顺序,让幼儿在理解了几张图片的内容后,按照自己的理解排序。图片的准备与排序活跃了幼儿的思维,调动了幼儿的积极性。

3. 幼儿参与活动程度分析

由于排图和上述的拼图一样,在幼儿眼中是一种带有挑战性的游戏。幼儿在排图过程中找到了自信与成功,所以能积极参与活动。

[资料来源:选自启蒙教育网 http://www.babyqm.cn]

实践活动

项目一　观摩、评析幼儿园讲述活动

目标

(1) 提高学生对所学理论知识的综合运用能力。

(2) 培养学生缜密的思维能力和灵活的表达能力。

内容与要求

组织学生到幼儿园观摩幼儿老师组织的各年龄班的讲述活动，回校后对老师的教学组织情况进行总结，分析执教者组织活动的优缺点。

项目二　幼儿园讲述活动的设计与组织

目标

（1）培养自我学习和积极思考的能力。
（2）提高对所学理论知识的综合运用能力。
（3）掌握学前儿童讲述活动的各种组织形式。
（4）提高设计、组织学前儿童讲述活动的能力。

内容与要求

（1）在大班生活经验讲述"我的春节"中，你准备怎样引出讲述话题？准备提哪些问题？请模拟示范。

（2）在中班看图讲述"小兔家的窗"中，你认为应该设计哪些提问，才能更好地引导幼儿理解每幅画面的意思？

（3）在小班情境讲述"两个娃娃打电话"中，你准备怎样组织排练？准备哪些道具？

（4）请设计以下讲述活动的活动计划并进行模拟试讲：

① 生活经验讲述"年夜饭"（小班）。

② 情境讲述"做好事"（中班）。

③ 拼图讲述"好玩的儿童公园"（大班）。

（5）请结合所学理论知识分析下面这个活动计划的目标设计是否准确、全面，活动环节的设计有哪些优点和不足，不足之处可以如何修改。

生活经验讲述：购物（大班）

活动目标

（1）引导幼儿按照时间、人物、地点及事件经过等线索，完整地讲述超市购物的情景，表达自己的感受。

（2）鼓励幼儿积极与同伴进行语言交流，提高口语表达能力。

活动准备

（1）幼儿有购物的经验，并拍有照片、录像。

（2）课件制作，用来讲述线索图（时间、人物、地点、事情经过、结果等）。

活动过程

1. 引导幼儿运用已有经验开展谈话，导入活动

教师：（出示超市标志）小朋友，这是什么地方的标志？超市是个什么地方？你们有

没有去过超市？和谁一起去的？

教师：前几天，老师也带小朋友去了超市，还在里面买了东西。下面就让我们一起来说说这件事。

2. 教师讲述线索，引导幼儿大胆使用描述性词句

（1）提问：要把一件事情说清楚，应该说清楚哪些内容？

（2）教师讲述线索，用课件逐幅显示线索图：要说清一件事，就需要说出时间、人物、地点、事情经过、最后的心情。

（3）引导幼儿逐幅讲述。教师引导幼儿运用一些描述性词句，并引导幼儿重点讲购物的经过。引导重点：买的时候发生了什么事情？你又是怎样解决的？

3. 引导幼儿按照线索完整地讲述

（1）请幼儿选择照片后进行讲述。

① 几个幼儿结伴讲。

② 按照上面的线索完整地讲。

③ 要把买东西的过程讲得详细些。

（2）幼儿自由结伴，开展讲述。

教师指导讲述重点

① 拓展幼儿讲述的内容，引导幼儿使用描述性语言。

② 幼儿讲述语言的完整性。

（3）请个别幼儿讲述。然后，教师讲评重点：购物过程的丰富性、个性化及讲述词句。

［资料来源：选自免费论文教育网 http:\\www.paperedu.cn］

拓展练习

利用在幼儿园见习时间，了解幼儿感兴趣的收信人，并设计和组织实施一次写信活动。要求：

（1）写信活动的组织可以采用"幼儿讲述，教师代书"或"图文结合"形式。

（2）将对本次活动的教学反思与全班同学进行交流和分享。

单元五 学前儿童早期阅读活动

学习目标

通过对本单元的学习，应该能够：
- 了解早期阅读的含义和早期阅读教育的基本特征
- 理解早期阅读教育的目标、内容和形式
- 掌握幼儿园早期阅读活动设计的基本环节与指导要点
- 设计早期阅读教育活动方案并组织实施

基础理论

　　阅读是个体认识世界的重要途径，阅读能力在很大程度上决定着一个人的学业成绩与工作成就。早期阅读是终身学习的基础，20世纪90年代以来，早期阅读教育越来越受到人们的重视。

一　早期阅读与早期阅读教育

（一）早期阅读的含义

阅读是人们通过对书面语言和其他书面符号的辨认、感知与理解，从中获取信息、获得意义的心理活动过程。就像人每天都要吃饭吸收营养一样，阅读也是一种吸收，人们要在阅读中吸收各种精神养料，逐步提高自身的文化素养。早期阅读是指学前儿童凭借变化的色彩、图像、文字或通过成人的形象的读、讲来理解读物的活动过程。对于学前儿童来讲，只要是与阅读活动有关的行为都可以看做是阅读。如，儿童用手指翻开书页，将几幅画面的内容串联起来理解故事的情节，用自己的语言讲述画面内容、听老师读图书上的文字等。学前儿童的早期阅读活动不是单纯的视觉辨别活动，还包括听觉活动、触觉活动等。比如，孩子可以通过倾听成人的讲解来理解读物，也可以通过视觉、触觉活动与读物进行互动，从而理解读物内容。

阅读是学习的基础，阅读能力是一个人学业成就的主要表现，也是一个人未来成功地从事各项工作的基本条件。研究表明，喜欢阅读是早慧儿童的共同特点。美国心理学家推孟发现，44%的男孩和46%的女孩之所以能成为天才儿童，是因为他们在5岁之前就形成了良好的阅读习惯。此外，童年早期的阅读状况对儿童未来的阅读能力和学业成就具有预测作用。如果在小学三年级末，儿童的阅读能力还不能达到一般化的程度，那么他将很难完成中学阶段的学业。对于学前儿童来说，早期阅读不仅是他们成为成功阅读者的基础，而且是他们成为终身学习者的开端。早期阅读有利于年幼儿童观察力、想象力、思维能力和语言表达能力的发展。尤为重要的是，早期阅读可以培养学前儿童浓厚的学习兴趣和良好的学习习惯，使之更容易在学业上取得成功。因此，早期阅读以及良好阅读习惯的形成对儿童一生的发展都是至关重要的。

学前期是儿童口头语言迅速发展的时期，也是儿童开始接触各种符号的时期。这一时期的儿童可以认识符号、语言声音与语言意义的关联性，学习如何认识文字符号和印刷形式，如：感知报纸上通栏标题和正文文字的差异，分辨餐馆菜单和图书的不同等。儿童还可以学着阅读图画书，联系自己的生活经验解读图画书的内容，尝试用自己所学的语言来解释生活中的见闻。虽然学前儿童认识的字有限，模仿写字只是一些涂涂画画，但正是在这样的学习活动中，儿童才有可能成为热爱阅读、不依赖成人的自主阅读者。唯有成为自主阅读者，儿童才算真正具备了基本的阅读能力。

阅读既是学习的过程也是学习的结果。这种学习涉及两方面的内容：一是获得阅读能力的学习；二是通过阅读获取信息的方法技能的学习。研究发现，3～8岁是儿童获得基本阅读能力的关键期。目前人们比较一致的观点是：对于8岁之前的儿童来说，阅读学习的重点是获得基本的阅读能力，其核心是自主阅读的意识与技能。

对于学说汉语的儿童来讲，其早期自主阅读的核心能力有三个方面：一是口头语言与书面语言相对应的能力。儿童要调动自己原有的语音经验和口语语法经验，将口语经验与相应的文字符号对应起来，并理解文字符号的意义。二是书面语言的感知辨别能力。儿童对汉字特征及汉字构成规律要有敏感性，要了解文字的作用，对文字符号产生兴趣并有探究的愿望，要能将文字与其他符号、汉语文字与其他文字区分开来。三是阅读的策略预备能力。要成为一个流畅的阅读者，需要各个方面的准备，其中最为重要的是整合阅读内容的策略准备，这是学前儿童必须学习的技能。在阅读学习中，儿童要能思考故事中的人物以及发生的事情，如，"这个故事中的人物是这样的吗？这件事情先是怎样的？后来怎么样了？"在对这些问题进行思考的过程中，儿童要能结合自己的阅读经验，对故事的发展趋势做出推测，进而思考"这个人为什么会这样做"，"这件事情为什么会发生"，"假如换一个条件或场景，故事中的人或动物及事情会朝着什么方向发展"等问题。通过对上述问题的思考，儿童将学会对阅读内容进行反思、预期、质疑、假设，并逐步掌握这些策略预备技能，不断提高自主阅读的能力。

儿童的自主阅读能力并非生来就有，它有一个形成与发展的过程，需要得到教师和家长的正确引导。现代观点认为，早期阅读应当从零岁开始，儿童从出生时起就可以开始阅读。这里说的阅读，主要是指给孩子提供丰富的阅读环境和条件，让他们接触书本，接触书面语言，形成对书本和文字的兴趣，知道怎样去看书。需要强调的是："早期阅读"不等于"早期识字"。早期识字曾经是我国儿童早期教育的代名词，很早就存在于我国的儿童教育实践中，形成了《三字经》等一些经典的识字教材，强调儿童对这些教材内容的阅读、朗诵与记忆。早期阅读既不同于早期识字，也不同于诵读古文。早期阅读所指向的不是大量地识字，而是对书面阅读的兴趣和能力，其目标是让学前儿童了解一些有关书面语言的信息，懂得书面语言的重要性，让儿童享受阅读的过程，获得一些阅读的技巧，进而对阅读活动充满热情，并能够进行有效的阅读。而早期识字重视的是对字的结构、偏旁、意义的认识，能识字不代表喜欢阅读、会阅读。识字只是早期阅读的内容之一，一个好的阅读者除了要认识字以外，还要能运用原有的知识、口语词汇等理解文字的意义，要能够流利地认读文字、理解阅读的内容并保持阅读的兴趣。

（二）早期阅读教育的目标

《纲要》中明确指出：要"引导幼儿接触优秀的儿童文学作品，使之感受语言的丰富和优美，并通过多种活动帮助幼儿加深对作品的体验和理解"，要"利用图书、绘画和其他多种形式，引发幼儿对阅读和书写的兴趣，培养前阅读和前书写的技能"。作为幼儿园语言教育的重要内容，早期阅读教育是指在学前教育阶段，通过有计划、有目的的情境创设与活动设计，引导儿童运用视觉、听觉、触觉、口语、身体动作等综合手段来理解色彩、图像、声音、文字等多种符号的教育活动过程。其主要目的是为学前儿童从口头语言向书面语言的过渡提供前期阅读准备，具体包括引发儿童对书籍、阅读和书写的兴趣，培养儿童对书面语言学习的敏感性，掌握一定的阅读和书写的准备技能，从而为学前儿童提供阅读图书、早期识字和早期书写的经验，为他们进入小学后正式学习书面语言奠定良好的基础。

1. 形成良好的阅读态度和习惯

激发儿童浓厚的阅读兴趣，帮助儿童形成自觉的阅读态度和良好的阅读习惯是早期阅读教育的重点目标。阅读的兴趣、态度和习惯虽然都属于非智力因素，但却是影响早期阅读教育活动成败的重要因素。广泛而持久的阅读兴趣是儿童求知的开端，自觉的阅读态度是儿童主体意识发展的表现，良好的阅读习惯可以为儿童的终身学习奠定扎实的基础。

首先，要引导学前儿童热爱书籍、养成自觉阅读图书的习惯。书籍是书面语言的实际载体，也是人类知识的宝库。在早期阅读活动中，儿童可以大量接触图书。图文并茂、生动形象的图书对儿童具有极大的吸引力。他们可以在阅读图书中理解故事内容，体验愉快的情绪，并与老师、同伴分享阅读的乐趣。教师要帮助儿童学会爱护图书，如不撕书，不乱扔书，看一本书取一本书，看完书后要放回原处等，要引导儿童逐步形成良好的阅读习惯，形成自觉阅读的积极态度。

其次，要引导学前儿童观察各种符号，使其对文字产生好奇和探索的愿望。文字是符号体系中含义最丰富、容量最大的符号。早期阅读的目标之一就是激发儿童对各种符号的敏感性，引发他们探索文字符号的积极性。儿童的生活中有各种各样的符号，与文字有关的其他符号体系也不少，如手势语、标志符号等。儿童对生活中的各种符号都会表现出极大的好奇，适当的引导可以激发其探索文字的兴趣，帮助其建立主动学习文字的态度，有利于儿童成为自主学习、掌握文字的人。

延伸阅读

如何形成良好的阅读习惯？

为了帮助幼儿形成良好的阅读习惯，可以借鉴成人图书馆的"借书卡"制度，引导幼儿学习有序借阅、物归原处。中大班的幼儿已经有了一定的规则意识，我们先组织了一系列的亲子活动，让爸爸妈妈带着孩子参观成人图书馆，了解借书卡的作用和使用方法。当幼儿有了初期经验之后，再把"借书卡"制度引入阅览室。要求幼儿在取走一本图书的同时，将自己的借书卡放在相应的位置上，这样幼儿就不会弄乱图书摆放的顺序，也不会一次拿好几本图书，而且读完后还会把图书放回原处。此外，还可以使用一些图片、标志向幼儿提示阅览室的常规。在阅览室的墙上贴一些提示幼儿安静阅读的图片，如放在嘴边的食指、睡觉的小娃娃等；在阅览室地毯周围的地板上贴上小脚印，提示幼儿走上地毯时要脱鞋；在书角破了的书上贴上书宝宝哭泣的小图片，使幼儿一看就知道要轻轻翻书。这些看似不起眼的提示其实是最好的老师，可以帮助幼儿逐渐养成良好的阅读习惯。

[资料来源：龚亮，顾立群.有吸引力的阅览室.幼儿教育，2008.(19)]

2. 掌握正确的阅读方法和技能

早期阅读教育的基本目标是使学前儿童掌握阅读的方法和技能，最终具备基本的阅读能力，为进入小学后的学习打下坚实的基础。

应当让儿童掌握的阅读方法有：拿书、翻书的方法，指读、浏览的方法，根据目录找到相应书页的方法，预测阅读内容的方法，自我调适的技能等。如，当儿童阅读图书时，看到故事的开头，就能够预测这类故事的过程和结局。这种预测能力可以有效地帮助儿童理解具体的阅读内容，并不断扩展儿童的阅读经验。再如，儿童在叙述图画书时，发现自己所使用的语言不符合书面语言的格式习惯，随即予以调整，这就需要自我调适能力。这种能力由儿童自己发现误差及主动纠正误差的策略机制决定，它要求儿童能敏锐地发现错误并及时进行自我纠正。这种不靠外部纠正而随时敏感地自省领悟的能力，对幼儿学习书面语言十分重要。

3. 初步建立口头语言与书面语言的对应关系

人类语言的两大形式是口头语言和书面语言，这两种语言对人们的生活都有重要作用。学前期是儿童口头语言发展的关键期。在进入小学之前，他们将基本完成口语学习的任务。为使他们更好地学习口语，并为下一阶段集中学习书面语言做好准备，在学前期有必要帮助儿童初步感知、认识书面语言，理解口头语言与书面语言的对应关系，感知这两种语言符号系统的差异，知道书面语言与口头语言具有同等的重要性。

在早期阅读活动中，可以引导儿童获得三方面的认识：第一，懂得书面语言与口头语言都可以储存信息，但书面语言用文字的方式记录储存，具有可视的特点。第二，懂得书面语言与口头语言都可以用来表达人们的思想。口头语言是直接说出来的，书面语言是用文字写出来的。第三，书面语言和口头语言都是人们交际的工具，但是交际的方式不同。如果没有书面语言，在空间和时间限制的情况下，人们的交际将会出现问题。

（三）早期阅读教育的特征

1. 丰富的阅读环境

为学前儿童提供多种阅读经验是早期阅读教育的重点，这就需要为学前儿童提供含有较多信息的丰富的阅读环境，主要包括精神环境和物质环境两个方面。

精神环境是指教师为儿童创设的宽松自由的阅读氛围，它有助于儿童全身心地投入到阅读活动中，在其中获得无穷的乐趣。为此，教师要对儿童的阅读行为表示关注、支持和欣赏，要以积极的态度给儿童提供适当的支持与指导，如保证儿童每天都有一定的阅读时间，启发儿童认识和理解书中的内容，及时肯定儿童的进步，促进儿童形成良好的阅读习惯等；教师要鼓励儿童与图书、文字进行创造性的互动，如指导儿童通过复述、推测、假设结果、分享人物的观点、讨论图画内容等方式与书的作者进行"对话"，引导儿童成为主动的阅读者；教师要引导儿童用口述、扮演角色等方式创编和讲述自己的故事；教师还可以通过制作图书、玩文字游戏、写便条、写通知、写信以及给熟悉的物品作标签等途径，指导儿童学会创造性地使用各种符号，使他们成为图书和其他文字材料的创造者。

物质环境主要是指为儿童提供的阅读时间、阅读空间和阅读材料。首先，应当保证儿童有一定的时间用于阅读。阅读的时间既可固定也可不固定，可以充分利用幼儿园一日生活中的各个过渡环节。如在晨间来园时、盥洗与饮水时、午睡起床时、晚间离园时，教师都可以安排儿童读书活动，引导儿童独自读书，使儿童逐步养成主动阅读的习惯。其次，应当为儿童提供相应的阅读空间和阅读材料。幼儿园里常见的阅读场所是图书室、阅读区、语言角，阅读区的环境布置要色彩鲜艳、富有童趣、光线充足、宽敞舒适，还要有与儿童身高相配的、耐用美观的桌椅。阅读区内要放置丰富多样、数量充足的图书，以满足儿童自主阅读、获得相关信息的需要。此外，可以将整个活动室看作是一个大的阅读场所，在各种家具、玩具上贴上文字、拼音等，一方面可以丰富环境中的书面语言信息量，另一方面可以使儿童在与环境的对话中逐步建立文字概念，认识一些常见的文字。

2. 与讲述活动紧密相连

早期阅读活动为儿童提供了许多具体、形象、生动有趣的阅读内容。早期阅读教育的一个主要目标是，让儿童在理解的基础上用口语表达的方式来讲述图书的主要内容。儿童的阅读活动与讲述活动是紧密相连的，他们可以边看边说，也可以在看完之后把图书的大概意思讲述出来。讲述图书内容的方式是多种多样的，可以在全班或小组中讲述，也可以是儿童独自进行的个别讲述。通过讲述可以使儿童深入了解图书内容，发展其口语表达能力和综合概括能力。

早期阅读活动不等于看图讲述活动，二者的教育目标是有区别的。看图讲述活动侧重于发展儿童的独白语言，要求儿童用正式规范的语言完整、连贯地讲述图片的内容。早期阅读教育的重点在于让儿童理解各画面之间、画面与故事之间的关系，从而把握图书的基本结构，理解故事情节的发展。在充分理解的基础上，再用口语表述图书的主要内容。早期阅读活动是先理解、后讲述，其中包含讲述的内容，但不同于看图讲述。

3. 具有整合性

早期阅读并非完整意义上的学习书面语言的活动。早期阅读是一种整合性教育活动，它与幼儿园的其他教育活动是联系在一起的。比如，在儿童读完一本书后，可以指导他们模仿图书的结构制作自己的图书，也可以让他们制作书中人物的头饰进行故事表演，或者让他们将图书的主要内容讲给父母听。这种整合性还体现在早期阅读是书面语言与口头语言的结合。阅读活动必定会促进儿童口语表达能力的发展，同时也会使儿童认识一些文字，了解书面语言的特点，获得有关书面语言的初步知识。因此，在早期阅读活动中，可以适当地进行一些书面语言的学习，但要谨慎对待这种学习。应当把重点放在培养儿童良好的阅读习惯、正确的阅读方法和必要的阅读技能上，认识文字和文字的结构是次要方面，不能把早期阅读活动等同于识字活动。

延伸阅读

早期阅读教育的观念及模式

1. 多元阅读教育观念

多元阅读教育就是为儿童创设多元阅读的情境，提供多元阅读的引导，帮助儿童成为一个可以独立自主阅读的人。

（1）创设多元阅读的情境

把儿童引入阅读世界的第一步是营造一种轻松自由的阅读情境，激发儿童的阅读兴趣。适合儿童阅读的场所是多样的，家里的书房、客厅，幼儿园的教室、图书室，公共场所的儿童图书馆、文化中心等都可以成为孩子阅读的场所。我们提倡把书放在儿童伸手可及的地方，儿童摸得到书，就会多一个拿起书的机会，多一个与书籍建立感情的机会。

（2）建立多元阅读的互动关系

学前儿童的多元阅读是通过成人的参与实现的。教师要时刻注意引导儿童与书对话。在每个可能的阅读环境中，都应当引导儿童选书、看书、读书，引导他们提问、讨论、思考，进而将自己的生命体验融入到阅读中。成人可以运用多种方法引导儿童读故事、讲故事、玩故事、编故事、演故事，可以通过复述故事、推测结局、分享对书中人物的看法、讨论图画内容等方式，让儿童体会到阅读不仅仅是听故事，而且还可以自己尝试。

（3）选择多元阅读的材料

要采取多样化的方式来帮助儿童选择阅读的材料。在题材上，从儿童生活到科学知识、从环境问题到生命教育，各种不同的题材都可以让儿童接触。在文体上，童谣、诗歌、故事、传记、散文和知识性图书都可以成为儿童的读物。在形式上，从纸质图书到能操作的立体书、玩具书、塑料书和布书，都可以给儿童阅读。多样化的内容和题材可以为儿童提供多元的知识，让儿童体验多元的情感、感受不同语言的风貌，使儿童逐步形成运用语言的能力，进而培养儿童的自主阅读能力。

（4）丰富多元阅读的途径

学前儿童阅读的途径是多样的。儿童可以自己读书，阅读各种不同形式的图书，如能操作的立体书、玩具书、塑料书、布书等；还可以听故事、看演出，甚至观察人的表情行为。生活里处处都有儿童阅读的机会和阅读的内容。

2. 创意阅读教育观念

创意阅读教育的含义有两方面：首先，儿童阅读的内容本身具有很强的创意。通过书籍的创意来激发儿童阅读的兴趣，让儿童在阅读中发现和感悟作者的创意，获得阅读的快乐并产生持续阅读的动机和愿望。其次，儿童的阅读过程充满创意。应当把一般的读书学习变为富有创造意义的活动过程，引导儿童在阅读中充分想象和创造，最终使儿童成为能够自主阅读、具有创造精神的人。创意阅读对儿童学习的价值在于，让儿童在富有创意的阅读中学会阅读、学会想象、学会创造。

在为儿童选择阅读材料时，应关注以下几方面问题：

（1）有创意的内容

优秀的图画书需要有创意的内容，图画书中拟人的动物形象、富有特色的画面都可能激发幼儿的好奇心。

（2）有创意的哲理情思

好的图画书会在看似简单的图画中富含生活哲理和人间真情，用温暖、爱和智慧来塑造儿童。

（3）有创意的艺术表现形式

图画书是文字与艺术综合的产物，有创意的艺术表现形式可使图画书具有鲜明的特点，更加符合创造阅读的需要。当儿童面对这样的图画书时，他们的思维会更活跃，想象会更丰富，他们可以在创意阅读中更好地锻炼自己的创造力。

3. 游戏阅读教育观念

在早期阅读教育中，可以充分利用游戏环境中的阅读资料来激发儿童的阅读兴趣，培养儿童良好的阅读习惯，提高儿童的阅读能力。游戏阅读教育有两方面的含义：首先，可以把阅读活动当做游戏。利用儿童喜欢游戏的特点来激发他们对阅读的兴趣，让儿童在游戏中产生阅读的动机和愿望，在自发阅读的过程中获得阅读的快乐。其次，可以引导儿童在游戏中进行阅读。在儿童的游戏中，教师把自己的指导行为转变为支持性行为，通过为儿童的游戏环境布置丰富的语言文字资料，引导儿童在游戏过程中学习阅读。在这里，游戏不是为了识字，而是发展儿童阅读能力的载体，游戏依然保持其注重过程和愉悦体验的本质。将阅读与游戏结合起来，是游戏阅读教育区别于游戏识字的根本特征。

游戏和阅读的有机结合离不开环境的因素。游戏阅读环境有如下特征：

(1) 游戏环境中有丰富的与游戏主题有关的阅读资料

比如书、标记、菜单、日历、铅笔、彩笔、纸张、记事本、银行票据，再如图画书、各种奖品、图卡字卡、幼儿画报、儿童自己书写制作的故事书等等，只要是日常生活中出现的、有利于儿童在游戏中引发阅读行为发生的物品，都可以作为阅读资料放置到活动室里。

(2) 教师在游戏阅读中具有"鹰架"作用

教师是游戏阅读环境中的人际环境之一，教师直接参与到儿童的游戏中，可以帮助儿童开展那些他们自己无法完成的阅读活动。教师的帮助对于儿童而言是一种"鹰架"，这种鹰架支撑反过来能够促进儿童的阅读知识和技能发展。

(3) 同伴在游戏中提供另一种"鹰架"支撑

同伴是游戏阅读中另一种重要的人际环境。这种平行的人际关系有助于儿童共同建构关于语言文字的知识，同伴合作也起到"鹰架"的作用。这种同伴鹰架支撑作用比教师的鹰架支撑作用更加自然，起到一种共同建构的作用。

游戏阅读教育的主要途径有：

(1) 为儿童提供与图画书有关的玩具或替代品

与图画书相关的玩具或替代品可以帮助儿童在图画书和已有经验之间建立联系。玩具或替代品还可以成为儿童未来游戏的"引子"，他们可以在把玩相关玩具的过程中使故事阅读由抽象变为具体，减轻对图书中有关抽象内容认知方面的负担。

(2) 鼓励儿童以游戏的方式对阅读内容加以回应

当阅读活动引起儿童强烈的情感共鸣时，角色扮演或身体动作就成为儿童对图画书内容加以回应的一种表现方式，这种多感官参与的表现方式为儿童理解故事内容或故事角色提供了帮助。在游戏中，儿童可以"放慢"故事阅读的进程，"重游"自己在故事阅读时有疑问的地方，还可以借此了解其他人对阅读内容的理解。

(3) 鼓励儿童把阅读内容以合适的形式表现出来

戏剧表演、讲故事、棋盘游戏，还有故事续编、仿编和创编等，因其游戏性的互动而吸引儿童的参与，从而促进儿童的阅读。

[资料来源：周兢.早期阅读发展与教育研究.北京：教育科学出版社，2007]

二　早期阅读教育的内容与形式

（一）早期阅读教育的内容

《纲要》将早期阅读定位在接触书面语言的学习阶段。尽管学前儿童还难以掌握书面语言，但他们对接触到的文字和其他有关书面语言的信息具有浓厚的兴趣。早期阅读是学前儿童开始接触书面语言的途径，因此，早期阅读的内容应当包括一切与书面语言学习有关的内容。

根据幼儿园早期阅读活动的目标，为幼儿提供的早期阅读内容包含三个方面的阅读经验，即前阅读经验、前识字经验和前书写经验。用"前"字来标示阅读经验，是为了强调这些经验与儿童入小学后将要进行的正式书面语言学习有着根本区别。

1. 向儿童提供前阅读经验

图书阅读能力是儿童早期阅读能力中的一个重要方面。图书是书面语言的载体，是学前儿童阅读能力发展的重要媒介。研究表明：在语言刺激丰富的环境中长大的儿童，阅读能力都比较强，早期的图书阅读能够带领他们超越其原有的语言形态。台湾学者杨怡婷对汉语儿童的图画书阅读行为发展进行了研究，将汉语儿童图书阅读行为发展分成三个阶段：第一，看图画，未形成故事。儿童从跳跃性翻页，说出物品名称，到用手指着图画述说画面中人物的行动，逐步形成用口语说出图画内容的能力，但此阶段还没有形成完整的故事。第二，看图画，形成故事。这个阶段的儿童能够从图画中看出故事的连贯性，开始用口头语言说出与书中部分情节内容相似的故事。第三，试着看文字。这一阶段的儿童开始注意到书上的文字，他们最初是部分阅读，然后是不平衡策略读，进一步发展到独立地读，最后学习独立而且完全地阅读。

学前儿童要学会阅读图书，需要获得相应的行为经验，主要包括：第一，翻阅图书的经验。儿童要掌握翻阅图书的一般规则与方式。第二，读懂图书内容的经验。儿童要会看画面，能从画面中发现人物的表情、动作和背景，同时将看到的内容串联起来，从而理解故事情节。第三，知道图书画面、文字与口语具有对应关系。会用口语讲出画面内容，听老师读图书上的文字时，知道是在讲故事的内容。第四，图书制作的经验。知道图书上所说的故事是由作家用文字写出来、画家用画表现出来的，然后印刷、装订成书。

2. 向儿童提供前识字经验

学前儿童的阅读不是以大量、集中、快速识字为学习任务的，而是要通过有目的、有计划的早期阅读活动帮助儿童获得前识字经验，提高他们对语言文字的敏感程度。

一般而言，学前儿童识字主要是对字形的再认，通常不包括对字形的再现。前识字能力的发展与学前儿童形象视觉发展的特点是密切联系的。研究表明，学前儿童已经具有模式识别的能力，他们能够把观察到的各种图案或面孔的印象原封不动地输入大脑，并作为模式保存下来。当面对新刺激信息时，儿童就会把新信息与大脑中原有的模式进行比对，如果新信息与原有模式相匹配，那么儿童就能辨认出已经认识过的模式。学前儿童掌握字形与具体实物的联系比掌握语音与具体实物的联系更容易，他们往往把一个字或由多个字组成的词作为一个整体的模式来感知。因此，与其说学前儿童是在识字，还不如说他们是在辨认图谱。

前识字能力的发展可以分为三个阶段：第一，萌发阶段。儿童能够有兴趣地捧着书看，注意周围生活环境中的文字，会给书中的图画命名，能改编书中熟悉的故事内容，能辨认自己的名字，开始辨认某些字，喜欢重复儿歌和童谣。第二，初期阶段。儿童开始了解文字是有意义的，改编故事时会注意原作品的文字，愿意念书给别人听，能够在各种情况下辨认熟悉的文字。第三，流畅阶段。儿童能够自动处理文字的细节，能够独立阅读各种文字的形式，如诗歌、散文或菜单等，会以适合文字形式风格的语速和语音语调阅读。研究发现，学前儿童的阅读行为发展主要处于萌发阶段和初期阶段，他们以自己的独特方式探索文字，逐步扩展处理多种文字材料的能力。

早期阅读教育要向学前儿童提供六个方面的前识字经验：第一，知道文字有具体的意义，可以念出声来，可以把文字、口语与概念对应起来；第二，理解文字功能与作用的经验。如，知道想说的话可以写成文字、写成信，可以寄到别人的手中，然后再转化成口头语言，别人会明白写信人的具体意思；第三，粗晓文字来源的经验，初步了解文字是怎样产生的，又是如何演变成今天的样子的；第四，知道文字是一种符号，并与其他符号系统可以转化的经验。如认识各种交通图形标志，知道各种标志代表一定的意思，可以用语言文字表现出来；第五，知道语言和文字的多样性经验，知道世界上有各种各样的语言和文字，同样一句话，可以用不同的语言和文字表达，不同的语言和文字可以互译；第六，了解识字规律的经验。在前识字学习中让儿童明白文字有一定的构成规律，掌握这些规律就可以更好的识字。如"木"字旁的汉字大多与木有关，如森林、树木等。把握这种内在规则，会增加幼儿识字兴趣，有利于儿童自己探索、认识一些常见的字。

延伸阅读

多样化的早期阅读识字方法

生活感受法：通过日常生活中常见的事、物、活动等，让幼儿充分感受、体验，在获得生活经验的基础上通过阅读识字，启发幼儿在生活中大胆迁移、合理运用。这是早期阅读识字的基本方法，适用于各个年龄班的幼儿。

图文对应法：汉字是一种形、音、义相结合的象形文字，由图形演化而来。根据幼儿大脑图像记忆的特点，可以将汉字符号转化为幼儿的视觉语言。如：将各种与事物对应的图文卡片呈现给幼儿，让幼儿自己发现、感受其中的对应关系，通过图来认字，通过字来观察图，可以将幼儿的两种信号系统的活动结合起来。这种方法比较适合小班和中班幼儿。

肢体表现法：在幼儿理解文字意思的基础上，让幼儿用肢体语言来表现对文字的理解，此方法适用于小班、中班幼儿；或者通过观察肢体动作来猜测、理解文字的意思，此方法适用于中班、大班幼儿。

比较认读法：通过对画面、文字、字义、结构的比较观察，了解其间的异同点，从而辨清字义、字形结构和发音等。此方法适用于中班、大班幼儿。

组词游戏法：在认识理解单个字的基础上，让幼儿依据自己的生活经验自主尝试扩字组词。此方法适用于中班、大班幼儿。

结构归类法：在阅读识字时，可以将一些字形结构、偏旁等加以形象的分析，帮助幼儿理解字义，了解字形，发现文字间的异同点，学习归类。此方法适用于大班幼儿。

[资料来源：张明红.给幼儿园教师的101条建议（语言教育）.南京：南京师范大学出版社，2007]

3. 向儿童提供前书写经验

尽管学前阶段不求儿童学习写字，但是通过游戏化的前书写活动帮助他们获得一些有关汉字书写的信息仍然是必要的，这有助于为儿童进入小学以后正式学习书写做好准备。随着年龄的增长，学前儿童在早期阅读中逐渐产生了读写的兴趣和能力，逐步具备了接受书写教育的基础，因此可以对大班幼儿开展早期书写教育。

学前儿童书写与小学生的书写是不同的。这里的"写"不是写字，也不是写作，而是有关写字方面的各种前期准备，包括空间知觉、方位知觉、字形辨别、书写姿势的学习和培养等。学前期的"写"常是随心所欲的涂鸦，利用简单的线条绘画，它表达的是儿童的内心世界。学前儿童正是在写写画画中掌握了书写的技巧，产生了书写的兴趣。

学前儿童学习书写的方式与学习阅读和识字的方式相似，都要有一个尝试和探索的过程。最初，儿童因为好奇、好玩而在纸上涂涂画画，逐渐了解写字的各种形式。然后开始试着写出类似"字"的东西。在知道了写字的用途之后，儿童才开始真正学习并逐步写出一些文字。学前儿童前书写能力的发展有一个过程：了解书面语言是有意义的；认识到写字是一再重复使用少数的几个笔画；发现汉字笔画有许多变化的形式，进而认识到汉字笔画的变化是有限度的；发现写字次序和方位的规则。

早期阅读活动为学前儿童提供了解和积累有关汉语言文字构成和书写知识的学习机会。前书写经验的学习内容包括：认识汉字的独特书写风格，知道汉字的基本间架结构，如汉字有上下、左右结构等；了解书写的初步规则，尝试用有趣的方式练习基本笔画；知道书写汉字的工具，了解使用铅笔、钢笔、圆珠笔、毛笔的不同要求；学会用正确的书写姿势写字，包括坐姿、握笔姿势等。

（二）早期阅读教育的形式

早期阅读教育活动有多种形式，根据不同的标准可以分为不同类型。教师应根据学前儿童的具体情况选择合适的早期阅读教育的形式。

1. 从阅读的组织形式上，可以分为儿童自由阅读和师生共读

在早期阅读活动中，教师在简单介绍图书的封面内容和名称后，就可以让儿童自己翻看图书、自由阅读。儿童可以自由选择学习内容，观察自己的认识对象，获得有关的信息。他们可以边看边小声讲述，也可以看完后再讲述。在儿童自由阅读时，教师应给

以适当的指导，比如提出一些具有启发性的问题，引导儿童带着问题边思考边阅读，帮助他们理解图书内容中的重点和难点。教师还要注意观察每个儿童的表现，做出有针对性的指导。如：鼓励读的快的儿童关注图书的细节部分。对读的慢的儿童要分析原因，了解其所读图书的难度是否适合，如何调整，以使儿童顺利进入后续的学习活动中。

师生共读虽然是教师与儿童共同进行的阅读活动，但实际上是在儿童自己观察、认识、接触书面语言信息的基础上，由教师带领儿童进一步学习这些书面语言信息。在这种活动中，教师的任务不是要告诉儿童什么，而是要与儿童共同阅读，在共读的过程中对儿童进行必要的指导。

2. 从阅读的指导方式上，可以分为专门阅读活动和以阅读为主的综合活动

（1）专门的阅读活动

专门阅读活动即有目的、有计划地安排的早期阅读活动。这种活动可以使儿童形成积极的阅读态度，养成良好的阅读习惯，获得阅读的基本技能。根据阅读材料的不同，又可以分为几种形式：

① 大图书阅读。大图书是指将小图书按一定的比例放大，制作成大尺寸的图书，以便全班或小组儿童有机会一起阅读书上的图画和文字，可以弥补标准尺寸的图书只能供几个儿童一起阅读的不足。大图书阅读是指教师根据儿童的年龄特点、阅读教育的目标和内容自制大型图画故事书，并利用这种故事书帮助儿童掌握按顺序观察画面，将前后画页联系起来阅读的方法。

② 小图书阅读。小图书阅读是指同一内容的图书人手一册，儿童进行独立阅读，教师指导儿童逐步学会翻书的方法，并在翻看图书的过程中自己感受、体会，获得阅读经验。

③ 听赏活动。这是指以听赏图画故事或其他文学作品为主要内容的活动，让儿童反复倾听教师的讲述，不断体会与品味，养成良好的倾听习惯，增强阅读的兴趣。

④ 排图活动。教师为每个儿童提供一套打乱顺序的图片，儿童在看懂图意的基础上，根据故事的内在逻辑将图片按顺序排列，并陈述排图的理由。

（2）以阅读为主的综合活动

① 自编图画故事书活动、诗配画活动。在教师的指导下，儿童运用已有的阅读经验和绘画技能，将自编的故事、诗歌配上相应的画面。这种阅读活动可以培养儿童将语言符号转化为画面的能力，还可以发展儿童的思维能力。

② 听音乐编故事。这是阅读经验与音乐感受相结合的活动。儿童通过感受、理解音乐，将其转化成语言符号，进行故事讲述活动。

③ 结合阅读进行表演。在儿童阅读完一篇故事或儿歌后，教师可以指导他们分角色表演，以增强他们的阅读兴趣，加深对故事、儿歌等作品的理解。

3. 与日常生活和与幼儿园其他领域的教育活动有机结合的阅读活动

早期阅读活动不仅仅局限于对书面材料的阅读。学前儿童生活中常见的各种符号、标记、文字都可以成为他们阅读的材料，如各种广告牌、交通标记、商店名称，各种影像、录像、多媒体软件等，都可供儿童去阅读和欣赏，都有助于提高儿童的阅读水平和阅读能力。教师应当引导儿童进行"生活阅读"，有意识地指导儿童关注自然环境和人文环境中的各种信息，学会观察生活、阅读生活。

　　早期阅读活动还可以与幼儿园其他领域的教育活动相结合，如与科学活动、艺术活动相结合等。阅读活动与科学活动和艺术活动的结合更为紧密，可以让儿童在欣赏各种科学故事、艺术作品时了解它们的文化背景和内涵，培养学前儿童的阅读能力和欣赏能力。

三　早期阅读教育活动的设计与组织

（一）早期阅读活动的条件创设

1. 提供支持性的阅读环境

（1）宁静舒适

　　可供学前儿童阅读的场所主要有幼儿园活动室里的图书角和专设的阅览室。这些场所的采光要好，整体色调应有助于营造宁静舒适的阅读氛围。如：粉红色给人温柔舒适感，能减少肾上腺激素的分泌，从而稳定人的情绪；绿色具有镇静神经、降低眼压、解除视疲劳的作用；浅蓝、浅黄、橙色也是儿童喜欢的颜色，可以适当运用到阅读环境的布置中。不过，颜色的种类不宜过多，在确定了主色系后，其他的装饰色应小面积出现。

（2）宽松自由

　　在图书角、阅览室里可以为儿童设计不同式样的座位，如沙发、垫子、地毯等。它们的色彩、造型、材质、软硬程度、大小应各不相同，儿童可以舒适地坐在沙发上，也可以拿一块小地毯坐在自己喜欢的地方，还可以和伙伴们一起坐在大地毯上，更可以将几个垫子叠起来做成小书桌和好朋友一起阅读，在自由惬意的环境中尽情享受阅读的快乐。

（3）开放与封闭相结合

　　在创设阅读环境时要充分考虑到不同年龄儿童的阅读特点，采用不同的空间分隔方式来满足他们的阅读需要。通常来说，阅览的地方应设在封闭、相对安静的区域。但这种封闭的环境不太合适小班幼儿。小班幼儿普遍喜欢的阅读方式是边看边说，较为开放的阅读环境更适合他们。对于中、大班的幼儿来说，相对封闭的空间更有利于培养他们静心阅读的好习惯。因此，可以将阅览室分为开放、半开放和封闭三个区域。在开放的区域中陈列大书，既可以供小班幼儿看看讲讲，也可以在这里开展集体阅读活动；在半开放的区域中可以陈列各种故事书、图片、手偶，幼儿可以边看边讲，也可以自取图书进行阅读。而封闭的区域更适合大班幼儿，这里的图书摆放有序，幼儿可以根据自己的喜好选择不同类别的图书来阅读。

（4）充满童趣

　　阅读场所中充满童趣的情景装饰，尤其是儿童熟悉的童话场景，可以激发儿童的阅读兴趣。例如，《白雪公主》是儿童百听不厌的童话故事，可以用白雪公主和七个小矮人的塑像以及果树、灌木丛等将阅览室布置成一个美妙的童话世界，使阅览室充满童趣，将儿童吸引到阅读活动之中。

图书的陈列方式

在阅览室里，针对不同年龄段的幼儿，可以有不同的图书陈列方式。一般而言，适合小年龄幼儿的图书放得较低，适合大年龄幼儿的图书放得较高，使每个幼儿都能很容易地找到和拿到自己想看的图书。小班幼儿取阅图书的随意性较强，可以将适合他们看的图书平铺放置，让儿童一眼就能看到书的封面，了解书里可能会是什么内容，从而学着有意识地选择图书。中班幼儿已经会根据自己的喜好选择图书，可以把书分类叠放，幼儿可以从自己喜欢的类别中挑选。在向小学过渡的时期，很多幼儿已经认识一些简单的字，可以采用成人图书馆常用的插放图书的方式，幼儿可以根据书脊上的文字来查找自己想要的图书。为了满足不同年龄段幼儿的需要，还可以设计多功能书架，在书架上贴上图书分类的标签，以使幼儿按需取阅。

[资料来源：龚亮，顾立群.有吸引力的阅览室.幼儿教育，2008（19）]

2. 提供适宜的阅读材料

适宜的阅读材料可以使幼儿园的早期阅读教育落到实处。好的阅读材料不但能得到儿童的喜爱，也能激发教师的热情，使教师能最大限度地去发掘阅读材料的文学价值之外的教育意义，培养有益于学前儿童终身发展的阅读能力。好的阅读材料应当符合以下标准：

（1）丰富多样

供学前儿童阅读的材料不限于书籍。在教师的有效利用下，儿童生活中的许多事物都可以成为早期阅读的有效材料。如日常生活中随处可见的物品包装盒就可以成为供儿童阅读的材料。教师可以引导儿童将包装盒上熟悉的图画、物品与文字建立对应关系，使儿童了解文字的用途，对书面语言产生兴趣，在此过程中培养儿童的生活技能。

（2）健康向上

早期阅读的材料应当能引起儿童积极的情感体验，促进儿童良好态度的形成；应当有助于培养儿童独立、合作、专注、自制等优良品质，对他们的成长起到引导、支持作用。应当严禁选用包含暴力、色情等不良倾向内容的读物。此外，阅读材料的印刷、装帧质量也必须符合标准，应确保阅读材料对儿童的身体健康不会造成伤害，如书页的边角制作不能划伤儿童。

（3）图文并茂

供学前儿童阅读的材料应当包含图画与文字两种符号系统。儿童思维的具体形象性特点决定了他们在阅读时首先会注意图画。只有当儿童积累了一定的文字经验，又能得到成人的有效指导时，他们才会逐渐注意文字。儿童读物的图画需要精心设计与绘制。一般而言，学前儿童喜欢画面夸张、人物表情丰富、色彩鲜艳的图画。书中的图画还要和文字密切对应。语言与图画融为一体，可以使儿童进入到特定的语言情境中去，将口头语言与书面语言对应起来，体验阅读的乐趣，习得相应的文字。

（4）富有童趣

早期阅读材料的内容可以涉及古今中外的作品，可以反映学前儿童的生活，也可以反映儿童周围的社会生活。只有符合儿童生活经验和心理特点的作品才能使他们喜欢阅读并产生共鸣，才能使他们在阅读中体会故事的精彩，产生自己的想法。

阅读材料的选择要考虑不同年龄阶段儿童身心发展的特点。调查发现，小班幼儿比较喜欢生活类的阅读材料，如有关食品、玩具、衣服等与其日常生活经验密切相关的新颖直观的材料都能引起他们的阅读兴趣。中班幼儿比较偏好认知类、社会类的阅读材料，如有关动植物、季节变化、自然现象的阅读材料，他们还特别喜欢动画类、卡通类等易于操作和理解的材料。大班幼儿比较喜欢社会类、生成性的阅读材料，如生活中常见的标志牌、广告语、重大新闻以及图书、图片等有文字的材料都能引起他们的阅读兴趣。在组织早期教育活动时，教师既要充分考虑不同年龄儿童的喜好，又要考虑各年龄阶段的教育需要。

3. 提供充足的阅读时间

在安静优美、宽敞明亮、有一定文学氛围的阅读环境中，学前儿童很容易被生动形象的图书所吸引，会很自然、也很自觉地到阅读区去看书。为了帮助儿童形成良好的读书习惯，应在幼儿园的一日生活中安排足够的阅读时间。一般而言，每天至少要有15分钟的纯阅读时间。这个时间要相对固定，每到阅读时间，教师都要和孩子们一起安静地看书（图5-1）。

图5-1 在阅读区看书

（二）早期阅读活动的基本环节

早期阅读活动是有目的、有计划地发展儿童的阅读能力，培养儿童良好的阅读态度和阅读习惯的活动。整个阅读活动过程主要包含以下四个基本环节。

1. 准备性活动

学前儿童理解一本图书不是单靠一次活动就能完成的。而且，当儿童对图书的情节不够熟悉或难于理解时，他们就无法很好地回答教师提出的问题。因此，如果阅读内容是儿童不熟悉的，教师就应先让儿童阅读一下图书，为正式的阅读活动打好基础。

指导这一阶段的活动时，教师应注意：第一，阅读前的准备性活动只是为正式阅读做好铺垫，它不能代替正式的阅读活动。因此，只要儿童对阅读内容有一个大概了解就可以了，否则，儿童在正式阅读时就会对图书失去兴趣。第二，在准备性阅读中，可以让儿童从头到尾翻看图书1~2遍，或让他们边看边讲述图书的内容。此时，教师应重点关注儿童的阅读方法是否正确，阅读习惯是否良好。可以让儿童充分地按照自己的理解将图书内容讲述出来，对于他们讲述的内容是否准确一般不给予过多的干涉。第三，对儿童理解不正确的地方，教师可以给予提示，但不要将正确的答案直接告诉儿童，要给他们提供思考的机会，同时将儿童共同的无法理解的画面记录下来，作为正式活动时的重点、难点问题加以解决。

2. 儿童自由阅读

这是正式阅读活动的第一个阶段。早期阅读活动更适合采用个别化教学的方式，因此每次参与阅读活动的儿童人数不宜过多。教师在简单介绍完图书名称和封面内容之后，就要提供机会让儿童自由阅读，使儿童能重新回忆曾经看过的重要情节，在此基础上加深对图书内容的理解。应当允许儿童边翻阅图书边小声讲述，儿童也可以在翻阅完图书后再讲述。此时，儿童主要是独自讲述，一般不与同伴产生语言上的交往。

在指导儿童自由阅读时，教师应注意：第一，可以借助提问引导儿童的阅读思路。教师可以通过具有启发性的问题，引导儿童带着问题边阅读边思考，从而促使儿童深入地理解图书的内容。第二，教师要注意观察每个儿童的表现，进行分类指导。对阅读速度较快的儿童，要鼓励他们反复阅读图书中的细节部分，深入了解故事情节的发展线索，更好地理解故事内容。对阅读速度较慢的儿童，教师应重点观察，全面了解儿童在阅读中遇到了哪些困难，图书中的哪些内容是儿童难以理解的。在充分了解儿童阅读情况的基础上，教师再给以有针对性的指导。

3. 师生共同阅读

师生共同阅读是早期阅读活动中最能体现教师指导作用的环节，主要有以下三个活动步骤。

（1）引导儿童理解图书的大致内容

通过前面两个环节的活动，儿童对图书的主要内容和情节已比较熟悉。在师生共读环节中，教师首先要引导儿童理解图书的大致内容。常见的引导方式是提问，教师所提问题的数量不要太多，但一个问题要涵盖多个画面的内容，儿童必须在理解1~2个画面的基础上才能对问题作出回答。

（2）围绕重点、难点开展阅读活动

每个阅读活动都有各自的重点和难点问题，对此，教师要做到心中有数，组织阅读活动时要注意突出重点，突破难点。由于图书具有前后联系、连续性强的特点，如果儿童对某个重点或难点画面没能正确理解，那么就难以把握整本图书的内容，对于小班和中班前期的儿童来说更是如此。因此，教师一定要在观察、了解儿童实际困难的基础上，结合图书的重点和难点问题，对儿童进行必要的指导，使儿童能将图书的细节与内容相结合，进而深入地理解图书的主要内容，并能体验图书中人物的内心感受。

（3）引导儿童归纳图书的主要内容

当儿童对图书内容有比较深入的理解后，教师要鼓励儿童用自己的话总结图书的主要内容，以此来消化和巩固所学内容。归纳图书的内容有三种方式。第一种方式是一段话归纳法，要求儿童用一段话来概述故事的主要内容。这种方法对儿童的要求不高，只要儿童能将图书的主要内容讲出来即可，适合在小班后期和中班前期使用。如在阅读《小鸡和小鸭》一书时，中班儿童这样归纳图书内容："有一天，小鸡和小鸭去河边玩。小鸡一不小心掉到河里，小鸭将小鸡救了上来。中午，他们的肚子都饿了，小鸡帮小鸭找食物，小鸡用自己尖尖的嘴巴叼起一条小虫喂给小鸭。小鸡和小鸭真是一对好朋友。"第二种方式是一句话归纳法，要求儿童用一句话概述图书的主要内容。如大班儿童这样总结《小白兔上公园》一书的内容："这本图书讲的是小白兔和它的朋友上公园时爱护环境、不乱扔东西的故事。"第三种方式是图书命名法，要求儿童用简练的词或短句给图书命名，也就是让儿童归纳图书的主题。第二种和第三种归纳图书内容的方式对儿童的要求比较高，儿童要在理解图书内容的基础上，用简短的语句准确地概括图书的主要内容，图书命名法还要求儿童具有丰富的想象力和一定的创造性思维能力。后两种方式一般适合在中班后期使用。

早期阅读活动中的重点就是师生共读。在指导过程中，教师应注意两个问题：第一，避免一问一答式的提问。师生共读的主要目的是让儿童深入理解图书的主要内容，在这一环节中最常用的引导方式是提问。如果教师没有慎重考虑提问的角度、内容以及问题的呈现方式，那么，很容易使师生共读的活动变成机械的问答过程。教师所提出的问题应当能引导儿童倾听、促进儿童思考，应当能激起儿童进行讨论和讲述的愿望，从而使儿童能够多通道地接受信息，全面深入地理解图书的主要内容。第二，对不同年龄段的儿童进行有针对性的指导。在小班，应指导儿童从前往后一页一页地理解单页单幅画面的内容，并能用一段话归纳图书的主要内容；在中班，应让儿童知道图书下方页码的作用，使儿童在教师所提问题的引导下理解2~3个单页单幅画面或一个单页多幅画面的主要内容，并学习为图书命名；在大班，应帮助儿童将一本情节复杂、内容丰富的图书按情节的发展线索分成不同部分，并学习用一句话归纳图书内容、预测故事情节的发展。

4. 儿童讲述图书内容

早期阅读活动中有一个不可缺少的环节，就是要求儿童用口头语言讲述图书的主要内容，常见的讲述形式有小组讲述、集体讲述和同伴间合作讲述。在指导儿童讲述时，教师应注意两方面的问题：第一，既要引导儿童讲述主要内容，又要鼓励儿童大胆想象。一方面要引导儿童围绕图书的重点内容尽可能生动详细地讲述主要情节，另一方面要鼓励儿童大胆想象，将与情节有关的人物、人物的动作、对话和内心体验等都讲述出来。第二，要关注儿童的个别差异。儿童的语言能力强弱不等，语言表达水平也参差不齐。因此，教师一定要对不同情况的儿童进行有针对性的指导。如让语言能力较弱的儿童选择较简单的阅读内容进行讲述，从而使这部分儿童也能从讲述中获取乐趣、提高自信。

（三）早期阅读活动的指导要点

1. 对儿童园阅读活动的指导

早期阅读教育活动的指导既要符合学前儿童的学习规律，又要避免用同一个模式、同一种方法来面对不同的幼儿、不同的活动。应该在重视实践活动，重视师幼互动、亲子互动及幼幼互动的大前提下，把握早期阅读教育活动的指导要点。

（1）尊重差异，为儿童提供适宜的阅读环境

教师可以根据儿童的不同需要和阅读特点，为他们提供适宜的阅读环境，激发儿童的阅读兴趣和求知欲，引导儿童在丰富多彩的阅读情境中，通过自己的感官活动去主动阅读。例如，儿童可以到班级图书馆或阅览区角去读书，可以利用"问题箱"、图片、卡片或拼图等多种材料进行阅读。在丰富、适宜的阅读环境中，儿童可以按照自己的意愿和方法去阅读、去探索。

（2）激发兴趣，让儿童体验阅读的乐趣

激发儿童的阅读兴趣是最重要、最有效的指导方法之一。应当利用不同情境来激发儿童的阅读兴趣，如问题情境、材料情境、故事情境、场地情境等。教师可采用情境教学法，根据教育目标和内容，设置或选择一定的情境，利用情境感染儿童，提出问题，引导儿童对问题进行思考，激发其学习兴趣。还可以采用图文对照法，把文字与图片对应起来，依字配图，图文并茂。另外，还可以采用竞赛、演示等方法提高学前儿童的阅读兴趣。

（3）促进交流，使儿童专注于阅读活动

阅读能力的提高是在不断的交流和交往活动中完成的。这样的活动包括教师引读、师生共读、幼儿自读、幼幼共读、亲子阅读等。例如，在教师引读、师生共读活动中，教师可采用讨论等方法进行引导，儿童根据教师提出的问题，在集体中交流个人的看法，相互启发、相互学习。应使儿童能积极参加教育活动，教育活动以小组为宜，以便每个幼儿都有表现的机会。

（4）鼓励应用，让儿童在应用中提高

早期阅读过程实际上是一个积累的过程，它积累的是生活经验，运用的是阅读综合技能，发展的是终身学习的能力。教师可以引导儿童在日常生活中进行广泛的阅读，如带儿童去春游、野炊时，可引导他们根据自己的观察和理解，给草木挂上自己设计、制作的提示人们爱护植物的环保标志。

延伸阅读

幼儿园日常生活中的早期阅读活动形式

1. 教师发起、幼儿参与的早期阅读活动

每天公布幼儿提出的有趣的问题以及每周幼儿所学的内容，并和幼儿一起阅读和讨论；在教室悬挂文字或绘画的艺术品，鼓励幼儿通过思考和讨论解释其中的含义；在教室里设置一个独立的空间或放置留言板、留言簿，鼓励幼儿将自己的想法说出来、画出来或写出来；装饰教室的墙壁，布置区角，制作天气预报板，鼓励幼儿和老师一起设计、布置。

2. 教师和幼儿共同发起、共同参与的早期阅读活动

每周在家长联系栏或消息公布栏上公布一次信息，需要公布的信息内容由老师和幼儿共同讨论确定，然后由老师写，也可以鼓励幼儿抄写部分内容；讲（读）故事，幼儿在老师的帮助下向同伴介绍图书或报纸上的内容，讲述自己的绘画或观察记录上的主要内容，教师鼓励幼儿凭记忆或想象讲述自己熟悉或创编的故事；写（这里的写更多的是画或抄写，下同）或读信件、发言稿、宣传册等；读或写购物单、节目单、家长开放日或联欢会节目单、玩具使用说明书等；给周围物品做标记，为室外大型玩具注明注意事项；写日常观察记录，老师和幼儿一起通过绘画、幼儿说教师写以及共同制作图加文图书等方式记录植物生长、城市或街道的变化。

3. 幼儿独立进行的早期阅读活动

在入园签到时，从最初只是摆放自己的照片、姓名卡，逐渐过渡到盖自己的印章、写自己的名字等；复述新闻、别人的话、看过的电影或电视等；解说广告词、通知、公告等，用绘画、动作表演等形式再现内容情节；补充完整故事的某一情节（开始、中间、结尾或一个词、句）或标题；与同伴交换图书阅读，并就某一本大家共同关心的图书内容展开自由讨论。

[资料来源：余珍有.日常生活中的早期阅读指导.学前教育研究，2005（5）]

2. 对家庭亲子阅读活动的指导

早期阅读教育是一项社会系统工程，家长对儿童自主阅读能力的发展具有重要的影响。亲子阅读是指父母和孩子围绕图画书展开讨论、交流的一种分享性的、个别化的阅读活动。亲子阅读是培养儿童基本阅读能力的重要途径，不仅可以开拓儿童的视野、增长知识，培养丰富的想象力、创造力等，而且可以促进亲子之间的情感交流。

（1）对家庭亲子阅读的要求

建立充满阅读信息的环境，让孩子在生活中有更多的机会接触书面语言信息；给孩子购买有趣、有益的图画书和其他阅读材料，让孩子不断被新的图书吸引，产生良好的阅读动机；家长和孩子一起阅读图画书，建立良好的阅读常规；在阅读过程中给予孩子恰当的指导，帮助孩子逐渐学会阅读图书。

（2）家庭亲子阅读的类型

① 平行式亲子阅读。父母与孩子一起阅读时，基本不谈论或者很少谈论图画书的内容，通常是照着书念，或者用自己的话复述图书内容。父母不太关注孩子对图画故事书的反应，不太关注孩子对阅读的反馈。

② 偏离式亲子阅读。父母和孩子无视或忽略书中文字的作用、误读画面内容，过度注意细枝末节，随意地、过多地无意联想；表面上是围绕图画书在交流，实际上已经游离于故事情景之外。比如，随意翻到某一页，看到图画说出画面事物的名称或者描述出画面人物的动作，或者抓住图画故事书的一个细节，想方设法引导孩子联系实际生活经验等。

③ 合作式亲子阅读。父母与孩子围绕图画书故事展开有效交流的亲子阅读形式。父母或孩子通常会把图画书拿出来放到桌面上，双方指着图画书的封面，就书名、作者及画面稍做谈论。接着打开图画书，父母与幼儿一起看书。在阅读过程中，父母会根据孩子的反应，如表情或肢体动作，判断他对故事的理解，并及时调整讲故事的语气和语调，或改变讲故事的方式。当相同的语言反复出现时，父母通常会尝试让孩子预测即将发生的事。在阅读过程中，父母偶尔会提问以了解孩子对故事的理解。在看完图画书后，父母一般会通过提问帮助孩子回忆故事内容（角色、情境、问题、解决办法等），并鼓励孩子表达自己对故事的感受及想法，让孩子将故事所讲述的事件与自己的生活联系起来。

（3）教师对家庭亲子阅读的指导

① 直接指导。采用家长座谈会、专题讲座等形式，面向家长宣传早期阅读教育的目标、途径、内容和方法，使家长明确早期阅读对儿童发展的重要性；针对亲子阅读中普遍存在的问题，利用家长接送孩子的时间进行小组辅导；根据实际需要，阶段性地展示儿童的阅读材料，让家长了解孩子在园的阅读情况，拓宽家长对孩子进行阅读教育的思路；组织家长进行家庭早期阅读教育的经验交流，丰富家长教育孩子的方法。

② 间接指导。利用家园联系栏、家长信箱或家长开放日、印发阅读资料等方法帮助家长了解和学习家庭早期阅读教育的经验。

③ 个别指导。由于儿童的阅读态度、兴趣、习惯和能力各有差异，为了使每个儿童都能得到发展，教师还要针对不同家庭的亲子阅读情况进行具体的辅导。如，教给家长观察孩子的方法，使家长能针对自己孩子的情况采取相应的方法；指导家长制作亲子活动材料，以供亲子阅读使用。

案例评析

案例一　鼠小弟的小背心（小班）

活动背景

根据小班幼儿的特点，我们选择了系列绘本《鼠小弟》作为阅读材料。这套图书的画面色彩单纯，以黑白灰为主，只是偶尔出现一点红色或浅粉色的点缀，比如小背心或缎带；画面大气、舒展又和谐，大量的留白使读者有了更多的想象空间。故事情节中有重复出现的语言结构，如"借我穿穿吧"、"有点紧，不过还挺好看的"等，符合年幼儿童的心理特点，能帮助幼儿形成对情节发展的预期，尤其适合小班幼儿阅读。

活动目标

（1）观察图片，尝试猜测故事情节，并在观看、讲述和表演中体会阅读的乐趣。
（2）了解书有封面和封底，知道看书要按页码顺序逐页翻看。
（3）学说短句："请你借我穿穿，好吗？"

活动准备

（1）自制大书《鼠小弟的小背心》。
（2）准备毛线织成的大、小背心各一件。

活动过程

1. 出示毛线小背心，引导幼儿猜想：谁是小背心的主人
2. 出示大书，介绍书名"鼠小弟的小背心"，介绍封面
3. 引导幼儿猜测故事情节并学习短句
（1）教师：鼠小弟到森林里转了一圈，小背心就被撑得这么大了（同时出示毛线大背心）。是谁把小背心撑大的呢？
（2）教师：我们来看看小朋友们猜得对不对？（快速翻阅大书，引导幼儿观察小背心是被哪些小动物穿过后撑大的？）
（3）教师翻开大书，与幼儿一起阅读，并辅以讲述。
　　鼠小弟的妈妈给他织了一件红背心，鼠小弟穿在身上可神气了！他穿着小背心到森林里玩。它遇到了谁？（小猴子。）小猴子想干什么？你是怎么知道的？（幼儿从后页画面可以猜测到此页的内容。）它会对鼠小弟说什么呢？（拉拉鼠小弟的背心说：请你借给我穿穿吧！）小老鼠借给它了吗？小猴子穿在身上舒服吗？引导幼儿猜测：小猴子穿了背心后，又有谁借了呢？它是怎么借的，又是怎么说的呢？（依次翻阅小猴子、大狮子、大象

借穿小背心的画面，引导幼儿仔细观察、大胆讲述、合作表演。）

（4）教师：小背心变得这么大，小老鼠还能穿吗？那该怎么办呢？看看大象和鼠小弟是怎么办的？

（5）小结。

一本书就这样看完了——教师自然地合上书本，介绍封底，并再次巩固对封面的认识。

（6）教师鼓励能够讲述的幼儿和教师一起完整连贯地讲述。

4. 启发幼儿做游戏

启发幼儿利用鼠小弟的背心做游戏：大象用小背心与小老鼠玩荡秋千的游戏。我们可以怎么玩呢？

活动评析

在活动的第二个环节"出示大书、介绍书名和封面"中，以游戏的方式出示小背心，引导幼儿在对"小背心的主人是谁"、"老师或小朋友穿这件背心会怎样"的猜测中自然地进入活动过程，激发幼儿的阅读兴趣。教师又以图书的出示为幼儿揭开谜底，巧妙引入阅读主题。在简单的一问一答中，教师的引导和幼儿的回答又为接下来的情节发展（如撑大背心、感觉有点紧等）提供了必要的知识铺垫。

在活动的第三个环节"猜测故事情节并学习短句"中，教师没有立即展开常规的阅读活动，而是先将"小背心被撑大"这一结果抛向幼儿，让幼儿尝试猜测故事情节后快速将书一翻而过，让幼儿在激动、紧张的情节印证中，先大致了解故事的情节，从而产生阅读细节的期待和渴望。由于有第二个环节的知识铺垫，幼儿对画面的理解已经不成问题，快速翻阅图书这一环节使得幼儿对图书内容有了大致的了解，他们也不急着向后翻阅，这就更容易投入到对细节的观察、语言的讲述和动作的表演中，能够享受到专心阅读的轻松快乐。在第三环节的活动即将结束，故事结局即将揭示之前，教师又让幼儿猜了一次："小背心变得这么大，鼠小弟还能穿吗？那该怎么办呢？看看大象和鼠小弟是怎么办的？"这就使得故事结尾的戏剧化情节在猜测的铺垫下变得更加神奇、富有童趣。

第四个环节"我们可以怎么玩"中的提问，看上去是常规的思维发散，但在引导小班幼儿阅读的初始阶段，另有一种意义隐藏其中——故事的结局只有一种，但看书的目的不仅仅是让幼儿了解故事的结局，而且要让幼儿在故事情节发展中有自己的思考和猜测，思维不被书中的情节所限制，这对于幼儿的个性化、多样化阅读是一种极好的引导。

附：故事

鼠小弟的小背心

鼠小弟的妈妈给他织了一件红色的小背心，鼠小弟穿在身上可神气了！鼠小弟穿着小背心到森林里玩，遇到了小猴子。小猴子看到小背心这么漂亮，很想穿，就对鼠小弟说："请你借给我穿穿，好吗？"鼠小弟答应了。小猴子穿在身上有点紧，不过，还是觉得挺好看的！小猴子就穿着背心往前走，遇到了大狮子。大狮子看到小背心这么漂亮，也想穿，就对小猴子说："请你借给我穿穿，好吗？"小猴子答应了。大狮子穿在身上也有点紧，不过，还是觉得还挺好看的！大狮子就穿着背心继续往前走，遇到了大象。大象看到小背心这么漂亮，也想穿，就对大狮子说："请你借给我穿穿，好吗？"大狮子答应了。大象穿在身上更紧了，不过，还是觉得挺好看的！就穿着背心往前走……鼠小弟玩了一会儿，想起了自己的小背心。突然，他看到大象穿在身上呢，急得大叫起来："呀！那是我的小背心！"大象把小背心还给了鼠小弟，可鼠小弟穿在身上太大了。大象想了个好办法：它用长长的鼻子伸进小背心的袖口，小背心变成了秋千，鼠小弟开心地玩了起来。

[资料来源：如皋高等师范学校附属小学幼儿园，孙丽莉设计]

案例二　小兔乐乐（小班）

设计说明

小班幼儿以自我为中心的思维特点十分明显，要使他们逐渐走出自我的小天地，学习与他人友好相处，形成"朋友"的概念，社会性教育内容的渗透尤为重要。在我们班的"小兔"主题活动渐进尾声时，"好朋友"主题活动也逐步展开。为此，我们选择阅读材料《小兔乐乐》设计了本次活动，主要目的是帮助小班幼儿充分理解故事情节，体验故事中所表达的情感。

活动目标

（1）了解《小兔乐乐》的故事情节。
（2）愿意关心、帮助他人，体验关爱他人、帮助他人的快乐。
（3）愿意大胆地表达和表现自己，学说完整的句子。

活动准备

准备多媒体课件、录音、大图书。

活动过程

1. 引趣导入
教师（出示一个大萝卜）：这是什么？哪种小动物最爱吃大萝卜呀？
教师：你们都猜是小白兔，那小白兔是怎么吃大萝卜的？
教师：嘿，小白兔，小白兔，咱们一起到大森林里去找大萝卜吧。（在音乐的伴随下，教师和幼儿一起找萝卜、吃萝卜。）
2. 说说讲讲
（多媒体画面：小白兔正在拔萝卜，累得气喘吁吁、满头大汗。画外音：哎哟，哎哟，好累啊，好累啊，哎哟，哎哟。）
教师：这是谁呀？
教师：小白兔在干嘛？它怎么了？

教师：那我们一起来帮帮它好吗？我们一起对小兔说："小白兔，小白兔，我们都来帮助你。"（教师和幼儿一起和着"嘿呦，嘿呦"的节奏帮助小白兔拔萝卜。）

（多媒体画面：小兔拔起了萝卜。画外音：好的，好的，谢谢你们！让我们一起来用力，加油吧！一二三，加油，一二三，加油。噢……拔出来喽！拔出来喽！谢谢小朋友，谢谢你们的帮忙！）

教师（引导）：不用谢，不用谢，这是我们应该做的。

（画外音：我叫乐乐，欢迎你们到我家来做客，再见了！）

教师（引导）：小兔乐乐，再见！

3. 阅读理解

教师：小朋友们可真了不起，大家一起做了一件大好事，帮助小兔拔出了大萝卜，小兔乐乐可开心了。它扛着萝卜走在回家的路上还会发生什么事情呢？我们一起去看看好吗？（出示大图书，幼儿阅读。）

教师：你们看到了什么？

教师：小朋友说小兔乐乐遇见了一只小兔，是真的吗，让我们来找找看。（教师翻图书，出示小兔乐乐遇见小兔菲菲的页面。）小兔乐乐会对菲菲说些什么呢？

教师：小兔乐乐在干嘛？（出示第二幅图，引导幼儿理解云记号的意思。）

教师：哇，他们吃得可真香，我们也来学学他们好吗？（教师、幼儿模仿游戏。）

（话外音：轰隆隆，轰隆隆。）

教师：哟，发生什么事了？

教师：你是从哪里看出来的？（认识雨和闪电的标记。）

教师：这可怎么办呀？（引导幼儿想办法并完整表述。）

教师：刚才你们想了那么多的好主意，真了不起！不知道小兔他们想到了什么办法？我们去看看吧。

教师：他们这个办法也不错，我们也来试试看好吗？（分配角色，教师、幼儿共同表演。）

4. 完整欣赏图书内容

活动评析

对幼儿而言，有效的阅读活动不是对阅读材料的单纯解读。在阅读图书、理解作品内容的过程中，幼儿也会产生相应的情感体验。对于小班幼儿来说更是如此。小班幼儿的思维带有很强的具体性、形象性，他们在理解阅读材料时主要以体验为中心。在"小兔乐乐"的阅读活动中，教师把激发幼儿参与阅读的积极性，丰富幼儿的情感体验作为一个重点，利用多媒体手段创设了一个能够让幼儿充分体验的活动情境，让幼儿在宽松自由的氛围中阅读图书，理解图书内容，体验书中人物的情感。具体表现在以下三个方面：

1. 实物体验

在活动的开始部分，教师出示一个实物大萝卜，通过让幼儿观察、触摸等感官活动来激发幼儿参与活动的兴趣，同时又将萝卜与小兔乐乐有机地联系在一起，巧妙地导入阅读活动的主题。

2. 行为体验

当图书画面中出现小兔拔不出大萝卜的情节时，教师设计了让幼儿参与进来，帮助小兔拔萝卜的活动环节。当幼儿"嘿呦，嘿呦"合着语言节奏用力地拔萝卜，并最终将萝卜拔出来的时候，他们体验到的是关心他人、帮助他人的快乐。

3. 语言体验

在阅读过程中，教师多次让幼儿用语言讲述图书内容。特别是当画面上呈现小兔乐乐在向朋友菲菲述说拔萝卜的过程时，教师启发幼儿想一想"小兔乐乐会说什么"，让幼儿在语言表述的过程中，体验与朋友共同分享萝卜的快乐和急中生智的成就感。

在活动过程中，教师还给幼儿提供了多次与教师、同伴互动的机会。活动开始时的"拔萝卜"游戏能将幼儿自然地引导到阅读活动中；活动进行中的扮演游戏能让幼儿在体验游戏乐趣的同时，对阅读图书产生的浓厚兴趣，也有助于幼儿积极思考、敏锐观察和探究发现；"说说讲讲"环节中的交流对话，有很多问题都是开放性的，为教师在活动中关注和回应每个幼儿提供了机会。

附：故事

小 兔 乐 乐

有一天，小兔乐乐出门去玩，在路边发现了一个大萝卜，它欣喜万分，决定把萝卜带回家。小兔乐乐拉住大萝卜的叶子使劲地拔呀拔，费了九牛二虎之力才把大萝卜拔出来。在回家的路上，小兔乐乐遇上了好朋友小兔菲菲。小兔乐乐高兴地把大萝卜的事告诉了小兔菲菲，还请小兔菲菲一起品尝美味可口的大萝卜。正当它们大口大口地咬着大萝卜，吃得津津有味时，天空突然乌云密布，电闪雷鸣，一场大雨就要来临。小兔乐乐和小兔菲菲急中生智，想出了一个好主意。他们把吃剩下的一半萝卜盖在头上，当成一把"萝卜伞"。大雨落下来了，可是小兔乐乐和小兔菲菲一点也不担心，豆大的雨点打在"萝卜伞"上噼噼啪啪作响，小兔乐乐和小兔菲菲开心极了。

[资料来源：中国学前教育研究会网http://www.cnsece.com，周葱葱设计]

实践活动

项目一　图画书的对比分析

目标

（1）能够从图书主题、画面内容、语言文字、版面设计等方面对图画书的特点进行分析与说明。

（2）能够根据不同年龄班儿童的特点，选择合适的图画书。

内容与要求

自行收集几本图画书进行对比，根据每本图画书的特点，分析其适合哪个年龄班的儿童阅读。

项目二　早期阅读教育活动的观摩与评析

目标

（1）能够完整记录幼儿园早期阅读教育活动的全过程。

（2）能够运用所学理论对幼儿园的早期阅读教育活动进行评析。

内容与要求

深入幼儿园进行现场教学观摩，或者观摩幼儿园早期阅读教育活动的教学录像，观察并详细记录活动的全过程，围绕活动内容、活动组织形式、活动环节的过渡、教师的指导语以及教学方法等问题，对整个活动过程进行分析与评价，同时提出改进措施。

项目三　早期阅读教育活动的设计与组织

目标

（1）熟悉早期阅读教育活动设计的流程。

（2）能将所学理论知识运用到活动设计之中，所设计的活动方案合理、可操作。

（3）能较好地组织和实施幼儿园集体阅读活动。

内容与要求

（1）自选活动主题，分别为小、中、大班幼儿设计早期阅读教育活动方案。

要求：活动目标具体、操作性强，活动的重点明确、难点清晰，活动过程完整、设计合理，各活动环节过渡自然、流畅。

（2）选择其中一个早期阅读教育活动方案，到幼儿园试教，试教结束后进行教学反思。

（3）自选内容，绘制适合幼儿园小班幼儿的大书，并设计阅读活动方案。

拓展练习

将全班同学分成3组，自选适合小、中、大任意一个年龄班幼儿的早期阅读活动的内容。要求：

（1）绘制适合幼儿的大书。

（2）设计和组织实施针对所选早期阅读内容的模拟教学活动。

单元六 学前儿童语言游戏活动

学习目标

通过对本单元的学习，应该能够：

● 了解学前儿童语言游戏的特征以及各年龄段儿童语言游戏的阶段性目标。

● 理解各类型幼儿语言游戏特点及适用范围。

● 掌握幼儿语言游戏的组织结构要求和具体指导方法。

● 能够设计并组织实施适合不同年龄班幼儿或解决实际语言问题的游戏。

基础理论

幼儿期是儿童语言发展的一个非常重要的时期。在社会交往过程中，幼儿只有能通过语言正确表达自己的意愿，才能更好地与他人交往，才能更好地学习新的知识经验。游戏是幼儿最喜欢的活动之一，也是幼儿园课程的一种基本形式。幼儿进行游戏的过程是幼儿自我发展的过程，隐藏着重要的教育因素，内含多种教育契机，有着不可忽视的教育价值。所以说，游戏是幼儿学习语言的最佳途径之一。而语言游戏这一载体，就是用游戏方式开展的语言教育活动，是一种由教师设计组织、以发展幼儿语言为主要目的的、有规则的游戏活动。这种特殊形式的语言教育活动有明确的教育目标，包含着对幼儿语言的具体要求，在幼儿积极愉快地参与游戏活动时，将具体的、带有练习性质的教学任务落实到幼儿能理解接受和愿意尝试掌握的教育过程中去，产生事半功倍的教育效果。

一　学前儿童语言游戏活动的特点

（一）趣味性

学前儿童语言游戏的趣味性是它具有生命力的重要原因。在语言游戏中，有趣的游戏名称、幼儿熟悉和喜欢的角色、简单有趣的情节、形象生动的游戏材料，都会使孩子对语言游戏产生浓厚的兴趣并获得精神的愉悦。这是一种真正意义上的愉悦，是隐含极大教育性和发展性的一种愉悦。这充分体现了尊重幼儿人格、尊重幼儿游戏权和发展权的现代教育观，也体现了语言游戏在培养幼儿健康乐观、积极向上的人格方面的独特价值。

（二）目的性

语言游戏作为游戏活动的一种，具有其明确的教育目的。语言游戏的主要目的之一是让幼儿进行听说练习。"听"就是在游戏过程中培养幼儿的几种倾听能力：第一，有意识的倾听，集中注意力的倾听；第二，辨析性倾听，分辨不同内容的倾听；第三，理解性的倾听，掌握倾听的主要内容，联系上下文意思的倾听。"说"主要是指在游戏中让幼儿积极主动地学习正确恰当的口语表达，从语音、语法、语义及语用四个方面掌握语言的表达功能，由简到繁、由短到长地提高幼儿语言表达水平，并用独白、讲述、交谈等方式表现出来。同时，通过语言游戏，还能培养幼儿对前图书阅读、前识字及前书写活动的学习兴趣，掌握看图画书的基本技能，初步辨认例如自己的姓名等常见字，学习基本的书写姿势、书写技能等等，为小学阶段的学习打好基础。

（三）丰富性

语言游戏在许多方面都体现出丰富性的特点。语言游戏的内容涉及语音、语汇、语句表达以及阅读、识字、书写等多个方面。语言游戏的组织形式可以是集体进行，也可以是小组进行，还可以是个别进行；可以在室内进行，也可以在室外许多地方进行。语言游戏设置的情节可以是以幼儿熟悉的生活为题材，如"找朋友"、"逛公园"等；也可以用各种动物的活动为题材，如"小鲤鱼跳龙门"、"小鸟找食"等；还可以以成人的各种活动为题材，如"开商店"、"我是广播员"等。游戏材料可以是实物，也可以是图片；可以是购买的，也可以是自制的；还可以使用一些现代化的多媒体设备等等。

二　学前儿童语言游戏活动的目标

按照幼儿的年龄特点，可以将语言游戏活动分为以下三个阶段性目标：

1. 小班（3～4岁阶段）

① 乐于参加游戏活动，在游戏中大胆地说话。

② 发准某些难发的音，初步掌握方位词及人称代词，学习正确运用动词。

③ 在游戏中尝试按照规则运用简单句说话。

④ 养成在集体活动中倾听别人讲话的习惯，能听懂并理解较简单的语言游戏规则。

2. 中班（4~5岁阶段）

① 在游戏中巩固练习发音，正确运用代词、方位词、副词、动词、连词和介词等。

② 能说简单而完整的合成句。

③ 能听懂并理解多重游戏规则。

④ 学习较为迅速地领悟游戏中的语言规则，并能作出相应的反应。

3. 大班（5~6岁阶段）

① 学习正确运用反义词、量词和连词等，并能说出完整的合成句。

② 养成积极倾听的习惯，迅速把握和理解游戏中较复杂的多重指令。

③ 不断提高幼儿倾听的精确程度，精确掌握和传递有细微差别的信息。

④ 在游戏中按照规则调动个人已有语言经验，并迅速进行语言表达。

三　学前儿童语言游戏活动的类型

（一）练习听音与发音的游戏

1. 听音游戏

在语言发展的早期，幼儿常常模仿别人说话时的语调，所以"听得准"是"说的准"的前提。要使幼儿发音正确，必须注意发展幼儿的听觉，让幼儿听得准，能分辨语音的微小差别，特别是区别某些近似音，如 zh、ch、sh 和 z、c、s，为幼儿准确感知语音打好基础。

猜猜我是谁（小班）

目的：锻炼幼儿分辨声音的能力。

玩法及规则：幼儿坐成半圆形，教师面对幼儿。教师面前放一把小椅子，请一个幼儿扮猜声音的角色，让他（她）坐在椅子上，背对全体幼儿，闭上眼睛。

教师任意指一幼儿说："小狗小狗请过来！"被点到的幼儿走出来，在猜声音幼儿的背后说："你好，我是小狗！"说完立即回到自己座位上。老师问猜声音的幼儿："请你猜一猜，小狗在哪里？"幼儿猜出后，换成刚才扮小狗的幼儿来猜。为了增加难度，扮小狗的幼儿还可以变换说话的语气、语调来进行。连续三次猜不出来，则罚其表演一个节目，然后游戏继续进行。

2. 发音游戏

练习发音的游戏的内容、玩法和规则要根据各年龄班幼儿发音特点来确定。在游戏中，可以让幼儿着重练习他们感到困难或容易发错的语音，也可以让幼儿进行方言干扰音的练习、声调练习、发声用气练习等，但每次练习的语音不要过多，难点不要过于集中，以免影响幼儿的学习效果。

运送动物（小班）

目的：练习发准翘舌音zh和平舌音z。

玩法和规则：老师扮演动物园的管理员，打电话给小朋友："×××，请你运一只猴子到动物园里来。""××，请你运一只兔子到动物园里来。"让幼儿把相应的动物图片交给动物管理员，并要说"我运来了一只猴子。""我运来了一只兔子。"其余幼儿一起说："猴子猴子快进来！""兔子兔子快进来！"管理员把图片放进动物园，然后游戏继续进行。

一般而言，小班幼儿游戏的重点是进行语音练习，因此可以多运用此类游戏。许多传统游戏的内容，如手指游戏《顶锅盖》、《小白兔种树》和拍手游戏《你一我一一休哥》等都是练习发音的语言游戏。除此之外，绕口令既是幼儿文学活动的内容，也是有趣的语音练习游戏材料。

（二）练习运用词汇的游戏

通过这类游戏可以丰富幼儿的词汇，也可以帮助幼儿进一步理解学过的词，并练习正确运用词汇。在幼儿园里，练习运用词汇的游戏有很多，主要有练习使用名词、动词、形容词、代词、量词、方位词、同义词与反义词、礼貌用语等多种内容。教师要根据各年龄班幼儿掌握词汇的特点，设计目标明确、内容有趣的游戏。此类游戏对各年龄班都适用。

1. 练习正确使用名词的游戏

奇妙的口袋

这个游戏对不同年龄班可制定不同的目标。

小班目标：让幼儿凭触觉判断在口袋里摸到的是什么玩具（三到四件）。

中班目标：让幼儿凭触觉判断在口袋里摸到的是什么物品（六到八件），说出其名称和外形特征。

大班目标：除要求正确说出在口袋里摸到的物品名称和外形特征外，还要说出它的用途。

玩法与规则：请单个幼儿用手在口袋里摸，然后教师根据不同年龄班的游戏目标提出相应的问题。摸时不能看，要凭触觉判断。偷看了或判断错误都要受到"惩罚"。

2. 练习正确使用动词的游戏

扫除小帮手（大班游戏）

目标：练习使用"扫"、"擦"、"拖"、"洗"、"提"、"拎"、"抬"、"扔"等动词。

玩法与规则：今天妈妈准备大扫除。你们能帮妈妈做什么呢？小朋友要边说"我来扫地"、"我来提水"，边做相应的动作，逐个进行。说错的、做错的幼儿就要被刮一下鼻子。

3. 练习正确使用形容词的游戏

八哥找朋友（中、大班游戏）

目标：练习使用形容词。

玩法与规则：教师出示一张八哥图片，告诉幼儿："美丽的八哥最爱学说话，谁说得好，小八哥就和谁交朋友。"老师说"兔子"，幼儿可以说"可爱的兔子"、"聪明的兔子"等。然后，照此方法还可以练习形容"老师"、"妈妈"、"苹果"等词。哪位幼儿的形容词用得准确、恰当、有新意，就奖励他（她）一张八哥小卡片。

4. 练习正确使用量词的游戏

娃娃过生日（中班游戏）

目标：练习正确使用"双"、"个"、"块"、"顶"、"件"、"本"、"辆"等量词。

玩法与规则：老师将小朋友们带到"超市"，请每人给娃娃选一件生日礼物，如，"一顶帽子"、"一块巧克力"等。然后到娃娃家送给她，并说一句祝福的话，如，"送你一顶新帽子，祝你越来越漂亮！""送你一块巧克力，祝你生活甜蜜蜜！"量词运用准确，表达清楚，大家以掌声鼓励；如果有错误，大家讨论怎么说更好。

5. 练习正确使用代词和礼貌用语的游戏

打电话（小班游戏）

目标：练习使用"我"、"你"、"他"等代词，并正确使用"谢谢"、"你好"、"再见"等礼貌用语。

玩法与规则：老师模拟表演几个情境，让幼儿观看后讨论：奶奶生病了，给她打电话应说些什么；想邀请小朋友来自己家玩，应该怎么说。然后两人一组用模拟电话进行练习。老师提出要求：想想还可以给谁打电话，最好能用上"谢谢"、"你好"、"再见"等词。教师应巡回指导。

（三）学习应用句型的游戏

随着幼儿语音逐渐准确，词汇量增加，词类范围扩大，对词义理解逐渐确切、深化，幼儿学习句子的基础逐渐地被打好。对于幼儿来说，无论是简单句还是复合句，幼儿要能够理解掌握并熟练运用，都需要经过系统的练习。句型游戏正是以训练幼儿按语法规则组词成句，并正确运用各种句式为目的的游戏，可以使幼儿通过有意识的、集中的练习，迅速把握某一种句型的特点和规律。这类游戏主要在中、大班进行。

春游（中班）

目标：要求幼儿用"一边……一边……"造句。

玩法与规则：先让幼儿理解"一边……一边……"表示同时做的两件事。再根据"春游"的情景用"一边……一边……"说话，例如：

"我一边上车，一边跟妈妈说再见。"

"我们一边唱歌，一边摘野花。"

"我们一边跑，一边捉蝴蝶。"

给说得好的幼儿奖励一朵小红花。

（四）练习描述的游戏

描述性游戏是在对幼儿进行语言、词汇、句子练习的基础上，训练幼儿用比较连贯的语言对事物进行具体形象描述的游戏。它不仅可以提高幼儿独立、连贯的讲述能力，而且能促使幼儿对事物形成正确的理解和认识，了解各种社会关系，对发展幼儿的求知欲和观察力，扩大他们的知识范围都有积极的作用。这类游戏适合在大班进行。

圆圆找朋友（大班）

目标：让幼儿用语言描述物品的颜色、功能和特征。

玩法与规则：老师出示一个圆形娃娃，告诉幼儿它要到我们班来找朋友。它要找和它形状一样的物品做朋友。请一位小朋友来描述他（她）带来的圆形物品是什么颜色，有什么用处，或者吃起来是什么味道。如果听了他的描述，大家能猜出物品名称，那么这位小朋友就可以和圆圆做朋友了。如果这位小朋友没有描述而是直接说出物品的名称，那么他（她）就要表演一个小节目。

（五）早期阅读游戏

作为早期阅读能力发展的一部分，幼儿前图书、前识字、前书写能力的发展能帮助幼儿提高阅读理解能力，培养幼儿的学习兴趣和学习习惯，为今后上小学打好基础。所以说，根据幼儿的年龄特点和认知水平，设计和组织生动有趣的阅读图书活动，认读汉字和拼音的游戏活动，练习书写笔画、汉字和拼音的游戏活动等等，对幼儿的语言发展具有非常重要的意义。

1. 认识书籍的游戏

我和图书交朋友（小班）

目标：认识图书，包括封面、封底、书页等部分。

准备：老师手持一本大图书。

玩法与规则：

（1）先在老师的大图书上认识封面、封底、书页等部分。

（2）先请3~4名幼儿参加游戏，老师和其余幼儿一起朗诵儿歌：兔宝宝，兔宝宝，快快找，快快找，封面封面（封底封底或者书页书页）在哪里？

（3）参加游戏的幼儿模仿小兔子，从自己的位置跳到老师的大书前，快速指出封面的位置，找到后，全体小朋友一起说："兔宝宝，兔宝宝，找到了，封面封面在这里。"

（4）给指认正确的小朋友鼓掌祝贺。换人后游戏继续进行。

2. 学习阅读技能的游戏

开火车（小班）

目标：学习正确的翻书、读书方法。

准备：在黑板上挂一本大图书。

玩法与规则：

（1）告诉小朋友们，看图书就像开火车。封面像火车头，要朝上；封底像火车尾，要朝下。书页就像一节一节的车厢，要从前往后轻轻翻。请个别幼儿演示翻书方法，然后让大家评议。

（2）看看、说说每节车厢里上面有什么，下面有什么，左面有什么，右面有什么。给说得好的幼儿可以送一朵小红花，作为奖励。

3. 认识笔画和汉字的游戏

山羊公公的八字胡（大班）

目标：学习书写撇和捺。

准备：山羊公公挂图两张，幼儿练习书写用纸和笔。

玩法与规则：

（1）观察两幅图上的山羊公公有何不同（一个有胡子，一个没胡子）。

（2）给山羊公公添画胡子，学习书写撇和捺。

（3）幼儿在练习纸上书写撇和捺。

（4）老师扮演山羊公公，检查书写情况，谁写得好，就送给谁一个"爱的鼓励"（拥抱一下）。

找五官（中班）

目标：认读汉字"眼睛"、"嘴巴"、"耳朵"、"鼻子"、"眉毛"。

准备：大幅娃娃头型，若干五官图片。

玩法与规则：

要求幼儿根据老师出示的字条找出相应的五官图片，贴在娃娃头上。例如，老师出示汉字"耳朵"，幼儿应在盒子里快速找出图片"耳朵"，贴在娃娃头上的相应位置。贴对了，大家掌声鼓励。对于不认识的汉字，可请自己的好朋友帮忙。

4. 认识拼音字母的游戏

猜猜我是谁（大班）

目标：认读声母 b、p、m、f。

准备：拼音卡片数张。

玩法与规则：

（1）先请四名幼儿上场，每人手持一张拼音卡片藏于身后。

（2）场上幼儿逐一出示拼音卡片，并问场下幼儿："猜猜我是谁？"

（3）场下最先认读出相应拼音的四名幼儿可以作为下轮游戏中的提问人。

（4）游戏循环进行，拼音卡片可随时更换内容。

四　学前儿童语言游戏的组织结构

（一）创设游戏情境

教师在组织语言游戏时，首先要调动幼儿参与的积极性。为此，教师要努力创设生动、有趣的氛围和情景，引发幼儿参与游戏的兴趣，为游戏产生良好的效果打下基础。创设游戏氛围和情境的方法主要有以下几种：

1. 用实物创设情境

用实物创设情境就是利用活动区的布置、墙饰、桌面玩具、实物摆设、图片等向幼儿提供与游戏有关的形象，引起幼儿参与游戏的兴趣，将幼儿带入游戏的情境之中。如练习发准鼻韵母的游戏"找动物"，教师可出示森林背景图，让幼儿到大森林里把隐藏的动物找出来。茂密的大森林、若隐若现的"大象"等名称带有鼻韵母发音的各种动物，一下子就吸引了幼儿的注意力。

2. 用语言创设情境

教师可以用短小的儿歌、故事或提一些问题来唤起幼儿的记忆，调动他们的经验，为幼儿创设良好的游戏氛围，引导幼儿进入角色。如，中班语言游戏"改错"，老师一开始就"说错话"："今天早上，我吃完汤，喝完饭，出门看见太阳落山了。"全体幼儿听后哈哈大笑。教师趁机提问："你们为什么笑？我什么地方说错了？应该怎么说？"从而引起幼儿改错的兴趣。

3. 用动作表演创设情境

教师可以用动作表演小兔子、大象或小鸟，让幼儿想象游戏中的角色，还可以用动作表演开汽车或开飞机，让幼儿想象游戏的内容和进行方式等等，目的都在于向幼儿展示游戏的情境，激发幼儿参与游戏的兴趣和愿望。

4. 综合运用多种方法创设情境

在进行语言游戏时，有时不能仅用一种方式来创设情境，而需要将语言、实物等几种方法综合起来运用。这样，形象直观的实物、生动有趣的语言，配合惟妙惟肖的动作表演，幼儿的注意力就会很快集中起来。例如大班进行扩句练习的游戏"春天来了"，老师先出示有蓝天、云朵、大树、鲜花、小河的背景图，一边用优美抒情的语调讲故事："美丽的春天来了，天气变暖和了，天蓝了，水清了，草绿了，花开了，许多小动物也出来了。快看，哪些小动物出来玩了？"一边模仿各种小动物的动作让幼儿猜。然后提问："什么样的小动物喜欢在什么样的地方玩？"多种方法的综合运用有利于调动幼儿多种感官积极参与游戏，为游戏的顺利进行打好基础。

但要注意，在创设情境时要避免出现两种情况：一是避免时间过长，喧宾夺主；二是避免过于花哨，分散幼儿注意力。

（二）讲解游戏的规则和玩法

创设游戏情境，引起幼儿注意后，紧接着教师就要向幼儿讲解游戏的玩法和规则。这一步骤实际上就是通过教师的示范和讲解，引导幼儿理解游戏规则，明确游戏的玩法，保证游戏能顺利进行。例如，小班练习发翘舌音ch的游戏"小鸡吃米"，老师提出游戏规则：小鸡要听清鸡妈妈说吃什么。鸡妈妈说的东西小鸡能吃，小鸡就点头说"吃、吃、吃"；鸡妈妈说的东西小鸡不能吃，小鸡要摇头说"不吃不吃"。谁"吃"错了，鸡妈妈就请它回家。

教师在讲解游戏规则时应注意：第一，语言简明生动。要尽量使用幼儿能听懂的词语、简单的句式和较慢的语速以及形象的动作来进行讲解示范，帮助幼儿了解游戏内容，领悟游戏规则。第二，要讲清游戏的规则要点和开展的顺序。语言游戏中的规则要点一般就是让幼儿按规范要求说话，让幼儿明白要说什么，怎么说，什么时候说。同时，教师还要让幼儿熟悉游戏进行的顺序，先做什么，后做什么，什么角色做什么等等，以便游戏能顺利进行。

（三）教师引导幼儿参与游戏

在教师引导幼儿参与游戏时，教师是游戏的主角，要帮助幼儿熟悉游戏的规则和语言的运用，为幼儿独立进行游戏积累经验。教师可以先和部分能力强的幼儿一起参加游戏，给全体幼儿做示范，再逐步过渡到请全体幼儿参加游戏。教师还可以在讲清规则后，请部分能力强的幼儿尝试游戏，这样既可起到示范作用，又可检查幼儿是否明确了游戏的玩法和规则，一旦发现问题，及时纠正。在全体幼儿都明确游戏的玩法和规则之后，就可以正式开始游戏了。

（四）幼儿自主游戏

在幼儿自主游戏环节，教师应从游戏的主角转换为游戏的旁观者，不要过多地限制和束缚幼儿，不要怕幼儿出错，更不应该发出指令和要求，直接控制幼儿的行为。教师要细心观察幼儿的游戏过程，如发现有不遵守游戏规则的情况，教师应及时分析原因，并以游戏者身份进行处理：如果幼儿对游戏规则不清楚，就补充示范和讲解；如果幼儿玩得高兴，忘了规则，就给以提醒；如果幼儿犯规，就用游戏者的口吻对其按规则处罚。

在游戏结束时，教师可根据幼儿年龄特点和具体游戏内容，采用教师讲评或幼儿自评、互评等方法进行总结评价，促使幼儿以后能更加积极、主动地参与游戏活动。

五 学前儿童语言游戏活动的设计与组织

《纲要》中明确指出，"幼儿园的教育活动，是教师以多种形式有目的、有计划地引导幼儿生动、活泼、主动活动的教育过程"，"教师应成为幼儿学习活动的支持者、合作者、引导者"。由此可见，教师对语言游戏恰当合理的设计和指导是幼儿在语言游戏活动中得到较好发展的关键。

语言游戏的设计可以从角色、情节入手，创编出适合各年龄幼儿发展水平或解决幼儿实际语言问题的游戏来。

从情节入手设计语言游戏可以以幼儿熟悉的生活为题材，如"妈妈找宝宝"、"逛公园"、"捉迷藏"等；也可以用电视、电影、网络、书刊上的童话故事为题材，如"猪八戒吃西瓜"、"鲤鱼跳龙门"、"唐老鸭找朋友"等；还可以以成人的各种活动为题材，如"开商店"、"小记者"、"邮递员送信"等。游戏的情节在具体的游戏中还可以根据幼儿的表现进行调整。如果幼儿对既定的情节已经熟悉或兴趣降低，老师就可以补充情节，增加难度。例如，玩学习量词的游戏"开商店"，游戏进行十多分钟后，"商店"里的商品快卖完了，"售货员"无所事事，"顾客"拿着买到的物品也没什么兴趣了。老师发现后，就和"售货员"商量道："商店里的东西不多了，我们一起去进些货吧！"这样，以前的"顾客"变成了"供货商"，"售货员"找各个"供货商"又进了"一本书、一篮苹果、一盒卡片"等物品之后，"商店"再次"开业"，游戏继续进行。

角色是语言游戏中的重要组成部分之一。在比较简单的语言游戏中，可以只设计一个角色，在较复杂的语言游戏中，可以安排多个角色。角色可以让幼儿自己承担，即以小朋友为游戏角色；也可以给角色冠以各种名称，如小白兔、大象、老虎等动物名称，爸爸、妈妈、交警、售货员等人物名称，小树叶、小雪花、大卡车等物体名称。

下面我们从游戏前、游戏中和游戏后三个阶段来阐述如何指导游戏。

（一）游戏前的指导

游戏前的指导是相对于整个游戏过程而言的，主要包括以下几方面：

1. 确定游戏的目标、内容和具体步骤

教师可以根据幼儿的兴趣和语言发展需要来确定游戏的目标和内容，也可以根据幼儿语言发展中出现的一些问题来确定游戏的目标和内容。如何在游戏的开始部分激发幼儿参与游戏的愿望，如何安排游戏开展的步骤、方法，如何讲解游戏的玩法和规则，从哪几方面进行小结和评价，甚至如何在游戏结束后对活动材料进行归纳与整理，这些都需要教师事先进行认真设计，并熟记于心，以免在游戏活动中因受其他因素的影响而难以完成既定的游戏目标，使语言游戏活动流于形式。

2. 准备游戏材料

作为语言游戏活动的一部分，游戏材料往往影响着幼儿对游戏的兴趣、理解程度和游戏的进程。是否需要准备游戏材料，准备哪些游戏材料，要考虑以下三方面的需要：

（1）教育目标和内容的需要

游戏中是否需要使用游戏材料，使用哪些游戏材料，要根据游戏的目标和内容来确定。如大班"词语接龙"游戏，只要有两名或两名以上的幼儿，他们掌握一定的词汇量，不使用任何游戏材料都能进行；中班学习量词的"开商店"游戏就必须有实物或图片，游戏才能进行；小班练习发准 j、ch 音的"母鸡带小鸡"游戏则除了要准备相应的图片、头饰外，还要有足够大的活动场地。

（2）不同发展水平的幼儿的需要

幼儿的语言发展有其规律性和阶段性，而且每个幼儿语言发展的速度和水平也存在差异。所以准备的游戏材料要尽量满足不同幼儿的发展需求，使每个幼儿在语言游戏活动中都能获得发展，如练习运用恰当的形容词描绘事物特征的游戏"看谁说得好"，给能力较强的幼儿可以提供一些字条，如雪花、祖国、春天等等，让幼儿进行描述练习；给能力稍差的幼儿则要提供图片，如小弟弟、大树、花朵、小猴、大公鸡等，让幼儿描述。

（3）幼儿进行游戏的需要

在不同的语言游戏中，幼儿的需要是不同的。教师要在游戏前考虑幼儿进行游戏时可能用到的材料，如固定图片用的胶带、添画用的彩笔等，这些材料都需要提前准备好，以保证游戏顺利进行。

3. 丰富幼儿的相关经验

经验是幼儿语言游戏顺利展开的基础，应利用各种方式和机会丰富幼儿的有关经验，这样才能保证游戏顺利进行。丰富幼儿游戏经验的方法有许多，如：

（1）实地参观

如玩"邮递员"游戏之前，可带孩子到邮局了解邮递员工作的内容和过程；玩描述性游戏"我是小小设计师"之前，可带孩子到市中心观察各种建筑物的外形、颜色、功能等特征，以丰富幼儿的感性认识。

（2）观看图片、声像资料

这也是丰富幼儿游戏经验的形式。通过观看图片、声像资料，可以加深幼儿的印象，帮助幼儿在游戏中再现有关内容和情节，使语言游戏顺利深入地展开。

（3）争取家长的支持与配合

在丰富幼儿的相关经验的过程中，家长的作用不可低估。家长带孩子参与社会生活实践，示范待人接物的方法，准备辅助材料，不仅可以为幼儿进行语言游戏活动奠定基础，还可以检验、巩固、练习游戏的内容。

（二）游戏中的指导

在语言游戏活动中，应该给予幼儿比在一般教学活动更多的主动权，让幼儿有权以自己的方式进行游戏，但教师的指导也是必不可少的。教师的作用在于给幼儿最多的观察、最大的耐心、最有效的指导。

1. 细心观察，适时指导

观察是了解幼儿的最主要途径，主要是为了真实准确地了解幼儿在游戏中的表现，了解其发展特点和需要，使教师能在指导游戏时做到客观准确，提高教师指导效果，减少指导失误。如果教师不了解幼儿游戏的实际情况，而是按照自己的想法去指导游戏，那么教师的指导就可能成为对幼儿游戏的干扰。例如，一名小男孩在玩学说礼貌用语的游戏"小熊请客"时，没有像其他幼儿一样戴上老师准备好的动物头饰，而是低着头从活动区找了两个夹子夹在耳朵上。老师看见忙"指导"："呀！耳朵夹得疼吗？快取下来！"孩子看着老师，不情愿地拿了下来，可一会儿又夹上了。老师继续"指导"："你怎么又夹上了？别玩了，快想想你要扮演什么角色？"小男孩小声地说："我要扮演熊爸爸，这是熊爸爸的耳朵。"多有趣的想象啊！可是它差点"夭折"在老师的"指导"中。

2. 面向全体，重视个体差异

教师在指导游戏中，既要照顾到全体幼儿的兴趣、爱好和现有水平，又要根据每个幼儿的游戏行为和语言运用情况，了解每个幼儿的语言发展水平和存在的问题，提出切实的、有针对性的教育措施。对语言能力较强的幼儿，教师可提出更高的语言要求，使他们的语言更准确、更丰富、更规范、更有创造性；对于胆小、内向的幼儿，教师要充满热情地鼓励他们积极参与游戏，提高他们的语言水平和自信心；对于稳定性差、易受外界干扰的幼儿，要引导他们专心游戏，遵守游戏规则；对于只喜欢玩某一类语言游戏的幼儿，教师可通过与他（她）一起玩或引导同伴和他（她）一起玩的方法，激发幼儿对各类游戏的兴趣。

3. 鼓励和肯定是教师指导游戏的基本方法

在游戏中孩子遇到困难和问题时，需要的往往不是答案和解决方法，而是信任、鼓励和支持。尤其是那些语言发展较慢或在游戏中表现不突出的幼儿，教师更应在肯定幼儿的基础上，鼓励幼儿继续进步。一句热情的鼓励，一个关注的眼神，乃至摸摸头、拍拍肩，对孩子来说都是巨大的精神力量。

（三）游戏后的评价

游戏后的评价，是语言游戏活动的一个重要部分，其目的是为了促进幼儿语言的进一步发展。当幼儿的游戏获得成功时，教师的评价能使他们感受到成功的喜悦，增强自信心；当幼儿在游戏中没有达到既定目标时，教师在肯定他们的努力的基础上提出希望和建议，使幼儿修改、调整自己的语言，激发幼儿继续学习提高语言水平的愿望，从而促进幼儿语言的发展。

　　评价可以是老师讲评，也可以是幼儿自评、互评。对于小班幼儿，教师可以用游戏的口吻、游戏者的身份对幼儿在游戏中的表现进行评价，对好的表现予以肯定，使其好上加好；对消极的表现加以转化，使幼儿明确努力的方向。对于中、大班幼儿，一般以幼儿自评和互评为主，讲评时可以发动幼儿进行讨论。通过一次次的讨论，提高幼儿对语言的理解能力、分辨能力，发展其口语表达能力。

延伸阅读

让游戏成为幼儿语言发展的加油站

　　游戏是幼儿喜爱的活动之一，也是幼儿进行相互交往的最好方式。《幼儿园教育指导纲要（试行）》指出：幼儿园的教育应"以游戏为基本活动"。将语言活动与游戏结合起来，可以为幼儿营造宽松的游戏氛围，培养幼儿主动运用语言、主动交往的兴趣。

　　1. 在"巧巧手"游戏中锻炼幼儿有序讲述的能力

　　讲述是一种独白语言，要求幼儿能系统、清晰地表达自己的想法，讲述活动为培养孩子这种能力创造了场景，要求幼儿面对大家把自己想讲的内容讲出来。通过"巧巧手"的游戏就可以锻炼幼儿的这种能力。

　　"食指拇指碰碰，食指中指并拢，做把剪刀剪剪，我是手指魔术师"。这是小朋友们最喜欢看的中央电视台播放的"智慧树"节目中"巧巧手"这一栏目的口号。我们班的孩子就迷上了"巧巧手"这个栏目，也迷上了做手工。因此我们索性就投其所好，在教室里也开设了"巧巧手"活动区，并通过上网查找，把每次"巧巧手"节目中教的手工作品都打印出来，贴在区角内，并用文字提示幼儿做这个作品需要准备什么东西、制作步骤是怎么样的。孩子们虽然上过阅读课，但是认识的汉字还是有限，还不能完全看懂说明，需要在已经知道、理解的基础上加上自己的想象才能把说明看懂。因此，每一次新的作品出现，我们都需要向幼儿解说。但是，有时候我们老师不一定有空看电视，而很多孩子却会看。因此，我们就想到了让孩子来当"巧巧手"里的解说员。孩子们可乐意来当这个解说员了，他们会学着主持人"红果果"、"绿泡泡"的样子来告诉大家："做这个东西，小朋友必须准备好……首先要……然后……第三步……这一步小朋友要注意安全，需要请爸爸妈妈帮忙……"有时候一个孩子讲不清楚或讲错了，便会马上受到大家的反驳，并有其他的幼儿来补充或更正。

　　为了当好这个"解说员"，孩子们在看电视的时候必须格外的专心，还要用心记住每一样材料、每一个步骤，最难的一点是必须能把制作过程一步一步、清清楚楚、有条理地讲给大家听。通过做"巧巧手"解说员，孩子们的语言表达能力有了进一步的提高，同时也有助于他们养成说话有顺序、有调理的好习惯。

2．在"小菜场"拟实游戏中学习运用人际交往语言

人际交往语言是人们在表达思想感情、与他人沟通和交流中运用的语言。如讲话要文明、有礼貌，不同场合需要用不同的讲话方式等。幼儿学习和运用人际交往语言是掌握交往技能的重要内容，利用"小菜场"这样的模拟现实的游戏可以让幼儿学习和运用人际交往语言。

"小菜场"游戏在我们班已经开展了很长时间了，小朋友们都非常喜欢，在"小菜场"这个模拟情境中，孩子们主动而有礼貌地找营业员买东西、问价格、聊天、交流等，如："今天都有些什么菜啊?""××菜太贵了，能不能便宜点?"这样的游戏激发了他们交往的兴趣，逐步学会了交往的方法。之后，我们又把"小菜场"扩大，邀请其他班的小朋友加入我们的"小菜场"，特别是大三班的小朋友和我们共用一个阳台，他们可以在阳台上直接到"小菜场"买东西。用这样的方法扩大幼儿的活动空间，扩大幼儿的交往范围，让幼儿在模拟现实生活的情境中主动地运用语言，学习交往。

经过一定时期的学习，小朋友们已经基本掌握了生活中常用的礼貌用语、商量用语、拒绝用语、请求用语、赞美用语。这些交往语言的习得，让幼儿在游戏时感受到了交往的快乐，而且这些交往语言也会伴随幼儿终生。

3．在"小记者"主题游戏中提升幼儿提问的技巧，增强其语言表达能力

提问是记者频繁运用的一种采访方式。为确保采访成功，记者要自始至终围绕采访主题进行发问。通过开展"小记者"主题游戏，可以提升幼儿的提问技巧，增强他们的语言表达能力。

在幼儿的学习和生活中，教师应为幼儿提供各种语言表达的机会。我们先从"说新闻"开始，让他们把自己所见所闻、所思所想、所感所悟大胆地表述出来，感受说的乐趣，为孩子的语言发展创造条件。接着开展主题游戏"小记者"，结合主题"人们怎样工作"，鼓励幼儿学做小记者，学习运用采访的方法去了解周围人们的工作及他们的工作与人们的关系，并鼓励幼儿像记者播报新闻一样清楚、连贯地讲述自己的采访结果。为了让幼儿了解记者的工作并更好地学习记者的采访与播报本领，我们大班组还特意请来了无锡市教育电视台的记者叔叔，让小朋友与记者叔叔进行面对面的交流，先由记者示范采访小朋友，然后再由小朋友去采访记者叔叔，记者叔叔再给予孩子们一定的指导。孩子们的本领一天比一天有进步，一个个都相继获得了"记者证"，成了我们幼儿园里的"小记者"。接下来，我们带小记者去参观、采访，如：带孩子到食堂帮厨，采访食堂人员，让幼儿认识各种蔬菜，尝试讲述各种蔬菜的生长过程、营养价值、烹制过程等。我们还带孩子们走出幼儿园，去采访理发店的理发师、医院的医生、邮电局工作人员、银行工作人员等，让孩子们与不同的对象交流，拓展采访范围，获得愉快的交往经验，这既丰富了他们的生活，又促进了他们的语言发展。

在采访中，孩子们用自己的方式对被采访者的情况进行记录，他们积极开动脑筋，认真讨论采访的主题，精心设计采访的问题，仔细倾听被采访者的回答，用心汇总采访结果，最后还能大胆地进行"新闻播报"，把采访的内容呈现给大家。幼儿扮演"小记者"，不仅可以丰富幼儿的社交方式，增长见识，培养其敏锐的观察力和挖掘生活素材的能力，而且还能提高幼儿的口语表达能力。

4．在"击鼓传花"游戏中培养幼儿的主题讲述能力

主题讲述就是教师给幼儿一个固定的主题，要求幼儿围绕主题进行讲述。幼儿无论怎么讲都必须围绕着主题，这就是主题讲述的要求。通过"击鼓传花"游戏，可以锻炼幼儿的这一能力。

"击鼓传花"游戏在我们班深受孩子们的喜欢，每次孩子们都争着来表演节目，于是我们就利用这个有趣的游戏来培养幼儿的语言表达能力。我们把这个游戏变了个小花样，把"击鼓传花"改成 "击鼓传笑"。我们提出游戏的要求：谁要是接到花谁就给大家说一件自己遇到的开心的、有趣的事情，如果实在没有的话，也可以给大家讲个笑话。

"击鼓传花"除了可以改成"击鼓传笑"外，还可以改成很多其他的"击鼓传×××"。这种形式很适合用在幼儿园语言活动中，可以锻炼幼儿围绕主题进行讲述的能力。"击鼓传花"，"击鼓传笑"，……"一话百说"，这与单一的主题谈话活动相比，更具有趣味性。

5．游戏偶发事件为幼儿构筑"对话"平台

对话是一种平等、开放、自由、民主、协调、富有情趣和美感、时时激发新意和遐想的交谈。在游戏中，幼儿之间的互动非常频繁，幼儿之间的对话占主要内容。

如，在一次"娃娃家"的游戏中，爸爸从"店"里买回了一盒牛奶，妈妈拿起牛奶往碗里倒，结果就有了下面这段对话：

妈妈："咦，牛奶盒怎么是空的？牛奶让谁偷喝了？"

爸爸："不会吧，我买回来就放在这里的呀，没喝过啊！"

妈妈："会不会是老鼠偷喝的？"

爸爸："可是这里没有老鼠的脚印，也没有老鼠屎啊！"

妈妈："老鼠喝饱了不会在这里大便的，它肯定是躲到洞里去大便了。"

爸爸："那我们问问爷爷奶奶晚上这里的门窗有没有关好！"

妈妈："好吧！"

以上这个情节是在游戏中偶然发生的，虽然只是几句简短的对话，但从中我们也可以看出在这么宽松的对话氛围中幼儿会互相接应话题，善于质疑、大胆否定、主动协商，大胆用语言表达自己的假设。

只要我们老师心中有语言教育目标，只要我们老师充分运用好游戏这一资源，就能在游戏中给孩子们创造更多的语言学习和语言运用的机会，使游戏成为孩子们语言发展的加油站！

[资料来源：无锡市新区教育网 www.xqjy.com.cn]

因人而异，因势利导，促进幼儿语言的发展

在游戏中经常会遇到许多问题，如幼儿发音不准确，幼儿回答不出问题……当遇到具体问题时，教师应如何因人而异，因势利导，解决幼儿的语言问题呢？

1．当幼儿发音不准确时不要急于纠正

3～6岁的幼儿语言发展得还不够完善，个别字、词、句说得不清楚是很自然的。如果老师只以知识的传授为主，一味地纠正幼儿说话时的发音，就会挫伤幼儿的积极性，

说错的音也很难纠正，从而影响幼儿语言的发展。因此，当幼儿发音不清楚时，老师决不能急于纠正，而应在鼓励幼儿的前提下，采用不同的方式，让幼儿互相学习，纠正发音不准的地方。

2．当幼儿回答不出问题时不要着急

幼儿回答不出问题的原因是多种多样的，老师应根据具体情况，改变教学方法，如有的幼儿站起来不敢说，老师可采取鼓励的方法；有的幼儿站起来了，但回答较吃力，这时老师应降低问题的难度，决不能用"快说"、"没想好就别举手"这类的语言，以免挫伤幼儿说话的积极性。

3．当幼儿答错问题时不要急于否定

在教学中我发现，幼儿答错问题也有多种原因：有的是没有理解问题的意思，有的是上课不注意听讲，根本不知道老师在问什么。当老师遇到这些问题时，不应该急于批评，应用引导的方法，比如可以把问题再说一遍，还可以用安慰的口吻说："不要急，想一想再说"，这样可以鼓励幼儿敢说。

4．对语言表达能力强的幼儿不要过多表扬

大多数老师喜欢语言表达能力强的幼儿，但幼儿的个体差异有所不同，老师应关注这些幼儿的语言表达在自己原有水平上是否有进步和提高。因此，老师表扬的依据应是幼儿语言水平的实际提高。另外，教师表扬时应指出幼儿进步的地方，以便更好地激励幼儿，使他们的语言水平得到更好的发展。

语言发展影响其他方面的发展，语言作为幼儿获取知识的载体，起到极其重要的作用。在游戏中需要教师为其创设一个良好的语言环境，使幼儿善于交流，善于运用，不断提高语言运用能力，从而促进幼儿的语言的发展。

[资料来源：校本研究网 http://xbyj.e21.edu.cn，湖北省鹤峰县实验小学，李华英]

案例评析

案例一　发音游戏：三个木头人（小班）

活动目标

（1）学习发清s、sh音，正确读出"三"和"山"。
（2）认真倾听别人讲话，积极参与游戏，掌握游戏规则。
（3）体验愉快的游戏气氛。

活动准备

三个小木头人，一幅三座山的背景图。

活动过程

1. 出示三座山的背景图和小木头人，创设游戏情境

教师用生动活泼的语言说："小朋友们，今天我们要一起去旅行，猜猜我们要去哪里？（出示三座山的背景图）哦，原来我们要去山上玩。几座山？（三座）山上都有谁？（三个小木头人）我们和木头人一起玩游戏吧，游戏的名字就叫三个木头人"。

2. 介绍游戏规则及玩法

教师在前，幼儿在后，边走边跟着节奏朗诵儿歌：山山山，山上有个木头人，三三三，三个好玩的木头人，木头人，木头人，不许说话不许动。说到最后一个字时，幼儿不许动并定造型，如兔子、奥特曼、飞机等，幼儿若动了就算犯规，轻拍手三次，然后游戏继续进行。

3. 教师以参与者的身份与全体幼儿进行游戏，帮助幼儿理解和掌握游戏规则

（1）教师在幼儿朗诵儿歌时，要注意提醒幼儿吐字清晰，声音洪亮。

（2）幼儿在造型时，要注意观察别人的造型，不重复别人的动作，要有自己的创意。

（3）犯规的幼儿轻拍手三下，帮助幼儿建立规则意识。

4. 幼儿自主游戏

幼儿分两组，请能力较强的幼儿当带领者开展游戏，教师观察、指导。

活动评析

（1）这个语言游戏的目标明确、具体、全面，难度适合小班幼儿的年龄特点和接受水平。

（2）活动开始时，用语言讲述和实物展示相结合的方法来创设语言游戏情境，吸引了幼儿的注意力，激发了幼儿兴趣，同时帮助幼儿理解儿歌内容，巩固了 s 和 sh 音。这一环节的设置轻松有趣，具体形象地解决了发音问题。

（3）活动中，教师并没有让幼儿反复练习发"三"和"山"的发音，而是抓住这个游戏的兴趣点，在玩游戏的过程中练习"三"和"山"的发音。在原地不动定造型的环节，幼儿通过观察互相学习，互相交流，在模仿别人动作的同时，也学会了用动作表达自己内心的想法。犯规之后拍三下手的小惩罚帮助幼儿建立了规则意识，也增加了游戏的趣味性。

［资料来源：运城幼儿师范高等专科学校附属幼儿园，贾巧珍］

案例二　　词汇游戏：变化的苹果（大班）

活动目标

（1）正确使用量词："块"、"个"、"盘"、"筐"、"堆"，能够连贯而完整地说话。

（2）认真倾听他人讲话，积极参与游戏，掌握游戏规则。

（3）感受和体验相同的事物在不同情况下可以用不同的量词来形容。

（4）乐意与同伴分享游戏的快乐。

活动准备

各种动物的图卡及头饰卡（山羊、小猴、小狗、小鸟、小象）；苹果图片（一个苹果、一块苹果、一盘苹果、一筐苹果、一堆苹果）；16开白纸（每人两张），彩笔若干。

活动过程

1. 教师出示森林果园背景图，创设情境，理解量词"个"、"块"、"盘"、"筐"、"堆"的含义

教师出示山羊、小猴、小鸟、小象、小狗等图卡形象，并用生动的语言讲述："森林果园丰收了，小动物们纷纷跑来帮山羊公公摘苹果。大家把苹果从树上摘下来放在一起变成一（堆）苹果。小动物们很高兴，一起来分享苹果。小鸟得到了一（块）苹果，小狗得到了一（个）苹果，小猴得到了一（盘）苹果，小象得到了一（筐）苹果。大家吃得很开心，山羊公公说："谢谢你们！"小朋友，我们也来玩有趣的量词游戏吧！

小结：同样是苹果，在不同情况下可以用不同的量词来说。

2. 介绍游戏规则及玩法

教师出示动物图卡及苹果图片，幼儿在给"动物"送图片时必须用完整的话来说，如："小鸟，你好！送给你一块苹果。"这样小动物才会接受，其中必须使用"个"、"盘"、"块"、"筐"、"堆"这几个量词，并且正确使用礼貌用语。

3. 教师参与游戏，帮助幼儿理解和掌握游戏规则

（1）教师示范：请一名幼儿扮演小动物，如小鸟，教师双手递送选择好的苹果图片，并说："小鸟，你好！送给你一块苹果，请吃吧！"小鸟说："谢谢！"教师："不客气！"提醒幼儿根据动物不同的食量选择苹果图片，用完整、连贯的语言表述。

（2）教师引导幼儿游戏，特别是个别幼儿参与的游戏，启发幼儿正确使用这几个量词说出完整的句子，及时纠正幼儿的错误说法。

4. 自主游戏

（1）幼儿在预先备好的白纸上用笔画出想要送的苹果图片，如一个苹果或一盘苹果等。请两名能力强的幼儿来扮演小动物，用肢体模仿小动物形态，其余幼儿来送苹果，并完整表述。表述正确，则礼物被收下，否则被退回。

（2）幼儿有秩序地排队送苹果，引导幼儿提前想好要说的话，教师巡回观察、指导。

5. 活动延伸

对同一事物在不同情况下可以使用的量词还有很多种，幼儿在活动结束后，可以选择其他的事物来做游戏，如一盆花、一枝花、一朵花、一束花等，还可以寻找生活中更多的量词来说。在游戏中发现生活的奥秘，体会语言的乐趣。

活动评析

（1）游戏的目标明确、具体，难度适合大班幼儿年龄特点和认知理解水平。

（2）活动开始时，运用语言、实物图卡和动作综合设置游戏情境，激发幼儿对游戏的兴趣，调动其参与游戏的热情。活动中，教师将游戏的难点层层展开，先理解，再运

用，先示范，再游戏，让幼儿扮演小动物并尝试自由绘画不同分量的苹果的图片，加深了自主游戏的趣味化和选择性，从而使幼儿更好地掌握量词的使用，并将其内化成为自己的知识。

（3）语言游戏负有一定的语言学习的任务，本游戏要求幼儿不仅学会说不同量词，而且还要用完整语言表述，幼儿在进行表述时必须要付出一定努力，才能达到要求，这充分体现了语言训练的要求。

（4）教师给幼儿创设了一个平等、自由的游戏环境，幼儿在教师指导下，充分体会语言交流的乐趣。另外还注重个别指导，体现了全面发展的教育观，让每位幼儿都有所乐，有所长，在游戏中学会倾听别人讲话，体会积极与人交往的快乐。

［资料来源：运城幼儿师范高等专科学校附属幼儿园，刘　凡］

案例三　早期阅读游戏：美味在哪里（小班）

活动目标

（1）学会一页挨着一页翻书的看书方法。
（2）体验游戏的快乐，激发对阅读的兴趣。

活动准备

各种小动物的图片（小猴子、小狗、小花猫、小山羊、小公鸡、小白兔）；书签（桃子、骨头、小鱼、小草、小虫子、胡萝卜）；图书。

活动过程

1. 创设游戏情境，激发幼儿参与游戏的兴趣

教师头戴白帽，系着围裙，出现在小朋友面前，自我介绍说："我是动物餐厅的大厨乐乐。今天我要请小动物们来做客。它们都是谁呢？"

（教师依次按顺序摆好小猴子、小狗、小花猫、小山羊、小公鸡、小白兔的图片。幼儿看图片回答。）

"我给小动物们准备了好多食物，都是它们爱吃的美味。你们知道它们都最喜欢吃什么吗？这些美味都藏在哪里呢？我把它们都放在了一本图书里，我们一起去找找。美味在哪里？"

2. 介绍游戏规则及玩法
（1）教师示范。

教师："看！排在第一位的是小猴子，所以我们在图书中要先找到小猴子喜欢的食物。"教师翻开图书的第一页，找到桃子的书签并把它放在小猴子图片下面相应的盘子中，然后依次进行。

（2）组织幼儿进行游戏。

让幼儿一定要按小动物的排列顺序依次给它们找到"美味食物"，不能间隔着找，对

能按要求做的小朋友提出表扬。（让幼儿亲身体验一页挨着一页地翻书。）

3．总结

小朋友们不仅帮小动物们找到了美味的食物，还学会了一页挨着一页地翻书。今后小朋友看书时就要这样一页挨着一页来翻书、看书。

（资料来源：黑龙江农垦职业学院08级学前教育（2）班，张璐璐设计）

活动延伸

在图书角投放图画书，鼓励小朋友热爱阅读，感受阅读的乐趣。

活动评析

（1）游戏目标明确，通过游戏的形式让幼儿知道如何一页挨着一页地翻书，符合小班幼儿的认知特点。

（2）游戏开始时，教师利用语言、实物图片、服饰综合创设游戏情境，激发幼儿对游戏的兴趣，调动其参与游戏的积极性，使幼儿在帮小动物找食物的同时轻松地学会了一页挨着一页翻看图书的方法。游戏中，教师先示范，使幼儿容易理解游戏的玩法和规则，内容富有儿童生活情趣，能激发幼儿参与游戏的积极性。

（3）此游戏的重点是让幼儿学会一页挨着一页地翻看书，所以在游戏中不要求幼儿找食物的速度很快，但要求幼儿要按小动物的排列顺序依次给它们找到"美味食物"不能间隔着找，对能按要求做的小朋友提出表扬。此游戏的设计重点突出，难度适宜，适合小班幼儿初步学习翻看图书时使用。

实践活动

项目一　实例分析

目标

（1）准确分析游戏的类型及适合的年龄班。

（2）掌握各年龄班儿童游戏的要求。

内容与要求

1．问题

下列语言游戏目标各适用于哪个年龄班?各属于哪种类型的语言游戏?

（1）初步学习人称代词的用法。

（2）能听懂并理解多重游戏规则。

（3）在游戏中用简单句说完整的话。

（4）能准确掌握和传递有细微差别的信息。

（5）能说出完整的合成句。

2．请根据下列语言游戏回答问题

（1）小动物过河（小班），目标：正确使用"跳"、"飞"、"游"等动词。

（2）变魔术（中班），目标：学习正确使用方位词和介词。

（3）找朋友（大班），目标：通过拿汉字卡片和相应的图片找朋友，复习汉字。

问题一：上述各游戏分别可使用哪些方法创设情境？

问题二：每个游戏应有哪些基本规则？让幼儿熟悉规则的方法是什么？

问题三：在游戏结束时如何讲评游戏？

项目二　游戏设计与组织

目标

（1）掌握语言游戏设计的原则与方法。

（2）掌握语言游戏组织的方法。

内容与要求

1．请根据下列两个语言游戏设计出完整、详细的教育活动计划，然后以小组为单位进行试讲试教

（1）传花篮（小班）。

目标：学习用"我喜欢吃……"的句式造句，培养幼儿的口语表达能力。

准备：水果图片若干（苹果、香蕉、西瓜、草莓……），花篮，幼儿围坐成圆形。

玩法和规则：当音乐响起时，由第一个幼儿把花篮传下去，音乐停下时，请拿着花篮的幼儿从花篮里拿出一张水果图片，并用"我喜欢吃……"的句式说一句话。说对了，鼓掌奖励；说错了，老师启发引导幼儿想好了再说，然后游戏继续进行。

（2）重叠词打擂台（大班）。

目标：练习使用ABB形式的重叠词。

准备：对重叠词有一定的经验；小铃铛，计分表，挂图。

玩法和规则：

① 幼儿分成三组，每组一个铃铛，一个计分表。

② 教师出示挂图《秋天来了》，要求幼儿用"ABB"的形式说词语，如"黄澄澄"、"红彤彤"、"笑呵呵"等。说对了加1分，最后分数最高者为胜。

③ 必须在教师说"开始"之后才能开始摇铃铛。哪组铃铛先响，就由哪组先讲；乱摇铃铛的要扣分。

④ 对得分最高的小组予以奖励。

2．全班学生分成五组，分别从五类语言游戏中抽选一个并设计出教学活动方案（教案），并到幼儿园组织实施，然后写出游戏后的反思

拓展练习

同学之间回忆、交流幼年时喜欢玩的各种游戏。要求：

（1）介绍游戏的名称、玩法和规则并谈谈喜欢的理由。

（2）设计一个既能体现传统游戏的魅力又能发展幼儿语言的游戏，并在班内组织实施。

单元七 学前儿童语言区角教育活动

学习目标

通过对本单元的学习，应该能够：

● 了解学前儿童语言区角教育活动及其特点。

● 理解学前儿童语言区角教育活动对促进幼儿全面发展的重要意义。

● 掌握学前儿童语言区角教育活动材料提供应该注意的事项。

● 能合理设计语言区角教育活动并掌握其组织与指导策略。

基础理论

《纲要》中明确指出，要"为孩子们创设一个能使他们想说、敢说、喜欢说、有机会说并能得到积极应答的环境"。而幼儿园语言区角教育活动的设置和利用，就能够为幼儿"创造一个自由、宽松的语言环境，支持、鼓励、吸引幼儿与教师、同伴或其他人交谈，体验语言交流的乐趣，学习使用适当的、礼貌的语言交往"。

一　学前儿童语言区角教育活动的概述

（一）学前儿童语言区角教育活动的含义

学前儿童语言区角教育活动就是教育者依据语言教育活动目标、幼儿感兴趣的语言活动材料及活动类型，有目的、有计划地创设语言环境，将活动室的空间相对划分为不同语言区域，促进幼儿与材料、环境、同伴的充分互动，从而使幼儿获得个性化语言学习与发展的区域活动。语言区角教育活动是实现语言教育目标的有效途径，是实施语言教育活动的重要环节，也是落实语言教育任务的具体手段。幼儿园常见的语言区角活动有图书角、故事角、表演角、电话亭、视听角、构图说话角、识字角等。

创设语言区角教育活动环境，吸引幼儿积极主动地参加阅读、表演、交流等活动，能愉悦幼儿的情感，开阔幼儿的视野，使幼儿体验成功并获得自信，从而有效地促进幼儿语言的发展。正因为如此，语言区角教育活动越来越受到广大幼儿园的关注。

（二）学前儿童语言区角教育活动的价值

1. 有利于促进幼儿语言的发展

幼儿期是语言发展的重要时期，语言区角活动为幼儿创造了语言表达、交往、运用和学习语言的机会。这种自主、自愿、自由的活动方式，使幼儿在没有压力的环境中说说看看、写写画画、玩玩做做，既可以使幼儿有说话的时间，也可以使幼儿彼此间有话可说、有话想说，极大地调动了幼儿语言学习的积极性，有利于促进幼儿语言能力的发展。

2. 有利于促进幼儿情感的发展

在语言区角活动中，幼儿更容易获得成功的体验，感到愉快和满足。这些积极的情感体验又能促使幼儿更积极地参与到新的活动中去，从而形成良性循环。在活动中，幼儿与幼儿、幼儿与教师之间的情感交流机会也比较多。幼儿之间相互模仿、启发、鼓励是经常性的。来自同伴间的鼓励和赞扬与来自教师的支持和引导，都会使幼儿获得积极的情感体验，促进幼儿情感的发展。

3. 有利于培养幼儿学习语言的兴趣

内容丰富的语言区角活动材料，也会引起幼儿语言学习的兴趣。例如，符合幼儿特点的图文并茂的图书，教师精心设计的"字宝宝找朋友"、"小动物找家"、"摆图讲述"等语言活动，都以材料本身的好看和好玩吸引着幼儿的兴趣。在区角活动中，幼儿之间愉快情绪的相互感染，也有利于提高幼儿语言学习的兴趣和敏感性。

4. 有利于幼儿社会性的发展

在语言区角活动中，幼儿相互交流自己已经获得的语言经验，锻炼了在同伴和成人面前说话的勇气和自信心。此外，在语言区角活动中幼儿会与他人发生接触，这就为幼儿提供了更多的自由交往、自我表达与表现的机会，有助于增进幼儿与同伴之间的相互理解，也有助于幼儿学习交往、合作、沟通等社会生活交往技能。幼儿不断学习社会经验和行为准则，学习如何处理人际关系、扮演各种角色，逐步认识、理解自身的义务和职责，从中体验思想感情，进而使同情心、责任感得到发展，规则意识得到增强，并养成良好的行为品质，从而促进幼儿的社会化过程，为幼儿的终身发展奠定基础。

5. 有利于幼儿动手操作能力的提高

幼儿在语言区角"拼一拼、玩一玩、认一认、说一说、写一写"的操作活动中，小肌肉群和手、眼协调性都可以得到发展。例如"字宝宝找图片"的活动要求幼儿仔细观察图片与汉字之间的拼缝，如能成功地拼成一个正方形，就说明"字宝宝"找对了图片，它既扩大了幼儿的识字范围，又提高了幼儿的观察力及动手能力。有的教师在活动室里设置摆图讲述角，为幼儿准备了不同的背景图和多种动物、人物角色及废旧图书、图片，幼儿可以按自己的意愿进行选择、讲述，可以根据情节的发展从废旧图书、图片中剪取图画等所需物品。在这样的活动过程中，幼儿表现出异乎寻常的小心翼翼和全神贯注，在做做、剪剪、说说的故事创编活动中，其语言能力和动手能力都可以得到明显的提高。

（三）学前儿童语言区角教育活动与其他语言教育活动的关系

1. 学前儿童语言区角教育活动与游戏的融合

游戏是幼儿的主导活动，它符合幼儿的心理发展水平，深受幼儿的喜爱。语言区角教育活动可以通过投放儿童感兴趣的活动材料，并努力让活动富有游戏性和情境性的方式进行，让儿童在制作与表演的过程中体会到游戏的快乐。语言区角教育活动游戏化、游戏活动区角化是当今幼儿园课程改革的一大趋势。教师在语言区角教育活动中应积极投放活动材料，帮助幼儿拓展游戏内容，尽量将二者融合，以便发挥最大的教育功能。

延伸阅读

角色游戏是最能发展幼儿语言交往能力的活动，因为它是幼儿对现实生活的积极主动地再现，有助于幼儿学习社会性行为，帮助幼儿按自己的愿望和想象自由地发展游戏。我们班的"娃娃家"就是一个角色游戏区域，参加游戏的幼儿都要担任一个角色，通过语言来完成角色与角色之间的交往。有一次，我以客人的身份进入"娃娃家"。我敲门，里面扮妈妈的小朋友问："谁呀？"我说："我是谢老师呀！你欢迎我进去吗？"她打开门笑着对我说："欢迎，请进。"但当我进去以后，家里的三位小朋友却都各忙各的，没有人来招待我。我对扮演爸爸的小朋友说："你看，我坐在哪里合适呀？"他拉着我的手走到小椅子前说："谢老师，你来玩，我真高兴，你坐这儿吧！"给我安排好座位后，他们好像又有些不知所措了。我又说："我有点渴了，有什么喝的东西吗？"这时扮演孩子的小朋友跑过来对我说："冰箱里有乐百氏，可好喝了，是甜味的，我请你喝！"说着就给我拿了一瓶。我有滋有味地喝着。她又说："每天只能喝一瓶，妈妈说这种甜的东西喝多了牙会痛的。"我微笑着点了点头。从游戏中的这些对话不难看出，幼儿借助言语的交流来丰富和完善游戏，实现对社会生活中人们行为准则的模仿和再现，在与其他家庭成员的交往中他们发展了语言，丰富了词汇，一些生活中常用的礼貌用语也得以建构和运用。

[资料来源：宜兴教育网http://www.yxedu.net，鲸幼娟]

2. 学前儿童语言区角教育活动与专门的语言教育活动的互补

语言活动区角可以作为语言教育分组教学活动的场所，从而更加强调语言区角活动的学习功能。从发挥教师的主导作用和强化幼儿语言学习的效果这一角度来看，这样做具有一定的合理性。可以说，语言区角教育活动与专门的语言教育活动互相补充，语言区角教育活动为专门的语言教育活动做了知识、经验上的准备，专门的语言教育活动又使得语言区角教育活动中幼儿的语言经验得以提升。所以，教师可以根据适宜的语言教育内容，使语言区角教育活动与专门的语言教育活动互为补充，以达到最佳的语言教育活动效果。

延伸阅读

在开展语言活动"小蝌蚪找妈妈"之前，教师在语言区为幼儿投放了各种图文并茂的图书、挂图、录音机等。幼儿自由地听录音、学故事，玩根据图片找字或根据文字找图片、连线等游戏。有的幼儿找到了散文中的字，兴奋地大叫："老师，我找到了那些字，我都认识！"有的幼儿刚刚跟录音机学了一遍就迫不及待地向同伴炫耀："我会读了，你听……"爱画画的幼儿到美工区自由发挥想象，把蝌蚪画下来，并说"这是我给小蝌蚪穿衣服……"这时，教师来到幼儿中间，及时给予他们支持（把幼儿的话记录下来，给每幅图配上相应的文字），同时引导幼儿把图画装订成书并加上封面。教师告诉幼儿："这就是你们自己编的书了，一定要爱惜"。幼儿在老师的帮助下，把写好的句子贴在图画的下面。订好书的幼儿迫不及待地找到听众，并兴致勃勃地讲着。

[资料来源：郑健成.学前教育学.上海：复旦大学出版社，2007]

3. 学前儿童语言区角教育活动与主题教育活动的渗透与整合

（1）语言区角教育活动为主题教学作准备

一些主题教学开始前，需要有意识地在语言区角教育活动中开展准备性活动，让孩子在活动中获得一些主题教学所需要的经验或技能，为主题活动的顺利开展做好铺垫。当主题活动开展时，因为有了积累的前期经验，孩子们对语言活动的探索会更主动，学习会更自主。

（2）语言区角教育活动为主题教学作延伸

在主题教学活动中，为了促进幼儿主动学习，应当重视幼儿在活动过程中的动手动脑、操作摆弄。但是，由于受材料数量的限制，多位幼儿只能合用一些材料，许多被动型的幼儿就只能被动地观望。此外，幼儿的发展水平不一致，用于主题教学活动的时间有限，有些动作慢的幼儿常常被迫终止探索。还有这样的情况，活动结束时有个别幼儿对探索的内容意犹未尽，还有深入下去的愿望，却不能在活动中得到满足。这些都成为主题教学的不足之处，影响了主题教学的效果。为解决这些问题，教师可以将主题教学的有关内容放到相应的活动区角中，让主题教学内容在区角活动中得到延伸，以更好地做到面向全体幼儿，并满足幼儿语言个性化发展的需要。如，在中班的故事大赛主题活动中，老师发现，每当开展教学活动"龟兔赛跑"时，孩子们对于其中的表演活动非常感兴趣，都争着上来展示自己，但受课堂时间的限制，只有一小部分幼儿能够获得表演的机会。为了满足幼儿表现自己的愿望，让他们体验与同伴一起游戏的快乐，进一步感受、理解故事的内容，提高幼儿的表演能力，教师可以在语言区角活动中安排相应的表演内容，让表演在区角活动中进一步得到延伸，使相关的学习内容得以巩固，使幼儿的兴趣、需要得到及时的满足，同时语言也得到相应的发展。

（3）语言区角教育活动可拓展和提升主题教学的内容

主题教学的内容较多地考虑了幼儿一般的年龄特点，有些活动只能是点到为止，不够深入。实际上，教师可以在一个内容点上进一步拓展和提升，不断激发幼儿学习和探索的兴趣。但是，这样的活动在集体教学中并不适合不同发展水平的孩子。因此，教师可以尝试在语言区角教育活动中提升幼儿的知识经验，通过不同层次的活动要求，使孩子们在不断的探索中获得更大的收获，以满足不同孩子的发展需要。

（4）通过语言区角教育活动生成新的主题

在语言区角教育活动过程中，幼儿会产生新的问题，教师可以从中选择有价值的部分作为主题活动的新主题。如，老师发现图书角里有很多破损的图书，班上有部分幼儿不爱护图书。根据这一情况，教师生成了新的主题："小图书笑了"。

延伸阅读

小图书笑了（小班）

活动名称：

小图书笑了（小班）

活动目标：

1. 知道图书是用纸做的，易皱、易湿、易坏。

2. 爱护图书，学会正确的使用方法：轻拿轻放，一页一页轻轻地翻阅。

活动准备：

图书角，图书（每人一本），故事录音,纸（每人一张），水盆（每组一只）。

活动过程：

1. 教师放录音故事《小图书的哭声》，幼儿听故事。

在幼儿听完后教师提问：小图书为什么哭？图书是用什么做的？（知道图书是用纸做的。）

　　2．小实验。

　　（1）老师和小朋友一起将纸握在手里，幼儿发现,用力握纸，纸会皱，稍用力撕纸，纸就会破。

　　（2）幼儿操作：每人一张纸，每组一只盆。幼儿将纸放在水里发现，纸会被浸湿，湿的纸更容易破。

　　3．练习看图书。

　　（1）老师示范：轻轻地从图书袋里拿图书，一页一页轻轻地翻阅，看完后轻轻地放回原处。

　　（2）幼儿练习（个别进行）。

　　（3）全班幼儿练习，教师指导。

　　4．放录音故事。

小图书笑了

　　幼儿园小班的图书袋里的图书可多了，小朋友都喜欢看。有一天，老师走进教室听见"呜呜呜"的哭声，是谁在哭呀？老师找呀找，发现是一本小图书在哭，老师问："小图书你怎么啦？"小图书说："呜呜，我好痛。"老师又问："怎么会痛的呢？"小图书说："刚才是小朋友看我时把我弄痛的。"毛毛在旁边说："是点点抢的。"小图书说："对，小朋友都喜欢我，可不知道怎样爱护我，这不，点点把我的胳膊拉断了。呜呜呜，好痛啊！"老师说："对不起，我来给你治病吧。""谢谢！""哈哈哈，哈哈哈。""唉，是谁这么开心呀？"老师问。"是我，小图书。我现在不哭了，因为小朋友都会爱护我，会一页一页轻轻地翻着看，我好高兴呀！"

　　［资料来源：学前教育网 http://www.jyssy.com］

二 学前儿童语言区角教育活动的特点

（一）语言学习的互动性

　　与其他专门性的语言教育活动相比，在语言区角教育活动中，幼儿完全是在与材料、环境、同伴的充分互动过程中获得语言的发展。幼儿置身于语言发展的良好物质环境与随意自在的心理环境中，充分地接触他们感兴趣的材料并与之进行"对话"，与同伴及教师之间进行充分的交流、商讨、合作与分享，这都是语言学习互动性的体现。在互动的过程中，幼儿获取的语言信息量增大，语言信息内容也更丰富。

（二）语言学习的自主性

　　在语言区角教育活动中，儿童自主选择活动方式，同伴之间自由地组织，积极主动地参与活动。可以说，以语言区角教育活动为手段，培养幼儿的自主性是非常恰当的。幼儿自主学习语言的能力不是由教师直接教授的，而是通过幼儿自由、自主的探索学习活动，通过积极、快乐的情感体验逐步培养起来的。语言区角教育活动能提供适当的语言环境刺激，让幼儿有机会在活动中通过自主阅读、操作和思考来发现语言学习中的新问题，逐步积累语言经验。

（三）语言环境的宽松性

语言区角教育活动中的语境是十分宽松自由的，教师不要求幼儿有统一的答案，不要求幼儿有一致的思路，也不特别要求幼儿使用十分规范的语言。无论原有经验如何，幼儿都可以根据自己的意愿和内心感受，自由地表达自己的见解，与大家进行交流与分享。在语言区角教育活动中，幼儿可以借助自然、轻松的语言交流提高语言的敏感度，从而使表述的内容更丰富，语言表达更流畅。

三　学前儿童语言区角教育活动中材料的提供

《纲要》中指出："提供丰富的可操作性材料，为每个幼儿都能运用多种感官、多种方式进行探索提供活动的条件"。材料的投放是决定语言活动区角活动成效的关键。在语言区角教育活动中材料的提供要注意以下几点：

（一）材料的安全卫生性与艺术性

语言区角环境设置以及投放的材料要符合安全卫生要求，要排除潜在的安全隐患，全力保障幼儿的健康和安全。

阅读区光线要适中，符合用眼卫生；区角的设置应动静分开，避免相互干扰；视听角的用电要安全等等，这些都是十分重要的安全卫生问题。此外，语言区角教育活动的材料应该符合幼儿心理特点，应色彩鲜艳、形象生动，体现艺术性。

（二）材料的目的性与动态性

教师提供的材料必须紧紧围绕语言教育活动的目标，因为语言区角材料的投放是实现语言教育目标的手段，是幼儿语言发展的媒介。教师应该首先制定出合理的教育目标，然后根据教育目标去选择材料，这样才能避免材料投放的盲目性。此外，对于语言区角教育活动的材料，要根据对幼儿活动的观察，及时、定期地更换与补充，不能一成不变。

（三）材料的适宜性与层次性

教师投放的材料要与幼儿的年龄特点、经验和能力相适宜。比如图书区的设置，供小班幼儿阅读的图书应该色彩艳丽、画面大、情节简单并贴近幼儿生活，书的纸质要结实，相同的图书要多一些；供中大班幼儿阅读的图书中，故事的人物、情节可以稍复杂一些，书的种类要多一些。图书放置的高度也要适合幼儿自由取放。难度不同的材料能满足不同发展水平的儿童的需要，使每个儿童都能够在其原有水平上获得发展。所以，教师在选择、投放语言区角材料时，应对所要投放的材料与孩子通过操作该材料可能达到的目标进行预先思考，做到由浅入深、从易到难，体现层次性。

（四）材料的丰富性与探究性

数量充足、丰富多彩的材料可以为幼儿提供充分的活动条件和表现自己的机会，大大激发了幼儿的活动兴趣，使其积极地投入到语言区角活动中。反之，过于陈旧、简单、单一的材料，使幼儿很快就会丧失活动兴趣，影响活动效果及语言发展进程。但是丰富的材料并不是越多越好，多则滥，滥则泛，所以材料投放要与主题活动相匹配，要有针对性、科学性及探究性。教师要细心观察和研究材料的数量和种类在什么情况下对幼儿来说是适合的，怎样才能更好地引发幼儿积极地参与活动和主动地探究。

（五）材料的可持续性和自制性

对于活动材料，要运用可持续发展的眼光，学会利用废旧材料，做到循环利用。对于所缺少的材料，要学会自己动手制作，或发挥创造性思维，运用现成的其他材料进行替换，以减少材料成本和费用的同时，还能培养幼儿的动手操作能力。

四　学前儿童语言区角教育活动的组织与指导

（一）制定必要的规则

语言区角并不是任意活动的场所，应建立必要的活动规则以保证语言区角活动顺畅有序。如使用材料要遵循先来后到的原则，用什么拿什么，用完要放回原处；要爱护图书，轻拿轻放，阅读时保持安静；要学习轮换阅读与分享阅读；注意阅读时的坐姿与用眼卫生；活动结束时，要快速地收拾、整理物品，并能将垃圾放入垃圾箱。还可以制定幼儿之间相互交往的规则，包括活动时不影响和干扰别人；爱惜自己和别人的作品；学会协商、谦让、轮流和等待等。规则可以由教师直接讲解，也可以与幼儿一起商讨制定，要让幼儿明白为什么要制定这样的规则，增强幼儿活动的自主性、秩序感与规则意识，养成良好的活动习惯。

（二）认真仔细的观察

认真仔细的观察与斟酌是有效指导语言区角教育活动中的前提。尽管语言区角教育活动强调幼儿自主性的发挥，但不能因此而否定教师的指导。教师的指导一方面通过环境的创设、材料的提供体现出来，另一方面就是通过语言区角教育活动的现场指导表现出来。语言区角活动的现场指导是教师与幼儿开放的、互动交往的过程，这个过程需要教师认真、仔细地观察和斟酌。教师只有细致地观察幼儿的活动情况，才能判断是否需要教师指导，也才能判断如何介入指导。当然，这种观察也是教师了解幼儿真实发展状态的主要途径，也可以为教师进一步投放材料、选编游戏、开展教学活动奠定良好的基础。

（三）把握指导的时机

在语言区角教育活动中，应充分体现幼儿活动的自主性，体现幼儿语言的个性化发展。如果时机不当，教师的指导很容易成为干扰。一般来说，出现下面几种情况时，教师必须要介入指导：第一，幼儿活动过程中出现危及自身或他人安全的行为；第二，幼儿主动寻求教师的帮助；第三，幼儿面临挫败，无法继续活动；第四，活动过程出现消极、负面的语言或行为等。当出现上述情况时，教师就应该及时出现并适时适当地予以指导。在其他情况下，需要教师根据现场具体情况灵活判断是否应介入指导。

（四）运用正确的方法

在语言区角教育活动中，教师是引导者、合作者、促进者、支持者，教师进行科学、有效地指导，不仅要注意把握时机，做到适时，还要注意适度。所谓"适度"，即教师指导应留有余地，"收""放"有度，既不完全替代，又不放任自流，真正引导幼儿在语言区角活动中自主学习、自主探索。只有这样适当的指导，才能使幼儿的语言在原有水平上得以提高，真正实现语言区角教育活动的教育目的。语言区角活动教师的指导方法要根据活动内容、材料、幼儿语言发展水平及具体活动状况而定。下面介绍几种具体的指导方法。

1. 直接参与

对于做事没有耐心、需要个别指导的儿童，教师可以直接参与到语言区角教育活动中去，提出具体明确的要求，进行适时、适度、适当的指导。如，幼儿在表演游戏区进行《猪八戒吃西瓜》的表演，不一会儿，就有几个男孩子滚作一团。这时候，教师可以以唐僧的身份介入游戏，阻止幼儿继续混乱下去，并帮助幼儿拓展游戏的内容。

2. 扮演记者

教师扮演记者，以采访的形式记录并指导幼儿的语言区角教育活动，再以新闻发布会的方式进行评价。

延伸阅读

在语言区里，幼儿在玩"夏天的歌"。我拿着话筒、纸和笔对他们说："我是小精灵电视台的记者，今天我要采访你们。请问你们唱的是什么歌呀？你是怎么玩这份材料的？"接着我把话筒交给了幼儿，让他们轮流说说所选材料的玩法，并进行原文朗诵、选图创编、绘画创编，我就像记者一样边记录他们的操作过程边不停地鼓励他们。"采访"完后，我接过话筒说："采访结束了，你们的表现真不错，我写了一篇报道，现在要进行新闻发布了。"然后我将刚才记录的过程用生动的语言讲述了一遍。他们认真地听，当说到谁的事情时，他们还偷偷地笑。在播新闻的环节中，我先评价幼儿好的地方，再根据幼儿掌握诗歌的情况，加上一两句建议，幼儿欣然地接受，并在接下来交换玩的环节中玩得更好。

[资料来源：郑健成.学前教育学.上海：复旦大学出版社，2007]

3. 旁观者

教师以教师的身份介入幼儿的游戏，以言语或非言语的方式指导幼儿区域活动。言语的方式主要是指教师的建议、询问、提示等，非言语的方式主要是指教师运用表情、神态、动作等肢体语言指导幼儿的活动。

对于语言区角教育活动的指导，没有统一固定的模式，应该尽可能地灵活多样，无论采用哪一种方式，教师都要注意避免干预过多，尊重幼儿活动的自主性，鼓励幼儿的创造性。

延伸阅读

我们班语言区里的小变化

为了提高我们班孩子的语言能力，促进他们的健康发展，我们班从小班开始就设置了语言区，但是通过一段时间的观察，我发现我们班的孩子们很少光顾这个区域，孩子们在阅读的过程中也存在着各种各样的问题。为了改变我们班语言区的现状，本学期，我们在语言区里做了一些调整和尝试，取得了一定的成效。在此，我将我们的做法与大家共同来分享。

一、介绍翻书方法

一开始，我们挑选了语言区里的故事讲给孩子们听，当他们听得津津有味时，我们不失时机地介绍图书，有意识地让他们了解一个精彩的故事是由连续画面构成的，画面非常好看，需要一页一页仔细翻看。

（一）恰当的比喻

运用恰当的比喻帮助幼儿掌握阅读技能，知道每本图书都有封面、封底、页码等。如把封面比作前门，把封底比作后门。看书时先把前门打开，走进小房间，里面有许多好看的故事，看完了就要从后门走出来，再把门关上。运用这种比喻的方法有利于孩子们理解并习得正确的翻书方法。

（二）儿歌

我还设计了朗朗上口的儿歌：小小图书真有趣，有封面、有封底；里面故事怎么看，一页一页往后翻；从左到右别漏掉，看谁看书最仔细。儿歌配以简单的动作，可以帮助幼儿有序地翻阅图书，掌握阅读的技能。

二、听录音看书

在从阅读慢慢过渡到让孩子听着录音看书的过程中，我事先将图书里的故事录在磁带中（速度放慢），让孩子们边听边翻书，并配以简单的提示语，如，"请找找'大红虾，跳跳跳，跳到妈妈嘴里了'是哪幅图片？"这样，让幼儿体验录音跟画面之间的对应关系，巩固有序翻书的经验。最后放手让孩子独立阅读图书。现在，幼儿普遍对图书产生了浓厚、稳定的兴趣。

三、墙面的利用

我们在语言区的墙面上贴了一些故事中的背景，如，可爱的蘑菇房、大树、小河、草地等，并准备了一些可以操作的常见动物指偶。幼儿可以操作指偶复述表演故事，也可以将增加的故事经验进行迁移，创编故事。孩子们也可以拿着自己喜爱的动物指偶，在丰富多彩的背景前讲述、表演，他们的语言表达能力、迁移故事能力、想象能力都有了很大的提高。

四、其他语言材料

我们不断扩大阅读的外延，映入孩子们眼帘的都是阅读。我们还在语言区里提供了一些语言材料。如，排一排，讲一讲，让幼儿根据图意排序；根据中班孩子的特点，我们还鼓励幼儿看着图文并茂的卡片去找相应的字宝宝，提高幼儿对汉字的敏感性。

[资料来源：选自学前教育网http://my.qpedu.cn，赵巷幼儿园，李韵]

（五）鼓励幼儿积极参与

在语言区角教育活动中，教师不仅要注意物质环境的创设，还要为幼儿创设良好的、宽松的心理氛围。幼儿在语言区角感受到宽松自由，才会在活动中有话想说、有话敢说。幼儿的语言发展速度有快慢之别，教师要抱着一种积极鼓励的态度来增强幼儿的信心。当幼儿在语言区角活动时，教师不要在阅读时间和阅读内容方面做硬性规定，要使阅读成为幼儿喜欢的事情。尤其是少言寡语的幼儿，更需要教师和他们交流，教师应给予他们关心和帮助，加强个别指导。教师可以采取语言激励、动作激励、物质激励等方法鼓励幼儿，充分激发幼儿参与语言区角活动的积极性，让幼儿在阅读中体验快乐与成功，从而促进幼儿的语言发展。

案例评析

爱讲故事的娇娇

"今天，我给大家讲一个故事，故事的名字叫《小猫钓鱼》。有一天，猫妈妈带小猫去河边钓鱼……"

看着娇娇站在大家面前有声有色地讲故事的样子，我为她的进步感到高兴。一个学期前的她可不是这个样子。平时爱说爱笑的娇娇，一到讲故事的时候就往后缩：低着头，红着脸，声音小小的。她奶奶为这事还挺着急，总是说："老师，你多让她锻炼锻炼，她在家给我们讲故事，讲得好着呐。怎么到这里就这样了？真让人着急！"我安慰奶奶说："您别着急，这得慢慢来。在家和在集体面前感受不一样，得让她一点一点地适应，您放心，我会尽量帮助她的。"

此后，我尽量多为娇娇创造机会，让她给大家讲故事，可是并没有多大进展。我发现娇娇讲故事声音虽小，但每次讲的故事都不一样，总有新故事讲。于是我抓住这一点给予鼓励。在一次语言区角游戏时，我和娇娇一边给娃娃换衣服，一边问她："你怎么会讲那么多故事呀？""我跟录音机学的，我天天都在家里听故事。""我听奶奶说你在家里讲故事声音又大又好听，是吗？"娇娇一笑，点点头算是回答。"为什么到幼儿园讲故事声音就小了呢？"听我这样一问，娇娇低下头，小声说："我不好意思，怕讲不好。"原来她是有心理负担，害怕讲不好。我想，解决问题的关键是要先帮助她减轻心理负担，建立自信，让她知道自己能行。我想她每天回家都听录音故事，能不能利用录音机把她在家讲的故事悄悄录下来，放给大家听呢？在家中她会最自然、最放松，没有压力，能发挥最好的水平。而且，悄悄录音也不会使她紧张，为她创设最宽松的环境。

我和家长就这个想法交换了意见，奶奶很愿意配合。没过几天，奶奶就拿来一盘娇娇的故事录音磁带。语言区角活动中，我从中选出讲得最好的一段放给孩子们听，想让她成功的概率高一些，效果更明显。他们听得可认真了。一段故事还没有讲完，不知是哪位小朋友说了几句："这怎么像娇娇的声音呀？""嘿，就是娇娇讲的，真好听！""哈……""真有意思，娇娇怎么进录音机里了？"点点大声地说着，一脸天真的表情。娇娇也听出是自己的声音，看到大家这么喜欢，她渐渐地得意起来，不自觉地随录音机讲出声来。我见时机已到，不等故事讲完就关上录音机，看着孩子们着急的样子，我问："想知道后来怎么样了吗？咱们请娇娇到前边讲给大家听好不好？""好。"孩子们鼓起掌来，并催促着："娇娇快讲，后来怎么样了？"娇娇的情绪被大家鼓动起来，她站起来，用比平时大得多的声音继续讲起了后边的故事。故事讲完了，娇娇赢得了热烈的掌声。

放学时，娇娇十分兴奋地把这件事告诉了奶奶。奶奶说："嘿，真棒！娇娇有进步了，明天你还给小朋友讲故事听，好不好？"

"好！"娇娇的回答是那么的爽快，那么的自信。

从此，娇娇越来越爱给小朋友讲故事了。每当有了新故事，她来园的第一件事就是和老师预约："老师，今天我想给小朋友讲一个新故事，您第一个请我好吗？"在我们不断地鼓励下，她的胆子越来越大。随着每一次的成功，她的自信心也越来越强了。在"六一"儿童节那天，娇娇已经能当着所有小朋友和爸爸妈妈们的面讲故事了。

在娇娇的带动下，其他小朋友也经常把自己讲故事的录音磁带拿来，放给大家听。后来我又变换不同的形式，如讲自己最喜欢的书，或是把要讲的故事画下来，再讲给大家听等等，逐渐增强孩子们的自信心。渐渐地，班里爱讲故事的人越来越多了。为满足孩子们的需求，我们每天都安排半小时讲故事的时间，孩子们都争着讲。最有意思的是袁森，只要和老师在一起，总要说"我给您讲个故事，就四分钟。"然后也不管你同意不同意，自己就滔滔不绝地讲起来，真是乐在其中。

活动评析

1. 选择适宜的场合

面对不敢在集体面前表达的孩子，教师要理解、接纳、鼓励他们。在这个案例中，教师让娇娇在安全的心理环境中讲故事，以充分发挥她的优势。可贵的是王老师不仅能站在孩子的角度理解她的心理，而且做到了家园共育。

2. 选择适宜的方式

让娇娇在旁边听自己讲故事的过程中，感受到了成功的喜悦。

3. 选择适宜的时机

让娇娇在成功的喜悦中，试着面对集体讲故事。播放故事录音时有意留下故事结尾，让娇娇在全班孩子的期待中，在老师的鼓励下，在感受成功的喜悦中勇敢地走到了集体面前。娇娇在讲故事、听故事、续讲故事中，促进了语言发展的同时逐渐树立了自信心。

［资料来源：《提高我国幼儿师资素质的研究》课题组.提高幼儿教师素质的研究与探索.北京:北京师范大学出版社，2002］

实践活动

项目一　观摩语言区角教育活动

目标

（1）培养发现问题及分析问题的能力。

（2）提高对所学理论知识的综合运用能力。

内容与要求

去幼儿园观察记录大班幼儿语言区角教育活动的全过程，重点观摩材料的投放、材料的使用率及幼儿进行区角活动的表现，学习教师对指导方法的运用。

项目二　阅读区角教育活动设计

目标

（1）培养运用理论知识指导实践的能力。

（2）训练和培养缜密的思维能力。

（3）提高设计、组织小班幼儿阅读区角教育活动的能力。

内容与要求

根据小班幼儿的心理发展特点及语言教育活动的目标设计小班阅读区角。

通过这次活动设计，培养幼儿早期阅读的兴趣，养成良好的阅读习惯，学会正确翻阅图书，能初步看懂并用口头语言讲述单幅儿童图画书的主要内容。指导幼儿学习阅读方法能力训练，培养自信心。

拓展练习

以小组为单位开展关于幼儿园语言区角设置及指导情况的问卷调查活动。要求：

（1）根据调查统计的数据概括幼儿园语言区角活动的现状并分析成因。

（2）选择你印象最深的一家幼儿园，谈谈如果你是园长，将如何利用现有教育资源设计并指导语言区角活动。

著作：

1. 中华人民共和国教育部.幼儿园教育指导纲要（试行）.北京：北京师范大学出版社，2001.

2. 教育部基础教育司.幼儿园教育指导纲要（试行）解读.南京：江苏教育出版社，2002.

3. 全国幼师工作协作组.学前儿童语言教育活动指导.北京：北京师范大学出版社，2002.

4. 人力资源和社会保障部教材组.学前儿童语言教育活动设计与指导.北京：中国劳动社会保障出版社，2009.

5. 周兢.幼儿园语言文学教育活动.北京：中国广播电视出版社，1992.

6. 周兢.幼儿园语言教育活动设计与组织.北京：人民教育出版社，1996.

7. 周兢，程晓樵.幼儿园语言教育活动设计与组织.北京：人民教育出版社，1996 .

8. 周兢.语言.南京：南京师范大学出版社，1987 .

9. 周兢，余珍有.幼儿园语言教育.北京：人民教育出版社，2004.

10. 周兢.早期阅读发展与教育研究.北京：教育科学出版社，2007.

11. 周兢，郑荔.幼儿园渗透式领域课程实施指导丛书——语言.南京：南京师范大学出版社，2007.

12. 周兢.汉语儿童语言发展研究.北京：教育科学出版社，2009.

13. 祝士媛.幼儿园语言教学法.北京：北京师范大学出版社，1990.

14. 祝士媛.学前儿童语言教育.北京：北京师范大学出版社，1995.

15. 朱家雄.幼儿园课程.上海：华东师范大学出版社，2003.

16. 张明红.学前儿童语言教育.上海：华东师范大学出版社，2001.

17. 张明红.给幼儿园教师的101条建议（语言教育）.南京：南京师范大学出版社，2007.

18. 张明红.学前儿童语言教育.上海：华东师范大学出版社，2008.

19. 朱海琳.学前儿童语言教育.北京：科学出版社，2009.

20. 于涌.幼儿语言发展与教育.长春：东北师范大学出版社，1995.

21. 袁爱玲.学前全语言创造教育活动设计（小班）.北京：教育科学出版社，2001.

22. 袁爱玲，何秀英.幼儿园教育活动指导策略.北京：北京师范大学出版社，2007.

23. 刘淑兰.幼儿园课程实施指导手册.北京：北京师范大学出版社，1999.

24. 董旭花.学前教育专业实训教育指导.北京：科学出版社，2009.

25. 人民教育出版社中学语文室.幼儿语言教学法.北京：人民教育出版社，1987.

26. 人民教育出版社语文二室.学前儿童语言教学法.北京：人民教育出版社，1987.

27. 张加蓉，卢伟.学前儿童语言教育活动指导.2版.上海：复旦大学出版社，2009.

28. 赵寄石，楼必生.学前儿童语言教育.北京：人民教育出版社，1993.

29. 王君琦，裘天锦.幼儿语言教学法.北京：人民教育出版社，1987.

30. 陈帼眉.学前儿童发展心理学.北京：北京师范大学出版社，1995.

31. 陈帼眉.学前心理学.北京：人民教育出版社，2003.

32. 朱邓丽娟.幼儿游戏（上、下册）.北京：北京师范大学出版社，1994.

33. 姚伟.儿童观及其时代性转换.长春：东北师范大学出版社，2007.

34. 姜晓燕.学前儿童语言教育能力训练.哈尔滨：黑龙江科学技术出版社，2009.

35. 姜晓燕.教师技术行为训练教程.哈尔滨：黑龙江人民出版社，2003.

36. "提高我国幼儿师资素质的研究"课题组.提高幼儿教师素质的研究与探索.北京：北京师范大学出版社，2002.

37. 魏敏，陈峰.幼儿园教育活动案例分析.长春：东北师范大学出版社，2003.

38. 陈幸军.幼儿园教师教育技能.北京：人民教育出版社，2009.

39. 刘焱.幼儿园游戏教学论.北京：中国社会出版社，1999.

40. 许政涛.幼儿园游戏与玩具.北京：北京师范大学出版社，2001.

41. 阎立钦.语言教育学引论.北京：高等教育出版社，1996.

42. 高格褆.幼儿文学实用教程.北京：高等教育出版社，2006.

43. 李莹.学前儿童文学.2版.上海：复旦大学出版社，2009.

44. 何桂香.成长在路上——幼儿园新教师必读.北京：农村读物出版社，2009.

45. 郑建成.学前教育学.上海：复旦大学出版社，2007.

46. 徐萍，刘丽菊.幼儿园教育活动设计与指导——语言.南京：河海大学出版社，2005.

47. 四川省幼儿园教师进修教材协编委员会.幼儿园各科教学法.上海：上海教育出版社，1987.

48. 皮亚杰.儿童心理发展.傅统先译.济南：山东教育出版社，1982.

49. 麦克雷纳等.早期文字教育.贾立双译.沈阳：辽海出版社，1999.

50. 凯瑟琳·斯诺等.预防阅读困难.胡美华等译.南京：南京师范大学出版社，2006.

51. 肯·古德曼.全语言教育的"全"全在哪里.李连珠译.南京：南京师范大学出版社，2005.

52. Krashen S. D. Second Language Acquisition & Second Language Learning [M]. Oxford: Pregamon Press，1982.

53. 简·韦拉.如何倾听，怎样理解.北京：教育科学出版社，2007.

期刊：

1. 周兢.关于幼儿园早期阅读教育活动的思考.幼儿教育，2009（12）.

2. 周兢.早期阅读让孩子终生热爱学习.幼儿教育，2005（1）.

3. 高晓妹，周兢.游戏阅读教育的观念与模式.幼儿教育（教育科学版），2007（3）.

4. 朱从梅，周兢.亲子阅读类型及其对幼儿阅读能力发展的影响.幼儿教育（教育科学版），2006（7-8）.

5. 张明红.幼儿园教育指导纲要（试行）中幼儿园语言教育精神的解析.学前课程研究，2007（3）.

6. 余珍有.日常生活中的早期阅读指导.学前教育研究，2005（5）.

7. 谢俊毓.让环境说话，使早期阅读成为孩子一生的财富——浅谈幼儿园阅读环境的创设.贵州教育，2009（8）.

8. 龚亮，顾立群.有吸引力的阅览室.幼儿教育，2008，（19）.

9. 孙丽莉，陆小涛.鼠小弟的小背心.学前课程研究，2007（3）.

10. 王远新.论语言功能和语言价值观.湘潭大学学报（哲学社会科学版），2008（9）.

11. 刘新军，宋少红.为幼儿创设情境交流语言.宁夏教育，1999（7-8）.

12. 白燕.浅析学前语言游戏教学的有效化.天津市教科院学报，2009（2）.

13. 黄芳.为幼儿选择合适的阅读材料.当代学前教育，2009（2）.

14. 洪素云.幼儿之间交流缺失的现状分析与对策.教育导刊，2007（1）.

15. 郑伟如.幼儿辩论会初探.教育导刊，2006（11）下.

16. 陈红梅.起点阅读：让幼儿爱上阅读.当代学前教育，2009（2）.

17. 张文娟. 对话式文学作品教学初探. 教育导刊, 2004（6）.

网站：

1. 中国学前教育研究会网 http://www.cnsece.com
2. 中国学前教育网 http://www.preschool.net.cn
3. 中国幼儿教育网 http://www.jy135.com
4. 学前教育网 http://www.jyssy.com
5. 幼教网 http://www.youjiao.com
6. 青浦区（上海市）2008届名优教师网 http://www.my.qpedu.cn
7. 无锡市新区教育网 http://www.xqjy.com.cn
8. 宜兴教育网 http://www.yxedu.met
9. 校本研究网 http://www.xbyj.e21.edu.cn
10. 启蒙教育网 http://www.babyqm.cn
11. 小精灵儿童网 http://new.060s.com
12. 月亮船教育资源网 http://www.moonedu.com
13. 免费论文教育网 http://www.paperedu.cn
14. 家庭健康网—育儿网 http://www.0514zx.com / yuer

教学资源服务说明

　　建设立体化精品教材，向高校师生提供系列教学解决方案和教学资源，是高等教育出版社"服务教育"的重要方式。为支持本课程教学，我们将编写教学课件等，并在教材征订目录上注明。向选用该教材用于教学的教师免费提供。

　　欢迎使用本教材的授课教师填写下表（教学资源服务登记表），并邮寄、传真或电邮至我社。

　　我们的联系方式是：
地址：北京市朝阳区惠新东街4号富盛大厦19层　　高职中心　　张颖 收
邮编:100029　　　　　　电话：010-58581050
传真：010-58556017　　　E-mail：zhangying2@hep.com.cn
编辑邮箱:zhangqb@hep.com.cn

　　为了进一步提高教材建设、教学资源开发与服务的水平，我们热切希望您能在使用相关教材及其配套数字化教学资源之后，提出宝贵的意见和建议，这将对我们修订完善教材和教学资源很有助益。

教学资源服务登记表

_____学院（大学/学校）_____系/院
第_____学年开设_____课程，采用高等教育出版社出版的
《_____》（ISBN：_____）作为本课程教材，任课教师_____，学生__个班
共_____人。

需要与本书配套的教学资源。

地址：_____

邮编：_____

电话/手机：_____

E-mail: _____

授课教师签字：_____
日期：20__年__月__日

郑 重 声 明

高等教育出版社依法对本书享有专有出版权。任何未经许可的复制、销售行为均违反《中华人民共和国著作权法》,其行为人将承担相应的民事责任和行政责任,构成犯罪的,将被依法追究刑事责任。为了维护市场秩序,保护读者的合法权益,避免读者误用盗版书造成不良后果,我社将配合行政执法部门和司法机关对违法犯罪的单位和个人进行严厉打击。社会各界人士如发现上述侵权行为,希望及时举报,本社将奖励举报有功人员。

反盗版举报电话:(010)58581897　58582371　58581879

反盗版举报传真:(010)82086060

反盗版举报邮箱: dd@hep.com.cn

通信地址:北京市西城区德外大街4号　高等教育出版社法务部

邮政编码: 100120

短信防伪说明:

本图书采用出版物短信防伪系统,用户购书后刮开封底防伪密码涂层,将16位防伪密码发送短信至106695881280,免费查询所购图书真伪,同时您将有机会参加鼓励使用正版图书的抽奖活动,赢取各类奖项,详情请查询中国扫黄打非网(http://www.shdf.gov.cn)。

反盗版短信举报

编辑短信"JB,图书名称,出版社,购买地点"发送至10669588128

短信防伪客服电话

(010)58582300

增值学习卡账号使用说明

学习卡是为使用本教材的学生与老师提供在线学习和数字资源下载的一项增值服务。

使用时,请您访问网址:http://hve.hep.com.cn,以前未在本网站注册的用户,请先用您的邮箱进行注册,注册成功的邮箱即为登录账号。用户登录后,可使用本书封底标签上的防伪明码和暗码进行充值,成功后可获得50小时的高职相关课程的多项增值服务。

已充值的课程自充值之日起一年内有效,过期作废。

使用本学习卡账号如有问题,请发邮件至:hvziyuan@pub.hep.cn

学习卡咨询电话:010-58581894